KB239637

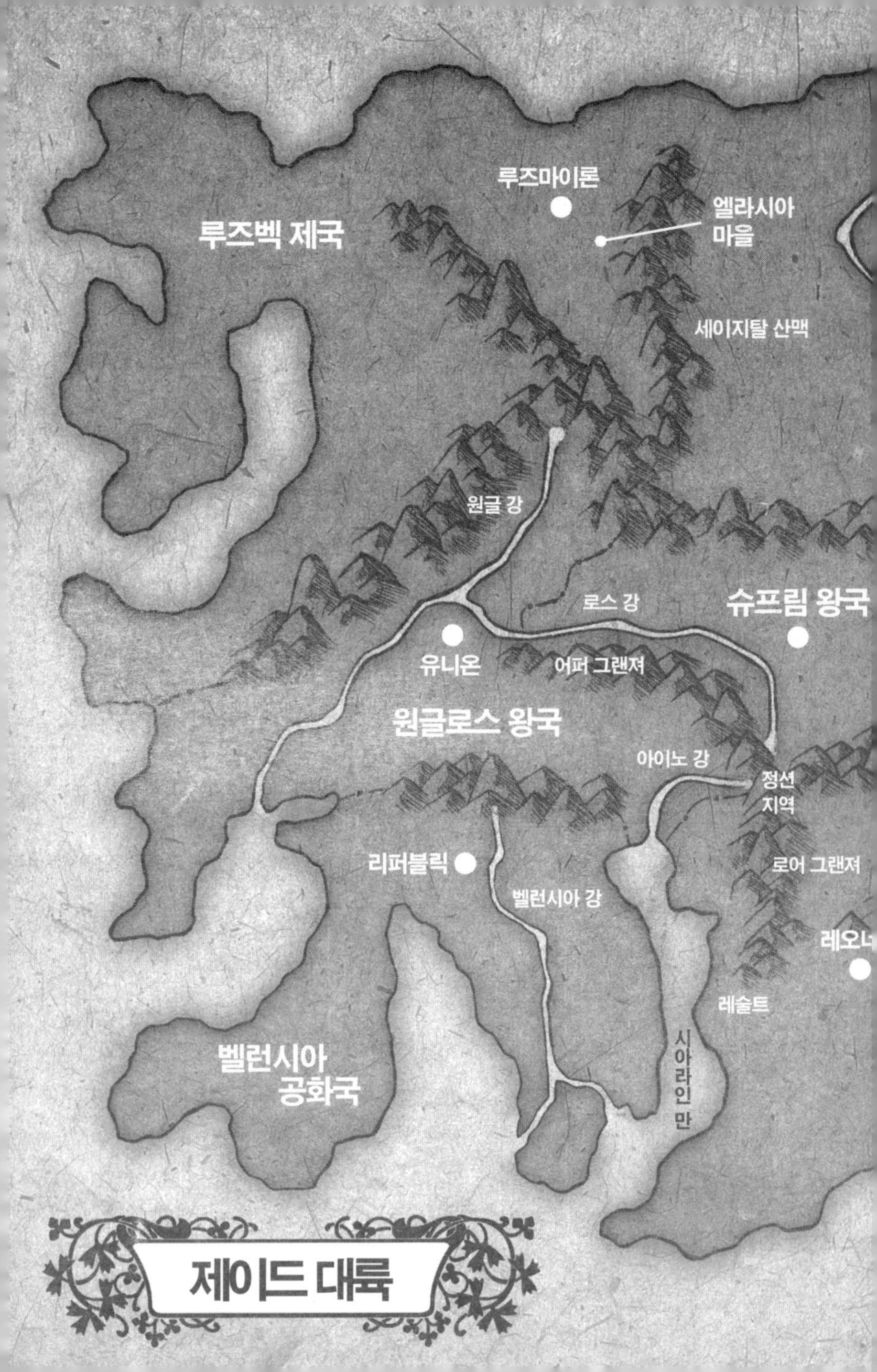

루즈마이론
루즈벡 제국
엘라시아 마을
세이지탈 산맥
원글 강
로스 강
슈프림 왕국
유니온
어퍼 그랜져
원글로스 왕국
아이노 강
정선 지역
리퍼블릭
벨런시아 강
로어 그랜져
레오니
레술트
시아라인 만
벨런시아 공화국
제이드 대륙

마리오 제국
로헨 왕국
포르안 강
메틀라인
왕국
바첼러 백작령
N

기갑영점

아스카론
ASKARON

신가 판타지 장편 소설
FANTASY FRONTIER SPIRIT

기갑영검 아스카론 3

신가 판타지 장편 소설

초판 1쇄 찍은 날 § 2009년 4월 17일
초판 1쇄 펴낸 날 § 2009년 4월 27일

지은이 § 신가
펴낸이 § 서경석

편집장 § 문혜영
편집책임 § 서지현

펴낸곳 § 도서출판 청어람
등록번호 § 제1081-1-89호
등록일자 § 1999. 5. 31
어람번호 § 제1-1044호

주소 § 경기도 부천시 원미구 심곡2동 163-2 서경B/D 3F (우) 420-822
전화 § 032-656-4452 팩스 § 032-656-4453
http://www.chungeoram.com
E-mail § eoram99@chollian.net

ISBN 978-89-251-1773-7 04810
ISBN 978-89-251-1721-8 (세트)

기갑영검

아스카론

ASKARON

신가 판타지 장편 소설
FANTASY FRONTIER SPIRIT

3

[아스카론의 힘]

도서출판

CONTENTS

CHAPTER 1
아스카론

전장의 전투는 점점 치열해졌다.

처음에는 공화국에서 새로이 선보인 디스토션의 위력에 메틀라인 왕국이 번번이 밀리는 듯했다. 그러나 총력을 다해 방어에 전념하면서 전선은 점점 고착되어 가고 있었다.

"전선의 상황은 어떻소?"

왕궁의 회의는 연일 열리고 있었다.

"아직 예정된 최종 전선에 여유가 있습니다."

"디스토션의 위력은 어느 정도인가?"

왕궁에서도 관심의 대상은 디스토션이었다. 디스토션으로 인해 입은 피해가 어마어마했기 때문이다.

"압도적입니다. 출력 3.0의 마나 엔진을 탑재했기에 성능에서부터 상대가 안 됩니다. 그런데다 기간테스에 온갖 공격 마법으로 도배를 한 상태이기에 한 기로 능히 몇 기는 감당할 수 있습니다."

이안의 대답에 회의장의 분위기는 무겁게 가라앉았다.

"공화국에서 3.0의 마나 엔진 개발에 성공한 것이오?"

하이드론 공작의 물음에 이안은 고개를 저었다.

"아닙니다. 불의 마탑에서 공급을 받은 것 같습니다."

"으음……."

저마다 신음을 흘렸다.

국가와 국가의 전쟁에 마탑은 관여하지 않는 것이 불문율이다. 그런데 불의 마탑이 이렇게 노골적으로 끼어들 줄은 몰랐던 것이다.

메틀라인도 흙의 마탑과 모종의 거래를 한 상태이다. 하지만 그것은 은밀하게 진행되었다.

이렇게 누구나 쉽게 알아차릴 수 있을 정도로 노골적인 도움은 아니다. 공식적으로는 대륙에서 유일하게 3.0의 마나 엔진을 가진 곳이 불의 마탑이었기에 누구나 불의 마탑이 공화국의 편에 섰음을 알 수 있었다.

"마나 캐논의 개발 상황은 어떻습니까?"

라파엘 후작이 이안에게 물었다.

현재 전황을 유리하게 바꾸기 위해서는 기간테스를 견제

할 수 있는 장거리 무기의 필요성이 절실했다.

"아직 시간이 조금 더 필요합니다."

회의장의 분위기는 점점 더 무거워졌다.

도무지 답이 나오지 않는 상황이다.

전선의 왕국군이 최선을 다해서 막고 있는 덕에 전선을 고착시키고 있지만 그만큼 전력의 소모가 컸다. 빨리 전황을 바꾸지 않으면 점점 메틀라인이 불리해질 것이다.

"후… 지금으로서는 방법이 없군."

엠피엘 국왕의 입에서 절로 한숨이 쏟아져 나왔다.

"그나마 다행인 것은 랩터2가 서른 기 정도 완성이 되었다는 겁니다. 즉각 전장에 배치할 예정입니다."

이안의 말에 엠피엘 국왕이 고개를 끄덕였다.

어떻게든 전선을 지켜야 했다.

"이렇게 전력을 소모하다가는 반격의 기회가 없을지도 모르겠소."

그가 걱정하는 것은 그것이었다.

"상대를 압도하는 한 기의 기간테스가 전황에 미치는 영향이 엄청나군요. 마치 이노베이션 이전의 소드 마스터 같습니다."

미켈란 후작이 어두운 얼굴로 말했다. 타고난 기사인 그다운 비유였다. 인간과 인간의 부딪침이었던 과거의 전쟁에서 소드 마스터의 존재는 그야말로 현재의 기간테스를 능가하는 전략 병기나 다름없었다.

"우리 왕국에서는 디스토션에 대항할 기간테스가 없는 겁니까?"

하이드론 공작의 물음이다.

이안이 어두운 얼굴로 고개를 저었다.

"아쉽게도 없습니다. 저희는 랩터2의 개발에 총력을 기울였었습니다."

"그럼 대체 바톤 프로젝트는 뭐란 말이오!!"

하이드론 공작이 분노한 얼굴로 소리쳤다.

"기간테스에 적용되는 추가 장비에 대한 프로젝트입니다."

"그럼 결과물은 있는 거요?"

"앞으로 추가 생산되는 일부 랩터2에 시험 적용할 예정입니다."

흙의 마탑에 바톤 프로젝트의 결과물을 제공한 이후 최종적인 기간테스 적용 후 테스트가 더욱 빨리 이루어졌다. 덕분에 애초에 생각한 시간보다 결과가 빨리 나올 것 같았다.

이안의 대답에 하이드론 공작의 얼굴이 일그러졌다.

"실전 투입도 아니고 시험 적용이란 말이오? 대체 그 많은 예산을 가져다 부은 결과가 전시에 실전 배치도 못하는 것이란 말이오?"

하이드론 공작의 목소리가 커졌다. 그의 말이 일리가 있었기에 이안은 딱히 반론을 펴지 못했다.

공화국의 움직임은 자신의 예상을 벗어난 것이었기에 모든 준비가 미흡했다.

"우리 예상보다 공화국의 움직임이 빨랐소. 설마 원글로스가 내전에 돌입하고 공화국이 그 틈을 타 우리를 공격할 것이라고는 누구도 예상 못한 일 아니오?"

엠피엘 국왕이 끼어들었다.

그의 말이 맞았기에 하이드론 공작은 별다른 말 없이 입을 다물었다.

"그러면 전황은 계속 이대로 흘러가는 것인가?"

국왕의 물음에 이안이 다시 입을 열었다.

"사실 원글로스 때문에 공화국이 우리 왕국을 공격한다면 해전이 될 것이라 예상했습니다."

그의 말에 많은 이가 고개를 끄덕였다.

"그래서 해군력을 강화해 왔고, 그 결과 중 하나가 마나 캐논이었습니다. 크기의 소형화를 못해 지상전에서는 기동력에 큰 약점을 보입니다만 해전에서는 그런 약점이 없습니다."

다들 이안의 말에 집중했다. 하이드론 공작 역시 편치 않은 얼굴이기는 하나 이안의 말을 들었다.

"공화국도 우리의 이런 움직임은 알고 있을 것이라 예상합니다만 생각보다 해안 쪽의 방비가 취약한 걸로 보고가 올라

왔습니다."

"그렇다면?"

미켈란 후작의 물음에 이안이 고개를 끄덕였다.

"해군을 이용해 후방을 교란할 생각입니다."

"고작 그 정도로 그들이 진군을 멈출 것 같소?"

하이드론 공작이 어림도 없다는 얼굴로 말했다.

"공화국의 수도는 리퍼블릭입니다. 리퍼블릭은 벨런시아 강변에 인접해 있습니다."

이안의 말이 거기까지 이르렀을 때 모두의 얼굴에 찬탄이 어렸다. 그 의도를 알아차린 것이다.

"강을 거슬러 올라 적의 중심으로 들어가면 오히려 적의 공격 대상이 되지 않겠소?"

미켈란 후작이 의문을 표했다. 너무나 당연한 의문이다.

"벨런시아 강은 큰 강입니다. 수도가 그 근처에 인접할 정도로요. 화약이 공화국의 특산물이긴 합니다만 그들의 화포보다 우리의 마나 캐논의 사거리가 훨씬 더 깁니다. 강의 중간에서도 리퍼블릭의 성벽에 약간의 타격은 줄 수 있을 정도입니다."

모두의 얼굴에 경탄의 빛이 떠올랐다.

그야말로 적의 심장을 바로 치겠다는 전략 아닌가.

그제야 귀족들의 얼굴에 안도의 빛이 떠올랐다. 도무지 길이 보이지 않던 전쟁에 이제야 서광이 비치는 듯했다.

“그러면 언제쯤 공격이 가능하겠는가?”

“해군은 현재 바첼러 영지의 비바체 항에 정박해 있습니다.

“해군 기지는 그곳이 아닌 것으로 아오만?”

하이드론 공작이 걸고 넘어졌다. 하필이면 그들이 있는 곳이 바첼러 영지였기 때문이다.

“물론입니다. 단지 마나 캐논의 장착을 위해 대상 군함만 비바체 항에 정박한 것입니다. 이틀 전 그 장착이 모두 끝났습니다. 본래 더 빨리 끝났어야 합니다만 육상용 마나 캐논의 개발 때문에 조금 늦어졌습니다.”

이안의 대답에 다들 고개를 끄덕였다.

“비바체 항에서 벨런시아 공화국까지는 적어도 3주 정도 걸립니다.”

“너무 많이 걸리는군.”

엠피엘 국왕이 중얼거렸다.

“마나 캐논의 포격 후 충격을 견디려면 어느 정도 규모가 있는 군함이어야 합니다. 때문에 기동력이 좀 떨어졌습니다.”

“그것은 벨런시아 공화국에 들어가서 오히려 문제가 될 수 있겠군요.”

이안의 대답에 미켈란 후작이 끼어들었다. 전장에서 보낸 세월이 인생의 절반인 인물답게 현 작전의 약점을 정확히 짚었다.

"사실 그렇습니다. 그래서 탈출을 위한 쾌속선과 마나 캐논에 자폭 장치가 준비되어 있습니다. 마나 캐논을 좀 더 소형화하면 해결될 문제입니다만 현재로서는 이것이 한계입니다."

이안의 대답에 다시금 어두운 분위기가 감돌았다.

"함대가 발렌시아 공화국의 영해까지 가는데 걸리는 시일은 3주입니다. 그리고 우리의 의도가 들키지 않게 주변을 공격하는데 며칠을 소모하고 그중 세 척 정도의 군함만 벨런시아 강을 거슬러 올라갈 계획입니다. 결국 리퍼블릭에 대한 마나 캐논 포격이 이루어지는 것은 작전 개시 후 5주는 되어야 할 듯합니다. 강을 거슬러 올라가는 것인지라 생각보다 시간이 많이 걸립니다."

"5주라……."

이안의 말에 엠피엘 국왕이 중얼거렸다.

"바톤 프로젝트가 적용된 기체가 실전에 투입되는 것은 언제나 가능한가?"

"적어도 두 달은 있어야 합니다."

"육상용 마나 캐논은?"

"그것 역시 두 달 안에는 불가능합니다."

"두 달 이상이라는 말이군……."

엠피엘 국왕의 얼굴에 주름이 졌다.

"결국은 어떻게는 최소 5주는 버텨내야 한다는 말이구려. 우리의 전력을 쏟아부어서라도 말이오. 5주 후면 적의 수도에 포격이 가능해지고 그러면 전선에 변화가 오겠지. 또 그렇게 버티면 바톤 프로젝트의 결과물과 육상용 마나 캐논이라… 그래도 어떻게 헤쳐 나갈 방법이 보여 다행이오."

엠피엘 국왕의 말에 모두 머리를 숙였다.

"리퍼블릭에 대한 해군의 침투를 허가한다. 즉각 작전을 수행토록."

"알겠습니다, 전하."

이안이 바쁘게 움직였다. 그런 이안을 보는 하이드론 공작의 두 눈에는 못마땅한 기색이 가득했다.

*　　　*　　　*

눈부신 빛이 사라지는 순간 네 사람이 나타났다.

모두들 얼떨떨한 얼굴로 주변을 둘러보았다. 조금 전의 던전과 크게 다르지 않은 곳이 눈앞에 펼쳐졌다.

사이몬은 얼굴을 찌푸렸다. 무언가 정상이 아닌 마나의 움직임이 그의 눈을 거슬리게 했다.

"이상한데요."

이레아의 말에 모두의 시선이 그녀를 향했다.

"왜?"

이올린이 물었다.

"왠지 존재하지 않는 곳에 서 있는 느낌이에요."

알 수는 없었지만 그녀의 직감이 그렇게 말하고 있었다.

'이상한 마나의 움직임은 그 때문인가?'

스스로 움직여야 할 마나가 무언가에 묶인 듯한 움직임을 보이고 있었다.

"그런데 아까 우리가 있던 곳이랑 별반 다르지 않은 것 같은데?"

이올린의 말에 모두 고개를 끄덕였다. 다들 그런 느낌을 받은 탓이다. 단지 다른 것이라면 이동 전 그들은 중심에 있었지만 지금은 외곽에 위치하고 있다는 것이다.

"그런 것 같아요. 중심으로 향하다 보면 무언가 나오지 않을까요?"

이레아의 말에 네 명은 걸음을 옮겼다.

마나의 움직임이 보이지 않게 한 후에야 사이몬의 얼굴에서 주름이 사라졌다. 그리고 이곳에 오기 전 머리를 어지럽히던 목소리도 들리지 않았다. 이제야 자신을 찾은 듯한 느낌이 들었다.

네 사람의 발걸음은 조심스러웠다. 던전으로부터 이동해 왔지만 정체를 알 수 없는 공간이다. 어디서 무엇이 튀어나올지 알 수 없었다.

"그런데 무척이나 커진 것 같군요."

프로페서의 말에 모두 고개를 끄덕였다. 보고도 알아차리지 못했지만 천장이 무척이나 높고 통로도 넓었다. 사람이 움직이기에는 지나치게 큰 공간이다.

"마치 기간테스가 움직이게 하기 위해 만든 듯하군요."

프로페서가 흥미롭다는 눈길로 주변을 살피며 말을 이었다. 그의 말에 이올린이 고개를 끄덕였다.

"분명 그래요. 이 정도 크기면 중형 급 기간테스 두 기는 동시에 움직일 수 있는 크기예요."

수많은 기간테스의 디자인을 설계한 그녀다. 이 정도 공간은 한 번 보는 것만으로도 기간테스에 대한 계산은 충분했다.

"그러면 혹시 거리도 늘어난 것 아닐까요?"

곰곰이 생각하던 이레아의 말에 모두의 얼굴이 딱딱하게 굳었다.

과연 그랬다. 높이와 너비만 커졌을 리 없었다. 길이도 길어졌으리라.

던전의 구조를 생각해 보면 사방팔방으로 통로가 뚫려 있던 중심부까지 어떻게 가야 할지 막막했다. 이곳의 길은 외길이었기에 곧장 가면 되지만 거리가 계산이 안 되었다.

"좀 전의 던전과 이곳의 구조가 완전히 동일하다고 가정했을 때 이곳에서 중심부까지는 예닐곱 시간 정도 걸릴 것 같아요. 물론 높이와 폭이 커진 것과 같은 비율로 거리가 길어졌다는 가정하에서요."

이레아의 이어진 말에 모두의 얼굴에는 낭패한 기색이 어렸다. 일행은 하룻밤의 탐색을 계획하고 나왔었다.

"어쩔 수 없군요. 기간테스로 이동을 해야겠습니다."

프로페서가 말했다.

자신들은 준비가 부족했기에 빠른 시간 안에 이곳에서의 일을 끝내야 했다. 몇 시간이나 허비할 수 없었다.

프로페서의 말에 세 사람은 고개를 끄덕였다.

"소환!"

세 사람의 동의를 얻은 그는 시동어를 외쳤지만 리콜러에서 아무런 반응이 없었다.

"응?"

프로페서의 얼굴에 당혹이 어렸다.

이레아가 어두운 얼굴로 고개를 저었다.

"우리는 세상에 알려지지 않은 3차원 입체 마법진을 이용해 이곳에 왔어요. 그러면서 리콜러와 아공간 사이의 연결이 끊겼나 봐요."

난감한 상황이다.

기간테스를 소환할 수 없다니.

"다시 그곳으로 돌아갈 수는 없지?"

이올린이 혹시나 하는 생각에 물었다.

"응. 마법진의 중심에서야 이동이 가능하니까."

이레아의 대답에 이올린은 맥빠진 얼굴을 했다.

"어쩔 수 없네. 자, 가요."

방법은 하나밖에 없었다. 모두들 이올린의 말대로 걸음을 옮겼다.

"그런데 아까 외운 주문은 뭐야? 다른 마법진이랑 다르게 짧던데. 고대어 같은 거야?"

걸음을 옮기던 이올린이 생각났다는 듯 물었다.

"언니 말대로 고대어야. 우리가 일반적으로 사용하는 마법 진은 한 단어가 시동어인데, 좀 전의 마법진은 한 문장이 시 동어였어."

"그럼 시동어만으로 마법진이 발동했다는 거야?"

이올린이 놀라서 물었다. 마법진이란 마나를 활성화시켜 발동 직전의 상태로 만드는 주문을 외운 후 발동을 시키는 시 동어를 외운다. 그런데 자신들은 단지 시동어를 외운 것만으 로 마법진을 발동시켰다니 놀라지 않을 수 없었다.

"뭐, 고위 마법진 중에는 시동어만으로 발동하는 것도 있 는걸. 게다가 3차원 입체 마법진은 문장이 시동어라서 첫 단 어를 말하는 걸로 저절로 주문이 발휘가 되는 것 같았어. 그 러니까, 음. 주문과 시동어가 함께 있는 거라고 해야 하나?"

"그렇구나."

프로페서는 귀를 기울여 두 사람의 대화를 들었다. 기간테 스에 관심이 많은 만큼 마법진에 대한 지식도 상당했다. 그런 그에게 두 자매의 대화는 무척이나 흥미로운 것이었다.

"아까 외운 시동어의 뜻은 '영혼을 가진 철거인의 검은 공간을 찢는다' 였어."

"응?"

이레아의 해석을 들은 이올린의 시선이 사이몬을 향했다. 이레아가 마지막 단어를 떠올리기 직전 그가 혼자 외친 말을 기억하기 때문이다.

"왜 그러시죠?"

"아까 외친 말이 생각나서요."

분명 사이몬은 아스카론이 어쩌고저쩌고했다. 이레아가 왼 마지막 단어 역시 아스카론이었다.

"아스카론의 뜻은 '공간을 찢는다' 야."

이올린의 지적에 이레아가 대답했다. 그 말에 사이몬의 표정이 살짝 변했다. 머릿속에 울렸던 정체불명의 말소리 때문이다.

'분명 시공을 초월한 자 아스카론이라고 했었지. 시공을 초월한 자와 공간을 찢는다라……'

자신의 머릿속에 울린 말소리의 원인은 이곳과 어떤 연관이 있는 것 같았다.

"어떻게 알았어요, 아스카론이라는 말?"

이올린이 사이몬을 보면서 물었다.

"글쎄요. 환청 같은 것이 들렸습니다."

딱히 숨길 일도 아니었기에 사이몬은 솔직하게 말했다.

사이몬의 대답에 이올린과 이레아는 고개를 갸웃거렸지만 딱히 다른 말을 하지는 않았다.

한참을 걸었다.

대체 얼마나 걸었는지 알 수 없었다.

마치 세상과 단절이라도 된 곳인 듯 시각의 흐름을 제대로 느낄 수 없었다.

어느 순간 가장 앞서 가던 사이몬이 걸음을 멈췄다. 뒤이어 오던 세 사람도 따라서 걸음을 멈췄다.

"무슨 일이지?"

사이몬의 실력을 어느 정도 아는 프로페서가 물었다.

"앞에 무언가 있어요."

그 말에 모두의 얼굴에 긴장의 빛이 흘렀다.

앞부분은 꺾어지는 모퉁이다. 모퉁이 너머에 무엇이 있을지 모를 일이다.

사이몬이 검을 뽑아 들고 천천히 한발 한발 내딛었다.

일행을 뒤에 두고 사이몬이 가장 먼저 모퉁이를 돌았다.

눈앞에는 거대한 갑옷이 서 있었다. 크기는 3미터 정도의 풀 플레이트 메일이었다.

철컹.

사이몬이 모퉁이를 도는 순간 갑옷이 움직였다.

"몬스터예요!"

사이몬이 큰소리로 외쳤다.

그 소리에 프로페서가 서둘러 달려왔고 이레아와 이올린은 한 발 물러섰다.

"빌어먹을 놈!"

사이몬 특유의 탁하게 갈라지는 목소리가 그의 입술을 비집고 나왔다. 기간테스도 소환할 수 없는 상황에서 저런 적과 마주해야 한다는 것은 분명 무척이나 성가시고도 위험을 감수해야 하는 일이다.

사이몬의 오른쪽 뺨이 실룩거렸다.

절벽에서 떨어질 때 입은 부상으로 인한 오른쪽 눈꼬리에서 입꼬리까지 길게 이어진 흉터와 흉터 근처로 골격이 뒤틀려 버린 광대뼈가 기묘하게 움직였다.

아크와 수련하면서 생긴 사이몬의 버릇이었다. 오른쪽 안모와 왼쪽 안모가 비대칭을 이루며 기묘한 분위기를 연출했다. 사이몬의 그런 모습에 아크가 몇 번이나 마법으로 원상 회복해 주겠다 하였지만 사이몬이 거절했었다.

사이몬은 특유의 표정으로 상대를 노려보았다.

그러다 움직이는 갑옷이 검을 뽑으려 하자 사이몬이 먼저 달려들었다. 비록 자신보다 서너 배 큰 덩치라 하더라도 승산은 충분했다. 아크의 도움 덕에 사이몬은 무척 강해져 있었다.

사이몬은 인피니트 소드의 첫 번째 수법으로 검을 날렸다.

챙!

요란한 소리가 울리며 사이몬의 검이 튕겨 나왔다.

갑옷이 보통 갑옷이 아니었다.

"소울 아머!!"

그때 조심스레 모퉁이 너머의 상황을 살피던 이레아가 믿을 수 없다는 얼굴로 외쳤다.

"이 녀석의 정체를 압니까?"

프로페서가 검을 뽑은 채 긴장한 얼굴로 물었다.

"네. 고대에 존재했던 던전을 지키는 파수꾼이에요."

이레아도 이곳 던전을 조사하면서 알게 된 고대에 관한 지식이었다.

단편적으로 존재하는 정보 속에 소울 아머에 대한 자료가 있었다. 자료를 보면서도 믿지 않았지만 이렇게 존재하는 이상 믿을 수밖에 없었다.

"혹시 약점도 아십니까?"

프로페서가 서둘러 물었다.

그사이 사이몬과 소울 아머의 검격이 점점 더 치열해지고 있었다.

"사람의 심장의 위치에 소울 코어라는 것이 있어요. 그것을 파괴하면 돼요!"

이레아의 외침은 사이몬의 귀에도 들렸다.

약점을 들은 이상 거침이 없었다. 사이몬의 검은 인피니트 소드의 수법에 따라 어지러이 움직였다. 자신보다 몇 배는 큰 소울 아머를 상대로 한 치도 밀리지 않는 모습니다.

아니, 오히려 작은 덩치를 효율적으로 이용해 소울 아머를 몰아붙이고 있었다. 소울 아머의 단단한 몸이 아니었으면 진작에 쓰러뜨렸을 것이다.

부웅.

소울 아머의 거대한 검이 위에서 아래로 곧장 떨어졌다. 무시무시한 참격이다. 모두가 놀란 순간 오히려 사이몬의 두 눈은 빛났다. 믿을 수 없는 빠른 속도로 소울 아머의 품으로 파고든 사이몬은 그의 정강이를 걷어차며 뛰어올랐다.

쾅!

사이몬이 피한 자리로 소울 아머의 검이 요란한 소리를 내며 떨어졌다. 전력을 다한 일격인 듯했다.

그때 사이몬은 이미 소울 아머의 얼굴 부분과 같은 높이에 훌쩍 뛰어올라 있었다.

"마나 블레이드!"

사이몬의 검이 빛나는 것을 본 프로페서가 놀라서 외쳤다. 마나를 잔뜩 머금어 빛나는 검은 피어스 브레이크를 터득하기 바로 전 단계의 실력이라는 증거였다.

서격.

마나를 잔뜩 머금은 검이 소울 아머의 왼쪽 가슴을 가르고 꽂혔다.

사이몬의 검을 튕겨내던 갑옷의 단단함도 마나를 머금은 검에는 소용이 없었다.

검은 정확히 소울 코어를 찔렀다.

그 순간 소울 아머의 투구에서 눈처럼 빛나던 부분의 빛이 사라졌다. 그리고 소울 아머의 움직임도 멈췄다.

일격에 끝낸 것이다.

"우와! 대단해. 설마 마나 블레이드를 사용할 정도의 실력자일 줄이야!"

프로페서의 입에서 감탄이 터져 나왔다. 사이몬이 엄청난 실력을 지녔을 것이라 생각은 했지만 설마 마나 블레이드를 자유롭게 사용할 정도인 줄은 몰랐다. 마나 블레이드를 사용할 수 있다는 말은 소드 익스퍼트 중급에 거의 도달했다는 뜻이었다.

"그런 실력이 있는데 왜 처음부터 사용하지 않았지요?"

이올린이 놀란 눈으로 사이몬을 보며 의아하다는 듯 물었다.

"아직 얼마나 더 가야 할지도 모르고 이런 녀석들이 얼마나 있는지도 모릅니다. 전력을 아껴둬야죠."

사이몬의 대답에 다들 고개를 끄덕였다. 실제로는 피어스 브레이크를 사용할 수 있음에도 사이몬이 마나 블레이드로 소울 아머를 처리한 이유이기도 했다.

소울 아머를 뒤로하고 다시 걸음을 재촉했다. 마음 같아서는 자세히 조사해 보고 싶었지만 앞으로 얼마나 더 가야 할지 모르는 길이다. 서둘러야 했다.

은은히 빛나는 던전의 벽은 미묘한 분위기를 연출했다. 횃불도 마법등도 없었지만 벽이 스스로 내는 빛 덕에 움직이는 데 어려움은 없었다.

모퉁이를 돌 때마다 소울 아머가 튀어나왔고 그때마다 사이몬이 처리했다.

"휘유. 기간테스도 소환 못하는 마당에 제가 왜 따라왔는지 모르겠군요."

스스로 그런 말을 할 정도로 프로페서가 한 일은 없었다.

소울 아머의 등장 횟수가 늘어날수록 이레아가 고개를 갸웃거렸다.

"왜 그래?"

아홉 번째 소울 아머를 쓰러뜨린 순간 이레아의 모습을 보고 이올린이 물었다.

"지금 우리가 가고 있는 부분은 마법진의 우측 120도에 상방 38도 정도의 지점이야."

이레아의 설명을 누구도 알아듣지 못한 얼굴이다.

3차원 입체 마법진, 즉 둥근 구형의 마법진에 대한 설명을 쉽게 이해할 리 만무했다.

"아무튼 우리가 지금 이곳까지 오면서 마법진의 중요 포인트를 지날 때마다 소울 아머가 나타났어."

"그 말은?"

"결국 소울 이머가 이 던전의 중요 파수꾼이라는 이야기지."

"그럼 중심까지는 얼마나 남았어?"

"아홉 곳 더 지나면 되니까 딱 절반 온 것 같아."

구조가 엘라시아와 메킨의 던전과 완전히 동일했다. 적어도 지금 온 길까지는 그랬다. 그랬기에 이레아가 확신에 찬 대답을 할 수 있는 것이다.

"이 마법진이 입체라고 그랬지?"

"응."

"그러면 대체 이런 녀석들은 얼마나 더 있는 거야?"

"중앙으로 가는 길이 모두 위아래 해서 서른여섯 곳이야. 모두 열여덟 곳의 지점이 있고. 계산해 봐."

"육백마흔여덟 곳이군요."

프로페서가 두 사람의 대화에 끼어들었다.

"계산이 빠르시네요."

"보통이죠."

한 곳, 한 곳의 소울 이머를 처리할 때마다 다음 지점까지의 거리가 조금씩 가까워지는 것 같았다. 마법진의 작용으로 변화가 생긴 것인지 그들의 걸음이 빨라진 것인지 알 수 없었다.

"그래도 다행이네. 이걸 쓸 일은 없어서."

이올린이 품에 가져온 것을 만지작거리며 말했다.

"그렇지?"

이레아 역시 동의한다는 듯 대답했다.

프로페서와 사이몬은 그녀들의 대화에 관심을 껐다. 자신들이 관심을 가질 만한 것이 아니었다.

이윽고 열여덟 번째 소울 아머를 처리했다.

이미 익숙해진 사이몬의 깔끔한 솜씨에 나타나자마자 바로 침묵 상태에 빠졌다.

"이제 곧 중심이야."

"생각보다 빨리 왔네. 시간이 얼마나 흐른 거지?"

"모르겠어."

이올린의 물음에 이레아가 대답했다.

그들의 대형은 여전히 사이몬이 선두에 서고 그 뒤로 프로페서가 그 뒤로 이올린과 이레아가 따르는 형태였다.

─왔는가?

중앙의 거대한 공동에 들어서는 순간 네 사람의 머릿속에 동시에 말소리가 울렸다.

이곳으로 공간 이동하기 전 사이몬이 들었던 바로 그 음성이었다.

사이몬을 제외한 세 사람은 놀라서 그 자리에 멈췄다.

아무것도 없는 중앙 공동의 한가운데 검 한 자루가 바닥에 박혀 있을 뿐 그들에게 말을 건 존재는 어디에도 없었다.

사이몬의 두 눈이 검에 고정되었다.

사이몬의 눈에는 보였다. 검을 중심으로 넘실넘실 피어오르는 마나의 움직임이.

지금까지 결코 보지 못한 거대한 힘의 흐름이었다.

아크가 전력을 다해도 저런 마나의 흐름을 만들어낼 수 있을지는 장담할 수 없었다.

"네 녀석이었군."

사이몬이 낮게 말했다. 이제야 자신의 머릿속을 어지럽히던 원흉을 찾은 것이다. 보통 사람이라면 설마 저 검이 그랬을 것이라고는 상상도 못했을 것이다. 하지만 마나의 흐름을 볼 수 있는 사이몬이었기에, 의지를 가진 존재보다 더 엄청난 마나를 흘려내는 검을 보며 원흉이라 생각한 것이다.

—그렇다.

사이몬의 말에 곧바로 반응이 오자 세 사람의 시선은 사이몬을 향했다.

"대체 어디에 있는 존재죠?"

이레아는 목소리의 주인공이 평범한 사람일 리 없다는 것을 눈치챘다.

이레아의 물음에 사이몬이 손을 들어 가리켰다. 그 끝에는 오롯이 박혀 있는 검이 있었다.

"설마!"

"말도 안 돼!"

"어떻게!"

그 행동의 뜻을 이해한 세 사람의 입에서는 제각각의 소리가 튀어나왔다.

"저 검이 제 머릿속으로 말을 걸고 있습니다."

사이몬이 무표정하게 말했다.

—나에게 오라.

사이몬을 선두로 일행은 검이 꽂힌 중앙을 향해 걸음을 옮겼다. 한 걸음 옮길 때마다 네 사람은 쭉쭉 앞으로 나아갔다. 결코 정상적인 상황이 아니다. 마법진의 무언가가 간섭하는 것 같았다.

—실로 오랜 시간을 기다렸다.

일행이 검 바로 앞에 도착하는 순간 다시 목소리가 울렸다.

"너는 대체 뭐지?"

사이몬의 날이 선 물음에 세 사람은 깜짝 놀랐다.

의지를 발하는 검이라니 세 사람은 믿을 수 없는 상황에 어찌할 바를 모르고 있는데 저렇게 공격적인 언사라니. 놀라지 않을 수 없었다.

—난 시공을 초월한 검, 아스카론. 나의 목소리를 들은 이는 네가 처음이다.

"저, 이곳은 대체 어떤 곳이죠?"

사이몬이 다시 막 뭐라 말하려는 찰나 이레아가 먼저 나섰다.

─마도의 거병, 타이탄을 만들던 곳이다.

"그럼 엘라시아와 메킨의 던전은 어떤 곳이죠?"

─엘라시아아 메킨의 던전? 그곳은 어떤 곳인가?

아스카론의 반문에 이레아는 자신의 질문이 잘못되었음을 깨닫고 다시 물었다.

"우리가 이곳으로 오게 된 3차원 입체 마법진은 대체 어떤 곳이죠?"

─차원의 틈을 여는 문이다.

"그럼 이곳이 차원의 틈인가요?"

─그렇다.

둘의 대화에 나머지 인물들의 얼굴이 시시각각 변했다.

"넌 대체 뭐지?"

사이몬이 끼어들었다.

─아스카론.

같은 질문에 대한 답은 짧았다.

"아스카론, 이곳에는 당신밖에 없나요?"

─소울 아머와 나. 그것이 이곳에 존재하는 전부다.

이레아의 물음에 아스카론이 답했다.

"타이탄을 만들던 곳이라면 그에 관련된 것은 모두 어디로 간 것이죠?"

─스스로 신의 자식이라 칭하는 간특한 것들이 모두 소거했다.

아스카론의 대답에 이레아는 맥 빠진 표정을 했다.

아마 마도 시대와 신성 시대의 교체기에 신성 기사단이 이곳도 모두 깨끗이 파괴한 듯했다.

"그렇다면 소울 아머는 어떻게 남아 있는 것이지요?"

이올린이 끼어들었다. 아스카론의 대답에 앞뒤가 안 맞는 부분이 있는 탓이다.

—내가 숨겼다. 그런 하찮은 존재는 결코 나를 어찌할 수 없느니.

세 사람의 얼굴에 경악이 어렸다.

대체 이 존재의 말을 어떻게 받아들여야 할 것인지 판단이 서지 않았다.

"넌 왜 이곳에 있는 거지?"

사이몬이 다시 끼어들었다.

—너를 기다렸다.

CHAPTER 2
마이스터

거대한 공간에 침묵이 감돌았다.

사이몬의 물음에 아직 아스카론은 제대로 된 대답을 하지 않았기 때문이다.

"그게 무슨 뜻이지? 어서 대답해 봐!"

사이몬이 다시 물었다.

자신을 기다렸다니. 혹시 자신에 대해 아는 것일까? 자신의 잃어버린 기억과 관련이 있는 것일까?

—너는 마이스터의 자질을 가진 자. 나는 오랜 시간 동안 마이스터의 자질을 가진 자를 기다려 왔다. 공간을 뛰어넘는 나의 목소리는 오로지 마이스터의 자질을 가진 자에게만 들

릴지니 너는 나의 목소리에 답해 이곳으로 온 것이다.

그제야 사이몬은 그곳에서 자신에게만 이상한 목소리가 들린 연유에 대해서 알게 되었다.

하지만 웃긴 소리다.

오라고만 했지, 어떻게 오라고 하지 않았다.

이레아가 아니었다면 결코 오지 못했을 것이다.

"말도 안 되는 소리. 그런 식으로 부르면 누가 올 수 있겠어?"

사이몬의 투덜거림에 아스카론은 아무런 답이 없었다. 단지 검신의 빛이 살짝 변했을 뿐이다.

아무도 그것을 알아차리지 못했다.

"아스카론, 당신은 자아를 가진 검, 에고 소드인가요?"

ㅡ내가 자아를 가진 것은 맞지만 난 아스카론이다. 난 오롯이 아스카론으로 존재할 뿐이다.

그의 대답에서 이레아는 아스카론의 자존심을 알 수 있었다.

"그래요. 그럼 혹시 마도의 마병 타이탄의 제조 방법을 알고 있나요?"

이레아는 정말 지푸라기라도 잡는 심정으로 물었다.

ㅡ물론이다. 나는 마도의 모든 것의 집약체다. 당연히 알고 있다.

그 말이 나오는 순간 이레아와 이올린의 얼굴은 환희로 물들었다.

드디어 자신들의 연구에 대한 해답을 얻을 수 있는 순간이
온 것이다.

"가르쳐 줄 수 있나요?"

—불가한다.

짧은 대답에 금세 두 사람의 얼굴에는 허탈함이 가득했다.
아는데 안 가르쳐 주겠다니 이런 심보가 어디 있는가. 어째
검의 심보가 사람보다 더 고약한 것 같았다.

"왜죠?"

—나는 마이스터를 위해 만들어진 존재다.

아스카론의 대답에 이레아의 이마에 주름이 생겼다. 결국
은 자신들이 마이스터가 아니기 때문에 가르쳐 줄 수 없다는
것이다.

"그러면 여기 사이몬 씨의 부탁이라면 들어줄 수 있나요?"

—불가한다.

"왜죠?"

뾰족한 목소리로 이레아가 물었다. 아스카론이 자신의 말
을 뒤집은 대답을 했기 때문이다.

—그는 마이스터가 아니다.

"아!"

아스카론의 대답에 이레아는 그제야 그가 사이몬을 마이
스터의 자질을 가진 자라 부른 것을 떠올렸다. 결국 이 중에

는 마이스터가 없다는 소리다.

"후……."

이레아의 어깨가 처졌다.

"그렇다면, 그가 마이스터가 된다면 가르쳐 줄 수 있나요?"

이올린이 급하게 끼어들었다.

―나는 마이스터를 위해 만들어진 존재, 아스카론이다.

"아!"

그 대답에 이레아와 이올린의 시선은 동시에 사이몬을 향했다. 갑작스러운 두 자매의 행동에 사이몬은 살짝 당황했다. 사이몬을 잠시 바라본 이레아의 시선이 프로페서에게로 향했다.

"블루 타이탄 용병대를 계속해서 고용하겠어요."

"감사합니다."

이레아의 말에 프로페서는 웃으며 대답했다. 아마도 아스카론이라는 저 검과 사이몬 때문이리라 짐작했다.

사실 프로페서는 마도의 마병이라는 이야기를 들었을 때 깜짝 놀랐다. 3.0이 넘는 출력의 기간테스 제조에 대한 실마리를 찾으러 왔다고만 생각했지, 설마 이 자매가 마도의 마병인 타이탄의 제조법을 찾아 이곳까지 찾아왔을 것이라고는 생각도 못한 탓이다.

사이몬이 아스카론의 주인이 되어 마병의 제조법을 얻는

다면 상당히 재미있는 일이 벌어질 것 같았다.

'게다가 돈도 벌고, 타이탄 구경도 하고 말이지. 후훗.'

"기간은 얼마나 생각하십니까?"

"평생요."

짤막한 대답에 잠시 프로페서는 어떤 표정을 지어야 할지 판단하지 못했다.

"정확히 무슨 뜻이신지 모르겠군요."

그랬다.

자유로운 용병을 평생을 기간으로 고용하겠다니. 이것은 가신으로 거두겠다는 뜻으로도 들릴 수 있다. 그것을 가주인 백작이 아니라 백작의 딸이 제안했다.

프로페서로서는 쉽사리 받아들일 수 없는 문제였다.

"말 그대로예요."

이레아는 프로페서를 바라보며 말했다.

"저희는 비쌉니다. 그럴 능력이 있으십니까?"

"물론이에요."

이레아의 두 눈에는 자신감으로 충만했다.

"아가씨께서 혼자 결정할 수 있는 문제입니까?"

"어느 정도는요."

레퀴엠 프로젝트에 관련된 문제다. 아버지가 허락하지 않을 리 없었다.

하지만 프로페서는 고개를 저었다.

“저희는 자유로이 원하는 일을 찾아 세상을 떠도는 용병입니다. 귀족가의 가신이 될 수는 없어요. 게다가 아가씨께서 원하시는 사람은 사이몬 한 사람입니다. 우리 용병대의 대원이라고 굳이 우리 모두를 끌어들이려 하실 필요는 없습니다. 지금 조금 흥분하신 듯하군요.”

침착한 프로페서의 말에 그제야 이레아는 자신의 상태를 알아차렸다.

“아…….”

그녀는 짧은 한숨으로 자신의 심정을 대신했다.

“일단 이곳을 벗어나는 것이 먼저일 듯하군요.”

프로페서가 아스카론을 바라보며 말했다.

현재 네 사람 중 가장 침착한 이는 당연히 그였다. 사이몬은 아스카론의 말 때문에, 이레아와 이올린은 고대 마병 때문에 침착을 잃은 상태였다.

“사이몬, 일단 저 검을 어떻게 해야 우리가 나갈 수 있을 것 같은데… 마이스터의 자질을 가졌다고 말하는 것으로 보아 자네가 저 녀석을 챙겨야 할 것 같은데? 그게 아니면 저 녀석이 자네를 그렇게 불렀을 리 없잖아.”

프로페서의 말에 사이몬은 고개를 끄덕이고 아스카론을 향해 다가갔다.

사이몬이 다가감에 따라 아스카론은 사방으로 밝은 빛을 뿜어댔다. 세 사람은 그 빛에 눈도 제대로 뜨지 못할 지경이었다.

그럼에도 신기하게 사이몬은 눈부심을 전혀 느끼지 못하고 있었다.

―그대의 이름은?

"사이몬. 일단 지금은 이렇게 불리고 있다."

사실 사이몬은 자신의 본명을 모른다. 기억을 잃었기에 일단 지금은 이라는 단서를 붙였다.

―그대는 스스로의 의지로 오롯이 존재하는가?

사이몬이 단서를 붙인 까닭을 이해한 것일까? 아스카론은 다시 한 번 사이몬에게 질문을 던졌다.

"나는 나의 의지로 존재한다."

설사 기억을 잃었다 하나 기억을 찾기 위해 움직이는 것도, 그리고 지금까지의 모든 행동도 사이몬은 스스로의 의지로 결정하고 행해왔다.

―그대는 나 아스카론을 영혼의 맹약으로 받아들이겠는가?

영혼의 맹약이라는 거창한 말까지 나왔다.

지금 와서 무를 수도 없는 일이다. 일단 이곳을 빠져나가려면 아스카론을 어떻게든 수습해야 했다.

"나의 의지로 너와의 영혼의 맹약을 받아들인다."

사이몬의 대답에 아스카론은 더욱 밝게 빛났다.

―마이스터의 검인 나 아스카론은 마이스터의 자질을 가진 자, 사이몬과 영혼의 맹약을 맺어 그가 마이스터가 되는

순간 그를 주인으로 인정하여 진실한 힘을 드러내리라.

오직 사이몬의 머릿속에만 울린 음성이다.

그리고 중앙 광장을 어마어마한 빛이 집어삼켰다.

이곳으로 이동되어 올 때와는 비교도 되지 않는 엄청난 힘이 공간을 지배했다.

모두가 눈을 뜨지 못한 그 순간의 광휘 속에서 신기하게도 사이몬은 두 눈을 뜨고 자신에게 일어나는 변화를 알아볼 수 있었다.

아스카론이 스스로 뽑혔다. 허공에서 찬란한 광휘를 뿌리고 고고히 떠 있는 그 모습은 장엄하기까지 했다.

아스카론이 하늘을 향해 검날을 세운 그 상태로 사이몬을 향해 천천히 날아왔다. 여전히 빛나는 찬란한 광휘는 사이몬을 제외한 모두의 눈을 멀게 했다.

이윽고 아스카론이 사이몬의 정면에 자리했다. 아스카론의 검신에서 황금빛의 가느다란 실과 같은 것이 줄기줄기 흘러나오더니 사이몬의 온몸을 감싸기 시작했다. 한 가닥, 한 가닥 감싸던 것이 어느새 누에고치처럼 사이몬을 완전히 감쌌다. 처음에는 갑작스러운 상황에 당황하던 사이몬이었지만 오히려 더욱 편안하고 청량한 느낌에 가만히 변화에 몸을 맡겼다.

황금색 누에고치가 은은한 빛을 뿌렸다.

아스카론의 광휘와 황금 고치의 빛이 절묘한 조화를 이루며 동굴을 밝혀다.

이윽고 황금 고치의 빛이 점차 약해지는가 싶더니 점점 희미해지기 시작했다. 서서히 사이몬의 몸속으로 흡수되어 가고 있었다.

완전히 황금 고치가 사라지자 사이몬의 몸이 은은한 황금빛으로 빛나기 시작했다.

빛나고 있는 사이몬의 가슴을 향해 날카롭게 벼려진 아스카론의 검끝이 향했다. 천천히 가슴을 향해 다가오는 아스카론.

계속해서 다가오다가는 사이몬의 가슴을 찌를 듯했지만 사이몬은 담담한 눈으로 그 모습을 지켜봤다. 자신에게는 아무런 해가 없을 것이라는 믿음이 어디에선가 강렬하게 솟아난 탓이다.

아스카론의 검끝이 서서히 사이몬의 가슴 한가운데를 파고들었다.

아무런 아픔도 없었다. 한 방울의 피도 흐르지 않았다.

가슴이 갈라지지도 않았다.

그저 처음부터 아스카론과 사이몬이 한 몸이었다는 듯 서서히 아스카론은 사이몬의 가슴속으로 사라졌다.

이윽고 검병까지 완벽하게 사이몬에게 흡수되자 사이몬의 몸에서 황금빛이 완전히 사라지고 원래의 모습으로 돌아갔다.

사이몬의 모습이 어딘가 달라졌다. 외모는 그대로였으나 피부가 더욱 부드러워졌고, 온몸에서 흘러넘치는 생기가 더욱 강해졌다.

사이몬이 양손을 펴고 잠시 자신의 몸을 살폈다.

그사이 사이몬의 허리에 있는 빈 검집에서 강렬한 빛이 터져 나왔다.

비어 있던 검집에 어느새 사이몬의 몸에 흡수되었던 아스카론이 자리했다.

아스카론이 자리한 순간 검집의 형태는 변했다. 누구도 그것이 메틀라인 왕국의 리콜러의 양식을 가지고 있었다는 것을 알아차리지 못할 정도의 변화였다.

그런 변화는 순식간에 일어났고, 변화가 끝나는 순간 그들은 그곳에서 사라졌다.

"응? 대장 언제 왔수? 역시 던전에 간 것은 허탕이었수?"

빛에 휩싸였다 생각하는 순간, 네 사람은 어느새 엘라시안의 초입에 도착한 로컬 일행에 섞여 있었다.

언제 왔는지도 알아채지 못했다는 듯한 로컬의 표정에 네 사람은 어리둥절할 수밖에 없었다. 그들이 던전 안에서 보낸 시간과 마법진으로 이동을 하여 보낸 시간이 얼마던가. 그런데 로컬이 허탕이냐고 묻는 것으로 보아 그들과 헤어지고 나서 시간이 얼마 흐르지 않은 듯했다.

“이게…….”

이레아가 무언가 말을 하려다가 말았다.

멀리서 헐레벌떡 다가오는 카닉이 보였기 때문이다.

“대체 어디를 가셨던 겁니까? 제가 아침에 찾아갔는데 계시지 않아서 한참을 헤맸습니다.”

카닉이 숨을 헐떡이며 말했다.

“죄송해요. 잠자리가 불편했는지 아침 일찍 눈이 떠져서 상쾌한 공기나 쐴까 하고 잠시 산책을 좀 했어요.”

이레아가 한 발 앞으로 나서서 말했다.

“이곳은 중요한 유적지가 있는 곳입니다. 아무리 관광지화되어 있다고는 하나 제국의 중요한 곳이니 안내인들의 말을 잘 따라주셔야 합니다. 그렇지 않아도 어젯밤에 숲속의 몬스터들이 난동을 부려 곧 조사대가 오기로 되어 있습니다.”

카닉이 낯빛을 굳히며 진지한 어조로 말했다.

“알았어요. 조심하도록 하지요.”

“일단 여관으로 돌아가서 아침 식사를 하시지요. 그다음 유적에 올라가 보도록 하지요.”

카닉의 안내로 일행은 다시 여관으로 돌아왔다.

이레아를 제외한 다른 세 사람과 먼저 던전에서 내려왔던 용병대원들은 아직 어안이 벙벙한 안색이다.

여관에 도착하자 카닉은 잠시 다녀오겠다며 나섰다.

이레아는 일행이 식사를 하는 동안 황급히 자신의 방으로 들어갔다가 금방 나왔다.

"이제 떠나요."

"네?"

갑작스러운 이레아의 말에 다들 식사를 하다 말고 눈을 동그랗게 떴다.

프로페서는 그녀의 말에 고개를 끄덕였다.

"카닉, 그자의 시선이 이상하기는 했지요."

갑작스러운 이동과 변화에 정신을 못 차리는 가운데에서도 프로페서는 카닉의 눈빛을 읽었다. 노련한 경험을 쌓은 용병대 대장으로서의 감 덕분이다.

"그래요. 어제 몬스터 소동을 이야기한 것이 의도적인 것인지는 모르겠지만 그의 기색이 수상했어요. 아마 우리를 의심하는 듯해요."

그렇다면 카닉이라는 자는 보통 안내인이 아니었다.

"하긴 이런 유적의 안내인이 평범할 리 없지. 아무것도 없어서 관광지로 만들기는 했지만 그래도 설마하는 마음을 제국에서 가지고 있을 테니까 말이야."

이올린이 고개를 끄덕이며 말했다.

"그러면 즉시 포털 스팟으로 가요."

"순순히 보내줄까요?"

프로페서의 물음에 이레아가 웃음지었다.

"보내줄 수밖에 없을 거예요."

이레아의 대답에 프로페서는 고개를 갸웃거렸다.

아마도 어떤 준비를 하고 이곳에 온 듯했다. 황급히 혼자 방에 들어갔던 것은 이곳에서의 일이 성공했다는 사실을 알리기 위해서였을 것이다.

일행이 셈을 치르고 우르르 여관에서 몰려 나왔다.

그때 몇몇 경비병들과 함께 카닉이 멀리서 나타났다.

"아니, 어디를 가시는 겁니까?"

일행이 향하는 방향에 포털 스팟이 있는 것을 알아차린 카닉이 서둘러 달려와 물었다.

경비병들도 함께 달려왔다.

"불길해요."

"네?"

이레아의 말에 카닉이 되물었다.

"어젯밤 꿈이 뒤숭숭해서 잠을 설쳤는데 방에 돌아와 보니 아끼던 거울이 깨져 있었어요. 아무래도 집에 무슨 일이 있는 듯하니 소식을 좀 알아봐야 할 것 같아요."

"그런 것은 미신입니다. 바첼러 백작가의 아가씨답지 않은 생각이시군요."

평민인 안내인이 감히 귀족에게 할 수 없는 말을 카닉이 서슴없이 했다. 이곳이 아무리 제국이라 하나 귀족에게 이런 무례를 저지를 수는 없다. 그럼에도 그가 이런 말을 내뱉은 것은 이레아 일행을 이곳에 붙잡아두어야만 할 사정이 있는 것이다.

"단지 소식만 알아보러 가는 것이에요. 아무 일이 없다면 다시 돌아오면 그뿐 아니겠어요?"

이레아가 이렇게까지 말하자 카닉으로서는 할 말이 없어졌다.

"알겠습니다. 그러면 저도 함께 가도록 하지요."

엘라시안 마을은 포털 스팟에 마법 통신소도 함께 있었다.

"그런데 이분들은 누구시죠?"

이레아가 경비병들을 가리키며 물었다.

"아, 백작가의 두 분을 경호하기 위해 부른 이들입니다."

카닉이 대답했다.

하지만 경비병들의 모습은 그의 대답과 달리 그다지 호의적인 모습이 아니었다.

'말도 안 되는 핑계군.'

프로페서는 속으로 웃음을 삼켰다.

그들의 모습은 감시였지 결코 호위가 아니었던 것이다.

이미 이런 반응을 예상한 듯 이레아는 당황하지 않고 걸음을 옮겼다. 자신은 아무것도 거리낄 것이 없다는 행동이었다.

일행은 금세 포털 마법진이 있는 곳에 도착했고 이레아가 마법 통신소로 들어갔다.

잠시 후 그녀가 나왔다.

얼굴이 새하얗게 질려 있었다. 분명 무슨 일이 있는 듯했다. 온몸을 부들부들 떠는 것이 정상적인 모습이 아니었다.

"대체 무슨 일입니까?"

카닉이 먼저 나서서 물었다.

"아, 아버님이……."

이레아가 채 말을 잇지 못했다.

한 발 뒤에 걸어나온 이올린이 새빨개진 눈을 한 채 입을 열었다.

"공화국의 암살자에게 습격을……."

그녀의 눈에서는 당장에라도 눈물이 쏟아질 듯했다.

"그런!"

프로페서가 깜짝 놀랐다.

설마 그사이에 이런 일이 벌어졌을 것이라고는 상상도 못 한 것이다.

"어찌 그런 일이 있을 수 있단 말입니까?"

카닉 역시 놀랐다.

그로서는 무척이나 곤란한 상황이다.

전날 있던 소동과 이들이 관련이 있는 것이 분명하다. 그런 데 백작가에 일이 생겼다고 하니 붙잡을 수가 없는 것이다. 비록 제국과 왕국의 관계라 하나 귀족에게 지켜줘야 할 예우 라는 것이 있었다.

모두들 혼란에 빠진 가운데 사이몬만이 유독 침착했다.

'마나의 움직임이 일정하고 부드러워. 마나는 마음의 창이나 다름없으니… 결국은 연기로군.'

사이몬은 이런 상황에서 이레아와 이올린의 마나 움직임을 읽고 침착할 수 있는 스스로가 놀라웠다. 점점 더 자신의 과거에 대한 의구심이 커져만 갔다.

결국 그 길로 이레아 일행은 엘라시안을 떠났다. 본가에 일이 생겼는데 유학 따위의 일로 지체할 수 없었다. 루즈마이론에 도착하자마자 바로 다시 포털을 통해 이동했다. 제국에 올 때와는 달리 슈프림 왕국에서 쉬지 않고 다시 한 번 바로 공간 이동을 했다.

몸에 엄청난 무리를 주는 일이지만 한시도 지체할 수 없었다.

그렇게 바첼러 백작령의 포털 마법진에 도착하니 이미 기사들이 마중 나와 있었다.

"무사히 다녀오신 것을 축하드립니다."

바첼러 기사단의 단장인 코메른이 만면에 웃음을 지으며 인사를 건넸다.

코메른의 웃음을 보고서야 프로페서는 바첼러 백작의 급환 소식이 거짓임을 알아차렸다. 주군이 위독한데 웃음 지을 기사는 없었다.

"감사해요, 코메른 단장님. 덕분에 무사히 돌아올 수 있었어요."

"감사는 백작님께 하서야지요. 이 바쁜 와중에 몸소 와병하는 모습을 보여주셨으니까요."

"호호. 그만큼 중대한 일이니까요."

정말로 오늘 아침의 일은 정신 없었다.

번갯불에 콩 볶아 먹는다는 말은 아마 오늘 아침과 같은 일을 벌일 때 쓰는 말일 것이라고 프로페서는 생각했다.

"일단 저택으로 가시지요."

"그래요."

이올린의 대답과 함께 일행은 준비된 마차와 말에 올랐다.

기사들은 블루 타이탄 용병대를 대함에도 예를 지켰다. 그들이 용병이라 해서 무시하는 행동은 전혀 없었다.

'정예로군.'

그들의 모습에서 프로페서는 잘 벼려진 검을 보는 듯한 느낌을 받았다.

그렇게 블루 타이탄 용병대는 떠난 지 며칠 되지도 않아 다시 바첼러 백작가의 저택으로 돌아왔다.

다섯 사람이 찻잔을 가운데 두고 서재에 앉아 있었다. 지금부터 나눌 이야기는 아무래도 보안이 중요했기에 응접실을 두고 이곳 서재로 모인 것이다.

서재의 입구는 코메른이 철통같이 지키고 있었다.

"예상보다 무척이나 빨리 돌아왔구나. 대체 어떤 일이 있었는지 들어보자꾸나. 생각지도 못한 때에 마법 신호가 들어와서 서둘러 준비하느라 애 먹었단다."

차를 한 모금 마신 카를로 바첼러 백작이 얼굴 가득 궁금한 표정을 지은 채 이레아와 이올린을 보면서 물었다.

카를로 백작의 물음을 시작으로 이레아와 이올린이 차근차근 짧은 며칠 동안 있었던 일을 이야기했다. 중간 중간 프로페서가 끼어들어서 보충 설명을 했다.

사이몬은 단지 그 광경을 멍하니 바라만 보았다.

알 수 없는 그리운 느낌이 전신을 지배한 탓에 그저 멍하니 앉아 있었다. 기억을 잃은 자신에게 그리움이라는 감정은 없을 텐데 대체 이게 어찌 된 일인지 고민하느라 네 사람의 대화는 귀에 들어오지 않았다.

'이곳이 과거의 나와 어떤 연관이 있는 곳이란 말인가……'

사이몬은 이슈인에 대해서는 아무것도 모른다.

누구도 이야기하지 않았기 때문이다. 이올린과 이레아는 굳이 자신들의 아픈 상처를 사이몬 앞에서 끄집어낼 이유가 없었다.

"결국은 이 친구에게 열쇠가 있다는 것이로구나."

딸들과의 대화를 통해 대강의 사정을 이해한 카를로 백작이 사이몬을 지그시 바라보았다.

　사이몬을 세세히 뜯어보던 카를로 백작의 두 눈이 살짝 흔들렸다.

　'닮았구나.'

　이내 고개를 흔들어 머리에 떠오른 상념을 떨쳤다.

　지금은 그런 상념에 휩싸일 때가 아니었다.

　그사이 사이몬은 혼자만의 상념에서 깨어났다.

　사이몬은 카를로 백작의 두 눈을 마주하고 화들짝 놀랐다. 깊고도 깊은 눈빛. 언젠가 꼭 한 번은 마주한 적이 있던 것만 같은 눈빛이다.

　사이몬과 마주친 카를로 백작의 눈가에 경련이 일었다. 그렇지 않아도 닮았다는 생각이 들던 차에 눈빛까지 익숙했다. 그는 얼른 눈길을 프로페서에게로 돌렸다. 사이몬을 계속 보고 있으면 자꾸 이슈인이 떠올랐기 때문이다.

　"자네는 어찌할 생각인가?"

　"무엇을 말씀입니까?"

　"앞으로 말일세."

　짤막한, 의미가 없는 듯한 문답이 오갔으나 그들은 그것만으로도 많은 대화를 나눈 것과 다름없었다. 이미 서로의 속내를 짐작하는 상태에서 오간 대화인 탓이다.

　"솔직히 말씀드리면 사이몬이 어찌할지는 그의 자유입니다. 그는 이번 의뢰에만 한시적으로 우리 용병대에 들어온 것이니까요."

프로페서의 말에 카를로 백작은 고개를 끄덕였다.

이레아라면 사이몬이란 사내를 끌어들이기 위해 아마도 블루 타이탄 용병대 전체를 백작가에 끌어들이려 했을 것이다. 굳이 사이몬이 아니더라도 솔직히 블루 타이탄 용병대는 탐나는 전력이다. 전원이 기간테스를 소유한 라이더로 이루어진 용병대이니만큼 그 위력은 대단했다. 비록 왕국의 정식 양성 과정을 거친 라이더가 아니라 하더라도 기간테스는 그 존재만으로도 엄청난 위력을 지닌 병기다.

한데 사이몬은 그들의 용병대와 연관이 없다 하니 한편으로 다행이라는 생각이 들었지만 다른 한편으로는 아쉽기도 했다.

"블루 타이탄 용병대는 이제 전장으로 떠날 겁니다. 사실 이번 의뢰는 순전히 제 고집으로 받아들인 것이지요. 과연 바첼러 백작가에서 어떤 일을 벌이려 하는지 못내 궁금했거든요."

프로페서가 미소를 지으며 말했다.

"그래서 만족했는가?"

카를로 백작의 물음에 프로페서는 고개를 주억거렸다.

"물론입니다. 전 아직도 흥분으로 몸이 짜릿짜릿하군요."

"그렇다면 우리가 자네를 어찌 대할지 알고 있겠구만."

"그것 역시 물론입니다. 사실 저는 계속 이곳에 있고 싶습니다. 과연 마나 엔진 출력 3.5의 기간테스가 실현 가능한지 무척 기대되는군요. 이미 재료와 인간의 한계로 인해 3.0 이상의 출력은 불가능하다는 결론이 내려진 상태인만큼 흥미가 솟구칩니다.”

안경알 너머 프로페서의 두 눈이 앞으로 펼쳐질 일에 대한 기대감으로 빛났다. 그 모습에 카를로 백작은 슬며시 미소 지었다.

“결국 자네는 이곳에 남겠다는 것이로군?”

“그런 엄청난 것을 보고 들었는데 어찌 떠나겠습니까. 떠나려면 목은 여기에 두고 몸만 떠나든지 말이지요.”

“바첼러 가는 그렇게 잔혹하지는 않다네.”

카를로 백작이 고개를 저으며 말했지만 프로페서는 알 수 없는 웃음만 짓고 있을 뿐이다.

“이 순간부터 블루 타이탄 용병대의 대장은 로컬이라는 녀석이 맡을 겁니다. 전 제 자의로 이곳에 남겠습니다. 어떤 기간테스를 보게 될지 벌써부터 가슴이 두근거리는군요.”

카를로 백작은 미소를 지으며 손을 내밀었다.

“바첼러 백작가의 일원이 된 것을 환영하네.”

“감사합니다.”

프로페서가 그 손을 맞잡았다.

오로지 기간테스에 대한 호기심으로 프로페서는 순순히 바첼러 백작가에 몸을 의탁했다.

자신도 자신에게 이런 일이 있을 것이라고는 상상도 못 했을 것이다.

자유를 누리며 세상의 기간테스를 보는 것이 낙이던 프로페서다. 하지만 3.5의 기간테스의 유혹은 엄청났다.

게다가 던전에서 본 아스카론이라는 녀석. 그 녀석 역시 웬지 엄청날 것 같았다. 3.5의 출력 정도는 코웃음 칠 정도로 말이다.

프로페서와 카를로 백작의 대화가 끝나자 사람들의 시선은 자연스레 사이몬을 향했다.

"자네는 어떻게 할 셈인가? 솔직히 터놓고 말하자면 우리는 자네의 도움이 절실하다네."

"제 도움입니까? 아니면 아스카론의 도움입니까?"

사이몬이 단도직입적으로 물었다. 그런 반응을 예상치 못했는지 카를로 백작의 얼굴에 잠시 당혹한 기색이 어렸다.

"이거, 핵심을 정확히 짚는구만. 그래, 솔직히 말해서 그 아스카론이라는 검이 가진 지식이 필요하지. 하지만 그 지식을 이끌어내려면 자네가 그 마이스터라는 것이 되어야 한다니, 결국은 둘 모두의 도움이라 해야겠군."

사이몬은 카를로 백작의 대답에 고개를 끄덕였다.

그도 고민이 많았다.

사실 이들의 고민거리는 자신에게 중요한 것은 아니다. 하지만 자신의 주위를 맴도는 이 그리움이라는 감정의 정체를 파헤치는 것은 중요했다.

잃어버린 과거와 연관이 있을 터이니.

이 저택에 들어와서 이 가문의 사람을 만나면 일어나는 감정이다.

분명 자신은 이곳과 관련이 있는 과거를 지닌 듯했다.

"일단은 협조해 드리겠습니다."

그것이면 충분했다.

그런 사이몬의 결정에 사람들의 입가에 미소가 어렸다.

"아가씨, 손님이 찾아오셨다는 전갈입니다."

그때 문밖에서 코메른의 목소리가 울렸다.

"누구지요?"

"벨런시아 공주님이십니다."

"알았어요. 곧 나갈게요."

이레아가 대답했다.

"아버님께서는 다시 병상에 누우셔야겠는데요?"

이올린이 짓궂게 웃으며 말했다.

"이거야, 원. 너희를 안전하게 루즈벡에서 데려오기 위함이라고는 하지만……."

"일단 왕국에도 아버님이 위독하시다고 소문이 났어요. 뭐, 이제는 한 고비 넘겼다는 소문이 다시 나겠지만요."

"허허, 박스터 통령이 자신을 비겁자로 만들었다고 노발대발하겠구나."

어색하게 웃으며 카를로 백작이 자리에서 먼저 일어났다. 지금부터 그는 환자였기에 자신의 침대로 향한 것이다. 아르시안과 두 자매가 만나면 분명 그에게로 갈 것이다.

이올린과 이레아가 응접실로 향했다. 프로페서와 사이몬이 그 뒤를 따랐다. 두 사람은 따라갈 필요가 없었지만 두 자매가 급히 움직이면서 자신들의 앞으로의 거처에 대해서 아무 말을 해주지 않은 탓에 따라간 것이다.

"이레아, 이올린!"

두 자매를 발견하자 흑발의 아름다운 여인이 무척이나 슬픈 얼굴을 하고 두 사람을 불렀다.

"아르시안 공주님."

두 자매는 그녀의 손을 맞잡았다.

"소식은 들었어요. 백작님께서 위독하시다구요? 그래서 두 분이 급히 돌아오셨다는 이야기를 듣고 저도 왕도에서 서둘러 왔습니다."

그렇게 말하는 아르시안의 두 눈은 슬픔으로 가득했다.

쿵. 쾅.

쿵. 쾅.

쿵. 쾅.

누구의 심장일까? 거세게 요동치기 시작했다.

숨이 멎었다.

덕분에 사이몬은 그것이 자신의 몸에서 일어난 변화라는

것을 알아차리는 데 제법 시간이 걸렸다.

평소라면 대번에 알아차렸을 신체 상태의 변화다.

'누구지? 그리고 뭐지? 내 몸의 이 반응은?

뇌는 잊었지만 심장은 기억하고 있는 걸일까?

아르시안의 모습을 본 순간 사이몬의 몸은 의지의 지배를 거부하고 제멋대로 움직였다.

"아버님은 이제 괜찮으세요. 고위 신관의 치료 덕에 고비는 넘기셨어요."

"아! 다행이에요."

"지금 막 잠 드셨으니까 뵙지는 못할 거예요."

"다행이에요. 정말 다행이에요."

이레아와 이올린이 번갈아 전해준 소식에 아르시안은 두 손을 맞잡고 안도의 눈물을 흘렸다.

이곳에서 이올린과 이레아의 얼굴을 보기 전까지 온갖 흉측한 상상이 그녀를 괴롭혔는데 이제야 그것에서 벗어난 것이다.

그렇게 안심을 하고 나서야 비로소 주변이 아르시안의 눈에 들어왔다.

자연스레 그녀의 시선은 이레아의 뒤에 멍하니 서 있는 사이몬에게로 향했다.

"아!"

짧은 한마디.

그리고 아르시안은 모든 행동을 멈췄다.

그저 멍하니 사이몬만 바라보았다.

주르륵.

그녀의 눈에서 다시 한 번 눈물이 흘러내렸다.

"공주님?"

이레아가 의아한 얼굴로 그녀를 바라보았다. 막 눈물을 닦았는데 갑자기 이렇게 눈물을 흘리다니 알 수 없는 일이다. 적어도 아버지 때문은 아니었다.

이올린의 시선이 아르시안의 시선을 따라서 움직였다. 그 끝에는 멍한 얼굴로 서 있는 사이몬이 있었다.

"우리 가문의 일을 도와주기 위해 오신 두 분이에요. 혹 무슨 실례라도?"

이올린이 조심스레 물었다.

그제야 정신을 차린 아르시안이 고개를 저었다.

"아니에요. 사실 저도 모르겠어요."

그녀도 그녀 자신이 왜 이러는지 알 수 없었다.

가슴 깊은 곳에서 솟구쳐 오는 안도감과 그리움, 그리고 안타까움이 혼재된 이 감정은 대체 무엇일까? 그리고 자신이 왜 저 사람을 보고 이런 감정을 느낄까? 알 수 없었다.

"아덴 로이츠라고 합니다. 그냥 프로페서라고 불러주십시오."

프로페서가 왕족을 대하는 예를 취하며 아르시안에게 인

사를 했다. 왕족을 대하는 예를 아는 것으로 보아 평범한 신분의 인물은 아니었다.

"사이몬이라 합니다."

사이몬은 프로페서의 눈짓에 엉거주춤 그의 인사법을 따라 인사를 했다.

"반가워요. 아르시안이에요."

아르시안이 눈물을 닦으며 인사를 받았다.

"일단 저희 방으로 가요."

이레아가 아르시안을 이끌며 말했다.

"아! 집사 아저씨, 저 두 분을 부탁드려요."

아르시안의 뒤를 따라가려던 이올린은 그제야 생각났다는 듯 집사에게 프로페서와 사이몬을 부탁하고는 서둘러 걸음을 옮겼다.

이제야 정신없는 하루를 마치고 마음 편히 쉴 수 있게 된 두 사람이다.

CHAPTER 3
바톤 프로젝트

"그러니까 지금 왕정복고를 시도하는 레지스탕스들이 나와 전쟁에 대한 악의적은 소문을 퍼뜨리고 있다 이건가?"

"네."

박스터 통령의 물음에 엥겔스가 허리를 숙이며 답했다.

"후… 그들에게는 이것이 하나의 기회라 이거로군."

박스터가 턱을 괸 채 중얼거렸다.

"민심을 공화정에서 떠나게 할 수 있다는 생각이겠지요."

엥겔스의 말에 박스터는 고개를 저었다.

"어리석어. 역시 왕정을 고집하는 만큼 어리석기 짝이 없는 녀석들이야. 이미 고기 맛을 본 사람들에게 풀만 먹던 때로 돌아가자고 하면 좋다고 할 사람이 있을까?"

"그러게 말입니다. 하지만 아직 옛 왕국에 대한 향수를 가진 사람들이 제법 됩니다. 평민이라고는 하나 공화정에서는 그들 역시 중요한 구성원들입니다. 그들의 민심이 떠난다면 곤란할 수 있습니다."

"공화정이 가진 양날의 검인가……."

박스터의 이마에 주름이 생겼다.

잠시 두 눈을 감고 고민에 잠긴 듯했다.

그렇게 얼마나 시간이 흘렀을까. 박스터의 입술이 다시 움직였다.

"현재 살아남은 왕족은 얼마나 있지?"

"메틀라인에 있는 아르시안 공주가 유일합니다."

공화국이 들어선 이후 공화국은 어둠 속에서 은밀히 국외로 망명한 옛 벨런시아의 왕족들을 정리하고 있었다. 왕족이 없으면 결국 왕국을 다시 세울 수 없기 때문이다.

기존의 벨런시아 왕족이 아닌 다른 이가 왕국을 복원하겠다고 하면 정통성이 없기에 왕국 자체가 성립될 수 없는 것이다. 만약의 사태를 대비하는 차원에서 공화국은 은밀히 왕족들을 제거해 왔다.

"으음. 역시 메틀라인이 문제야."

"그녀는 다른 왕족들과는 달리 자신의 처지를 잘 알고 웅크리고 있었더군요. 덕분에 처리할 기회가 없었습니다.”

“똑똑한 아이야.”

“그렇습니다. 이미 레지스탕스에서도 살아남은 왕족이 그녀밖에 없다는 것을 알고 접촉을 시도하고 있는 듯합니다.”

엥겔스의 대답에 박스터가 고개를 숙였다.

“그렇다면 우리가 먼저 그녀를 제거해야겠군.”

박스터의 두 눈이 잔혹하게 빛났다.

그의 말에 엥겔스가 고개를 저었다.

“그냥 제거해서는 아무런 소용이 없습니다.”

“그게 무슨 말이지?”

“지금 왕정을 주장하는 이들은 공화정이 들어서면서 자신들의 이권을 잃은 자들입니다. 그들은 왕족이 사라졌다 하더라고 어둠 속에 숨어 우리 공화국의 근간을 흔들려 할 것입니다.”

“뼛속부터 왕정을 숭배하는 자들이라는 말이로군.”

박스터는 엥겔스의 의견이 일리가 있다는 듯 고개를 끄덕였다.

“그렇습니다. 차라리 이번 기회에 그들을 뿌리째 뽑아야 합니다.”

“결국 그녀를 이용하자 이 말인가?”

마음이 통한다는 것은 이런 것일까. 엥겔스가 운만 띄우면 박스터는 이미 그의 의도를 완벽하게 이해하고 있었다. 참모의 입장에서 이렇게 모시기 편한 주군은 없었다.

"네. 납치를 해야겠지요. 그렇다면 그녀를 구하기 위해 부나방들이 달려들 겁니다."

"그들을 일거에 박멸한다. 그 후 그녀를 처리하고? 나쁘지 않은 계획이야. 그런데 납치가 가능할까?"

"지금까지는 전쟁을 준비하느라 오히려 메틀라인에는 더 조심스러웠습니다. 준비가 되기 전 그들이 눈치를 채면 곤란하니 말입니다. 하지만 이미 전쟁은 벌어졌습니다. 완벽한 적국이 된 이상 눈치를 볼 이유가 없지요. 게다가 그녀는 메틀라인에 망명해 와 있는 외국 왕족에 불과할 뿐입니다."

엥겔스가 섬뜩한 미소를 지으며 말했다.

그는 이미 이곳에 오기 전 이 일에 대한 계획을 모두 마친 상태였다. 필요한 것은 오직 박스터의 허락뿐이었다.

"좋아. 그렇게 추진해."

"네."

"그리고 요즘 의회가 시끄럽다고?"

"역시나 레지스탕스 놈들의 소문과 관련이 있습니다."

"그들이 그렇게 귀가 얇은 이들이 아니지. 그래도 이 나라를 이끌겠다고 모인 이들인데 말이야."

"그래도 자신들의 이권 앞에서는 약해집니다."

"그것이 인간이기는 해도, 국가의 존망이 걸린 전쟁에서 그럴까?"

"국가보다 자신이 먼저인 인물들이 있는 법이지요. 특히나 공화정에서는요."

엥겔스의 대답에 박스터는 고개를 끄덕였다.

"그런 해충은 어디나 있는 법이지. 그래, 그들은 이만 전쟁을 끝내기를 바란다 이건가?"

"그렇습니다. 사실 이번 전쟁은 거의 의회가 모르는 상태에서 비밀리에 진행이 되었으니까요. 게다가 선제 공격을 한 것도 우리고요."

"하지만 대륙에 공화정을 정착시키겠다는 대의명분이 있는데?"

"그들은 명분보다는 실리를 원하는 족속들입니다."

"수가 어느 정도 되지?"

"아직은 3할 정도입니다."

엥겔스의 대답에 박스터의 얼굴이 심각하게 굳었다.

"생각보다 많군."

"그것이 메틀라인에서 손을 좀 쓴 것 같습니다."

엥겔스의 말에 박스터가 눈을 크게 떴다. 설마 자신들의 의회를 조종하려 생각할 줄은 예상 못한 탓이다.

"왕정에 물든 머저리들이 의회를 움직일 생각을 했다고? 나를 암살하려 했다면 모를까 그것은 좀 믿기 어렵군. 공화정의 본질을 꿰뚫지 않는 한 시도하기 어려운 방법인데."

"이안 바첼러 자작의 솜씨입니다."

“크흠.”

박스터 통령이 불편한 기침을 내뱉었다.

바첼러 가.

무시할 수 없는 가문이다.

기간테스뿐만 아니라 이안이라는 자와 같은 걸출한 인물이 있기에 더욱 그랬다.

“뒷공작에는 뒷공작으로 받아쳐야지. 그를 좀 더 움직여봐. 결국 안에서의 분열이 밖에서의 공격보다 더 치명적이니까.”

“알겠습니다.”

“그 정도면 대강 다 끝난 것인가?”

“하나 더 있습니다.”

엥겔스의 대답에 박스터의 얼굴이 찌푸려졌다. 그다지 좋지 않은 소식만 들었는데 그런 소식이 또 있다고 하니 기분이 좋을 리 없었다.

“뭔가?”

“메틀라인 해군의 움직임이 심상치 않습니다.”

“해군이?”

“네.”

“흐음…….”

박스터가 심각한 표정으로 고민에 잠겼다.

해군이 움직인다면 문제는 커진다. 확실히 공화국의 해군력은 메틀라인에 비교가 되지 않는다. 메틀라인에서는 애초에 자신들의 군비 증강에 대비하여 해군력을 강화시켜 왔다. 만약 공화국이 전쟁을 일으킨다면 공화국으로서는 메틀라인을 공략할 방법이 바다를 통한 것밖에 없었기 때문이다.

그때는 공화국이 원글로스를 통과해 공격해올 것이라고 메틀라인으로서는 상상도 못할 때였다.

"결국은 바첼러 가인가?"

해군력을 증강한 것도 이안 바첼러의 작품이었다.

"네."

"육상전이 펼쳐진 이상 쓸데없이 해군에 돈을 쏟아부은 그의 입지가 좁아질 것이라 생각을 했는데 결국은 해군을 움직이려 한다라……."

박스터의 얼굴이 심각하게 굳었다.

"물론 해군을 이용해서 벨런시아 강을 통해 내륙으로 들어올 수는 있습니다만, 그뿐입니다. 강에서 육지를 공격할 수단이 없고 또 배로 이동하는 것보다는 기병이 훨씬 빠릅니다. 충분히 상륙을 막을 수 있지요."

엥겔스의 설명에 박스터는 여전히 굳은 얼굴로 고개를 저었다.

"그들도 그 사실을 잘 알 거야. 지금까지의 상황을 보면 이안 바첼러는 무척이나 똑똑한 친구거든. 그런데도 불구하고 해군을 움직인다면 무언가 꿍꿍이가 있는 거겠지."

엥겔스 역사 박스터와 생각이 같았다. 그랬기에 메틀라인 해군의 움직임이 목에 걸린 생선 가시와 같이 그의 신경을 건드렸다.

"해군이 우리 공화국의 국경에 진입하려면 얼마나 걸리지?"

"첩보원들의 보고로 출항한 군함의 성능을 가늠해 보면 3주 정도 걸릴 겁니다."

"아직 시간은 좀 있군. 그에게서 정보를 받을 만한 시간은 있군. 단지 그를 움직이는 걸로는 안 되겠어."

"위험할 수 있습니다."

"위험을 감수해야 할 것 같아. 그리고 제스터에게 연락해, 더욱 압박하라고."

"네."

잠시 턱을 괴고 생각을 하던 박스터가 물러가려던 엥겔스를 불러 세웠다.

"아, 그리고 그것이 완성됐다고 했지?"

"네."

"그것도 투입하도록 하지. 언제까지 그곳에서 전선을 고착화한 채 뭉그적거릴 수는 없어."

박스터의 말에 엥겔스가 깜짝 놀란 얼굴을 했다.

"하지만 그것은 규약에……."

엥겔스가 망설이면서 입을 열었다. 그것은 만약의 사태를 대비한 비장의 한 수였다. 국제 규약을 어기는 것이기에 최후에나 쓸 수단으로 준비한 것이다.

그런데 지금 박스터는 그것을 사용하겠다고 한 것이다.

"어차피 지금 전선의 고착을 풀지 못하면 곧 사용하게 되어 있어. 차라리 선수를 치는 것이 나아."

박스터의 얼굴과 음성은 단호했다.

"알겠습니다."

엥겔스는 어쩔 수 없다는 듯 대답을 하고 물러났다.

*　　　*　　　*

참으로 정신없는 며칠이 지났다. 그래도 이제 어느 정도 일이 정리가 되었기에 마음의 여유를 찾을 수 있었다.

"뭐, 그래도 내가 해야 할 일이 엄청나게 쌓여 있지만 말이야. 후……."

막 어둠을 물리치고 떠오르는 태양의 따스한 햇살에 여유를 만끽하려던 이레아는 앞으로 자신이 해야 할 일을 떠올리자 절로 한숨이 나왔다.

그래도 가장 큰 일을 해결했기 때문인지 그녀의 얼굴에는 작은 여유가 남아 있었다.

발코니에서 여명을 보며 향기로운 차를 즐기는 여유도 오늘이 마지막일 것이다. 이 찻잔을 비운 이후에 또 산적해 있는 문제들을 처리하기 위해 고심을 해야 한다.

"바톤 프로젝트도 문제고 말이야."

레퀴엠 프로젝트의 실마리를 찾았다. 그리고 그것은 이레아 자신이 해결할 것이 아니라 사이몬이 어떻게 해주느냐에 달려 있다. 오히려 눈앞에 있는 문제는 바톤 프로젝트였다.

"가만, 그러고 보니 왜 그랬지?"

바톤 프로젝트에 대한 생각을 하다가 사이몬에게 생각이 미쳤고 아르시안 공주의 행동이 생각났다.

그때는 아스카론을 얻어 막 영지로 돌아온 데다, 아버지의 가짜 병환에 대해 숨겨야 했기에 아르시안 공주의 갑작스런 눈물에 대해 생각할 여유가 없었다. 이제야 거기에 생각이 미친 것이다.

아르시안 공주가 생전 처음 보는 용병을 보고 눈물을 흘리다니, 도무지 있을 수 없는 일이었다.

그때 그녀의 머리를 번뜩 스치고 지나가는 생각이 있었다.

"설마? 아니, 아니야."

그녀는 황급히 자리에서 일어났다. 그리고 어디론가 사라졌다. 그녀가 나간 발코니에는 아직 반 정도 남은 차가 차갑게 식어가고 있었다.

발코니를 나온 이레아는 정원을 거닐고 있었다.

무언가 막히는 것이 있을 때면 생각을 정리하기 위해 산책을 하는 것이 그녀의 버릇이었다. 상쾌한 아침의 공기가 머리를 차갑게 만들어주었다.

다리는 걸음을 옮기고 있으되 그녀의 눈은 초점이 흐려져 있었다. 골똘히 생각에 잠겨 있는 것이다.

"하나씩 정리해 보자."

이레아가 낮게 중얼거렸다.

그를 처음 보았을 때는 던전에 대한 일 때문에 정신이 없었다. 미처 그에게 제대로 신경을 쓸 겨를이 없었던 것이다.

"그러고 보니……."

그를 처음 보았을 때의 낯익음이 떠올랐다. 자신이 왜 처음 만나는 용병을 낯이 익다고 생각했을까? 그것도 이올린 언니까지 말이다.

이레아는 사이몬의 얼굴을 떠올리며 찬찬히 자신의 기억을 살폈다. 자신이 알고 있는 사람들 중 혹 그와 닮은 사람이 누구일까 찾아보는 것이다.

이올린 언니와 자신, 둘 모두 아는 사람이라고 한정하니 후보를 많이 줄일 수 있었다. 거기에 아르시안 공주도 추가했다. 그녀가 사이몬을 보고 눈물을 흘렸다는 것은 어딘가 그에게서 익숙한 모습을 발견했기 때문일 것이라 생각한 탓이다.

"설마?"

그러자 딱 한 인물이 먼저 떠올랐다.

"머리칼 색부터 다른 걸."

이레아가 고개를 저으며 중얼거렸다.

"얼굴에 흉터도 있고 말이지. 게다가 광대뼈까지 뒤틀려 얼굴이 솔직히 좀 이상하기도 하고."

다시 저택으로 향하며 중얼거리던 이레아는 자신의 중얼거린 소리에 살짝 걸음을 멈췄다.

"흉터는 생길 수가 있잖아. 왼쪽 얼굴은 멀쩡한 걸로 봐서 광대뼈가 뒤틀린 것도 사고일 수도 있고. 그렇다면 머리칼 색은?"

답은 오래지 않아 금세 나왔다.

"염색이 있어!"

심장이 쿵쾅거리면서 뛰기 시작했다.

머리칼을 염색한 것이라면 체모와 머리칼의 색이 다를 것이다. 이를테면 눈썹이나 수염 같은 것 말이다.

"그러고 보니 생각이 나지 않는 걸."

짧고 붉은 머리칼의 인상이 너무 강렬한 탓일까. 사이몬의 눈썹이 무슨 색이었는지 떠오르지 않았다.

그래도 일단 붉은 머리칼을 검게 바꾸고 기른 후 정상적인 안면 윤곽에 흉터도 없는 왼쪽 얼굴만 머릿속에 그려보았다.

이레아의 눈에서 눈물이 주르륵 흘렀다.

"오빠……."

그 얼굴은 놀랍도록 똑같았다. 왼쪽에서 본 이슈인의 그것과.

"그런데, 오빠라면 왜 우리를 알아보지 못하는 거지?"

이레아의 고민은 다시 처음으로 돌아갔다.

사정이 있어서 염색은 할 수 있다지만 오빠라면 자신들을 그렇게 모른 체할 리 없었다.

"그리고 오빠의 검술이 그렇게 뛰어났던가?"

아스카론을 얻은 던전에서 사이몬이 보여준 검술이 떠올랐다.

아카데미 10학년이 되는 순간 이슈인의 검술이 비약적으로 발전하기는 했지만, 마나 블레이드를 사용할 수 있을 정도는 아니었다. 마나 블레이드란 그렇게 쉽게 사용할 수 있는 기술이 아니었다. 배틀러라면 모를까, 라이더라면 거의 최고 수준의 검술을 지녀야 마나 블레이드를 발현할 수 있었다.

"그리고 목소리도 탁하게 갈라진 목소리잖아. 오빠의 목소리는 맑은 저음인데."

그렇게 생각하니 다시 사이몬은 그냥 놀랍도록 닮은 사람이 아닐까라는 생각을 하게 되었다.

"모르겠어."

눈물을 닦으며 이레아가 침울한 목소리로 중얼거렸다.

여유롭고도 기분이 좋았던 아침이 우울하게 바뀌었다.

조용한 방이다.

살짝 열려진 커튼 사이로 한 줄기의 햇살이 들어오는 어둑어둑한 방 한가운데 사이몬이 검을 뽑아 들고 의자에 앉아 있다. 검을 바라보는 그의 눈빛은 복잡하기 짝이 없었다.

스스로를 아스카론이라 부르는 이 녀석을 어찌해야 할지 판단이 서지 않기 때문이다.

이 녀석 때문에 당분간 바첼러 백작가에 몸을 의탁하게 되었지만 그들이 원하는 것은 검이 가진 지식이다.

인간이 검의 지식을 탐한다는 것도 웃긴 일이지만 그것을 해결하려면 자신이 검을 만족시켜야 한다는 것은 어이가 없을 지경이다.

잠시 더 아스카론을 바라보던 사이몬은 검을 검집에 꽂아 넣고 의자에서 일어나 창가로 다가갔다. 커튼을 활짝 열자 눈부신 햇살이 방 안으로 쏟아져 들어왔다.

빛의 비가 온몸으로 쏟아져 내리는 듯했다.

이곳에 온 지 어느새 일주일이 흘렀다.

바첼러 백작가의 사람들은 사이몬에게 아무것도 요구하지 않았다. 그들이 원하는 것을 얻기 위해서는 사이몬이 마이스터라는 것이 되어야 했기에 기다리고 있는 것이다.

그들도 그것이 하루아침에 이루어질 수 없다는 것을 잘 알고 있었다.

현재 이 나라, 메틀라인은 전쟁 중이라 들었는데 사이몬의 눈에 비친 이곳은 그런 것과는 상관없이 평온하기만 했다. 물론 저택을 오가는 이들의 얼굴에 긴장감이 역력했지만 영지민들의 얼굴에는 걱정이 없어 보였다.

프로페서를 만나기 전의 여행에서 지나친 전쟁터 근처의 사람들의 표정과는 너무나 상반되는 얼굴이었다.

"나와는 상관없는 일인가?"

정원을 열심히 손질 중인 정원사를 창밖으로 물끄러미 내려다보며 사이몬은 낮게 중얼거렸다.

―언제 수련을 시작할 것인가?

그때 사이몬의 머릿속에 아스카론의 목소리가 울렸다.

"그러니까 그 수련이라는 것이 뭐지?"

―마이스터가 되는 것.

이랬다.

며칠째 이렇다.

아스카론은 구체적인 것은 말해주지 않았다. 그저 단순하게 무엇을 하라고 할 뿐 어떻게 해야 하는 것인지 알려주지 않았다.

사이몬의 이마에 주름이 늘었다.

똑똑.

그때 노크 소리가 들렸다.

"들어오세요."

"실례할게요."

으레 방을 정리하기 위한 시종이나 시녀일 것이라 생각을 했는데 들어온 인물은 이레아였다.

"일찍 일어났네요."

사이몬이 놀란 얼굴로 그녀를 바라보자 그녀는 빙그레 웃으며 말했다.

이제 막 해가 떠 햇살이 창으로 들어오는 시간이다. 보통의 귀족은 이 시간에 잘 일어나지 않는다. 깊은 밤까지 파티와 연회를 즐기고 늦은 시간에 잠자리에 드는 까닭이다.

전쟁 중인 지금은 귀족들이 자제를 하고 있으나 아직 군데 군데 파티를 즐기는 영지는 남아 있었다.

물론 바첼러 백작가에는 전혀 해당 사항이 없는 일이다.

"말의 대상이 바뀐 것 같군요."

"그런가요?"

보통 용병은 이른 아침에 일어난다. 일찍 일어나는 새가 먹이를 잡는다는 격언은 용병들의 세계에서는 너무나 당연한 말이었다.

물론 사이몬이 용병 생활을 한 기간은 매우 짧았지만 그는 본래 부지런히 행동했다. 원래의 그 자신이 그랬는지는 알 수 없는 일이지만 말이다.

"무슨 일이시죠?"

사이몬이 손짓하자 이레아가 맞은편의 소파에 앉았다.

사이몬 앞에 마주 앉으며 이레아는 그의 허리에 걸린 검을 물끄러미 바라보았다. 그런 이레아의 눈가가 살짝 부어 있는 것이 사이몬의 눈에 보였다.

"자주 찾아오지 못해 미안해요. 지내는 데 불편한 것은 없나요?"

"너무 편안해서 불편할 지경입니다. 많이 바빴던 모양이
죠?"

"우리 영지는 안전하다 하더라도 일단 우리 왕국은 전쟁
중이니까요."

레술트 지역의 전선에서 연일 일진일퇴의 공방이 벌어지
고 있었다. 제스터가 나타나는 전선은 연일 후퇴하기 바쁘지
만 그 하나로 모든 전선을 압도하기에는 무리가 있었다. 덕분
에 조금씩 후퇴하는 상황이라 하더라도 레술트에서 공화국군
의 발을 묶어놓고 있었다.

왕실 회의에서는 연일 바톤 프로젝트의 정체에 대한 공방
이 과열되었고 이안은 정적들에게 조금씩 수세에 몰렸다. 어
떻게든 빠른 결과를 얻기 위해 이레아와 이올린마저 바톤 프
로젝트의 실전 배치에 매달리고 있었다.

덕분에 사이몬과 프로페서는 거의 방치되다시피 하여 며
칠을 보낸 것이다.

프로페서의 경우는 스스로 이곳저곳을 다니며 바첼러 백
작가에 흥미를 보였지만 사이몬은 그저 영지 이곳저곳을 다
니며 조용히 보냈다.

"아스카론과는 좀 친해졌나요?"

이레아의 명분상 용건은 그것이었다. 또 다른 개인적인 용
건이 진실한 목적이지만 그것은 사이몬을 보는 순간 두 눈으

로 확인을 마쳤다.

사이몬이 당장 마이스터가 될 것이라 기대하지는 않는다. 하지만 아스카론과 그 사이에 어떤 진전이 있기를 바라고 있었다. 명분상의 용건이라지만 이것 역시 매우 중요한 일이다.

"너무 추상적인 녀석이네요. 무책임할 정도로요."

사이몬의 대답에 이레아가 쓴웃음을 머금었다.

던전에서의 일이 떠오른 것이다.

어떻게 오라는 것인지 알려주지 않은 채 무작정 오라고만 했다는 이야기. 어떻게 보면 참 대책없는 검이다.

"제가 대화를 나눌 수 있을까요?"

아스카론이 사이몬의 검집에 들어간 이후로는 오직 사이몬만이 아스카론과 대화를 나눌 수 있었다. 사이몬의 허락이 있어야만 아스카론은 타인과 대화를 나눌 수 있다. 하지만 아스카론은 다른 이들과의 대화를 그다지 좋아하지 않았다. 검 주제에 상당히 콧대가 센 녀석이다.

"아스카론, 들었지?"

―물론.

아스카론의 음성이 사이몬과 이레아의 머리에 울렸다.

"사이몬 씨가 어떻게 해야 마이스터가 될 수 있지요?"

―스스로의 의지다.

과연 사이몬의 말대로 추상적인 대답이다.

‘정말이지 무책임하단 소리가 왜 나왔는지 알겠어.’

속으로만 쓴웃음을 지으며 이레아는 다시 물었다.

“그렇게 추상적으로 말하면 사이몬 씨가 할 수 있을 리 없잖아요.”

―나는 가능한 것만 이야기한다.

“정말이요?”

이레아가 못 믿겠다는 표정을 지으며 물었다.

―너희가 던전이라 부르는 곳에서도 사이몬은 나에게 올 수 있었다. 그것을 알았기에 내가 부른 것이고 그는 왔다. 그것이면 충분하지 않은가?

아스카론의 말에 사이몬과 이레아, 두 사람은 모두 멈칫했다.

이레아가 3차원 마법진의 비밀을 풀었기에 사이몬이 아스카론을 만날 수 있었다. 만약 아스카론이 그런 이레아의 능력까지 이미 알고 있었다면? 그렇다면 아스카론은 단순히 자아를 가진 검 정도가 아니었다.

“당신은 마이스터를 위해 존재한다고 하였죠?”

―그렇다.

이레아가 질문의 방향을 바꾸었다.

마이스터가 되는 것은 천천히 생각해야 할 것 같았다.

“그렇다면 아스카론 당신은 마이스터를 위해 무엇을 하나요?”

─나는 마도의 시작이자 끝. 마도의 열쇠다. 또한 타이탄의 시작이자 끝, 타이탄의 열쇠이기도 하다.

아스카론의 대답이 머릿속에 울리는 순간 이레아는 온몸을 떨었다.

결국 그의 말은 자신이 타이탄에 대한 정보를 모두 가진 부품이라는 소리였다.

'마도 시대에는 에고 소드를 이용해서 타이탄을 제어했다는 거야?'

단순한 한마디의 말이었지만 이레아는 그 말에서 가장 핵심적인 것을 알아차렸다.

모두 엘라시아와 메킨의 던전을 탐색하기 위해 고대의 문헌을 조사해서 얻은 지식 덕분이다.

이레아의 머릿속은 바쁘게 움직였다. 아스카론의 말에서 유추하게 된 것들에 대한 생각을 정리하느라 정신이 없었다.

"이레아! 이레아!"

그때 문밖에서 그녀를 찾는 다급한 부름이 들려왔다.

"죄송해요."

자신을 찾는 목소리에 사이몬에게 양해를 구한 이레아는 방문을 열었다.

"왜 그래?"

"드디어 완성했어!!"

이올린이 이레아를 껴안으며 기쁨에 찬 외침을 터뜨렸다.

"뭐? 정말?"

"그래! 완벽해. 운용 시간은 두 시간. 시속 300킬로미터로 움직일 수 있으니까 전략적 가치는 충분해. 별도의 동력원을 사용해서 바톤 프로젝트의 적용으로 기간테스의 기동 시간에 영향도 없어. 그리고 마나의 소비도 획기적으로 줄여서 랩터2에도 장착할 수 있는 데다, 애초의 예상보다 마나석의 소모도 훨씬 줄어들었어."

"아!"

이레아의 얼굴에 기쁨이 가득 찼다.

"어떻게?"

"언니가, 언니가 어젯밤에 왔었어!"

어젯밤이라면 지친 몸을 쉬기 위해 일찍 잠자리에 들었을 때였다. 어제 휴식을 취한 덕에 오늘 아침 일찍 이렇게 사이몬을 찾아올 수 있었던 것이다.

이올린의 얼굴은 초췌한 것이 밤새 고생을 한 듯했다.

"언니는?"

이레아가 레이나의 안부를 물었다.

"지금 지쳐서 자고 있는 중이야."

"어떻게 해결한 거야?"

이레아는 사이몬과 아스카론의 존재도 잊은 듯 계속해서 이올린에게 질문을 퍼부었다.

"우리가 찾지 못했던 한 조각을 흙의 마탑에서 찾았어. 그리고 우리가 찾은 것을 그쪽에서 못 찾았고. 레이나 언니가 혹시나 하고 어제 찾아온 덕에 해결한 거야.”

“아아, 다행이야.”

“응.”

모처럼의 좋은 소식이었다. 두 사람은 정말이지 순수하게 기뻐했다.

“아버님은 소식을 듣자마자 왕도로 떠나셨어.”

이미 카를로 백작이 거동이 가능할 정도로 회복을 했다는 소문을 퍼뜨린 터였다. 그가 직접 움직이는 데 아무런 문제가 없었다.

“아, 죄송해요. 저희가 너무 흥분해서……..”

가만히 자신들을 바라보고 있는 사이몬을 발견한 이올린이 고개를 숙이고 사과를 했다.

“아닙니다.”

사이몬이 고개를 저으며 대답했다.

“실례가 많았어요. 그럼 편히 쉬세요. 혹시라도 진전이 있으면 꼭 소식 주시고요.”

이레아가 인사를 하고 이올린과 함께 사이몬의 방을 나왔다.

이올린은 흥분한 상태 그대로 지하 연구실로 달려갔다. 이레아가 그 뒤를 따랐다.

여전히 이레아의 심장은 세차게 뛰고 있었다. 바톤 프로젝

트의 완성 때문이기도 했지만 또 다른 것이 이레아의 심장을
세차게 뛰게 만들었다.

'눈썹은 검은색이었어.'

사이몬을 만나는 순간 확인할 수 있었다. 붉은 머리칼의 강
렬함에 기억하지 못했을 뿐 사이몬을 만나는 순간 그의 검은
눈썹이 눈에 들어왔다. 그때부터 이레아의 심장은 미친 듯이
뛰기 시작했다.

몇 번이나 이슈인 오빠가 아니냐고 물어보고 싶었다. 하지
만 그가 입을 열 때마다 들리는 탁하게 갈라진 목소리가 자신
의 그런 충동을 억눌렀다.

"후우… 정말 모르겠어."

이슈인과 사이몬의 공통점을 찾을수록 이레아의 한숨은
깊어갔다.

＊　　　＊　　　＊

긴급히 소집된 회의에 귀족들의 얼굴에는 불쾌한 기색이
역력했다.

어지간한 사안이 아니고서는 이른 아침의 회의는 피하는
것이 예의였다. 다들 전날 밤늦게까지 많은 일을 처리한 터라
늦은 아침까지 수면을 취하는 까닭이다.

"카를로 백작, 좋은 소식이 있다고 했소?"

"그렇습니다, 전하. 바톤 프로젝트를 완성했습니다."

카를로 백작이 기쁜 얼굴로 허리를 숙이며 답했다.

그의 말에 곧 회의장 곳곳의 귀족들이 웅성거리기 시작했다. 국가 차원의 프로젝트라는 것은 알고 있었지만 설마 그것을 진행하는 곳이 바첼러 백작가일 줄은 몰랐던 것이다.

물론 기간테스에 관련된 프로젝트이긴 하지만 국가의 예산이 들어간 계획을 일개 백작가에서 단독으로 진행하게 한다는 것은 그 가문에 너무 많은 힘을 실어주는 것이다. 귀족파에 속한 귀족들로서는 입맛이 썼다.

"오오! 참으로 반가운 소식이오. 바톤 프로젝트가 완성되길 얼마나 애타게 기다렸는지."

엠피엘 국왕은 왕좌에서 벌떡 일어설 정도로 기뻐했다. 오랜 세월 투자한 일이 드디어 결실을 맺은 것이다. 그것도 절실히 필요한 시점에 맞춰서 말이다.

"언제나 실전 투입이 가능하오?"

"현재 완성된 것은 열두 기입니다. 라이더만 준비된다면 열두 기는 당장에라도 가능합니다. 단지 라이더의 훈련이 쉽지 않을 것 같습니다."

"추가 생산에는 얼마나 걸리오?"

"지금 메테나이져에 설계 도면을 넘겨주었습니다만 현재 모든 역량이 랩터2의 생산에 집중된 터라… 한 달에 스무 기 정도가 한계일 겁니다."

카를로 백작의 대답에 엠피엘 국왕은 고개를 끄덕였다.

두 사람의 대화를 듣는 귀족들의 얼굴에는 궁금함이 점점 더 커져갔다.

엄청난 돈을 잡아먹은 프로젝트가 완성이 되었는데 그들은 아직 그것이 어떤 내용인지조차 모르고 있었다. 커다란 소외감이 그들을 덮쳤다.

그런 귀족들의 마음을 읽은 것인가. 엠피엘 국왕의 시선이 이안을 향했다.

"이안 차관이 설명해 주게."

국왕의 허락이 떨어졌다.

이제야 극비리에 진행된 프로젝트에 대해 공개하게 된 것이다.

"네, 전하."

이안이 자리에서 일어섰다.

회의장 내 모든 귀족의 시선이 그를 향했다. 하이드론 공작은 무서운 눈빛으로 이안을 바라보았다.

"바톤 프로젝트라는 것은 기간테스의 성능을 한층 향상시키기 위한 장치를 개발하는 것입니다."

"추가적인 장치를 장착하는 것보다 차라리 더 뛰어난 기간테스를 생산하는 것이 낫지 않소? 자이안에게 출력에서 밀리는 랩터2가 우리 왕국의 최신예기라는 상황을 보더라도 쓸데없는 프로젝트였던 것 같소만."

하이드론 공작이 바로 이안의 말을 자르고 치고 들어왔다. 그 기세가 자못 살벌했다.

"물론 그런 방법도 있습니다. 하지만 추가 장비를 이용하는 것이기에 적절한 젠더 장치만 이용하면 기간테스의 기종에 제한없이 적용이 가능합니다. 그리고 필요에 따라 장착 기간테스를 바꿀 수 있기에 운용에 융통성도 생기죠."

이안이 미소 지으며 하이드론 공작의 의문에 답했다. 완성된 이상 이안이 쩔쩔맬 일은 없었다.

"바톤 프로젝트는 바톤 윙이라는 장치를 개발하는 것이었습니다."

"윙? 설마 기간테스가 비행이 가능해졌다는 것이오?"

명칭을 듣자마자 대번에 그 쓰임을 짐작한 라파엘 후작이 물음을 던졌다.

이안이 미소를 지으며 고개를 끄덕였다.

"그렇습니다. 바톤 윙을 기간테스의 배면부에 장치함으로써 기간테스의 비행이 가능해집니다. 고도 4,000미터까지 상승이 가능하며 최대 속력은 시속 300킬로미터입니다. 그리고 운용 시간은 두 시간입니다. 두 시간이 지나면 마나석을 교체해 줘야 합니다. 운용 시간과 최대 속력에서 아직 아쉬운 점이 있으나 그것은 차차 개선해 나갈 문제이고 일단 완성되어 실전에 투입되면 훨씬 다양한 전술로 군을 운용할 수 있습니다."

"과연, 확실히 엄청난 효용성이 생기겠군요!"

국방부 장관인 미켈란 후작이 무릎을 치며 말했다. 전장에서 잔뼈가 굵은, 뼛속까지 기사이자 군인인 그는 대번에 바톤 윙의 가치를 알아보았다.

"비공정 국제 규약은 어떻게 할 것입니까?"

하이드론 공작이 다시 한 번 치고 들어왔다.

비공정 국제 규약.

그것은 비공정은 어떠한 군사적 목적이나 인명 살상의 목적으로 사용되어서는 안 된다는 규약으로 비공정을 처음 개발했을 때 대륙의 모든 국가들이 공동으로 서명한 것이다. 모든 국가들이 서명한 것이니만큼 상당한 강제성을 가지기도 했다.

"기간테스가 비공정입니까? 바톤 윙이 비공정입니까?"

이안의 물음에 하이드론 공작은 아무런 대답을 못했다.

"저희도 처음 바톤 프로젝트를 진행할 때 비공정 규약이 걸렸습니다만… 곰곰이 생각해 보니 괜한 걱정이더군요. 대륙 회의에서 결정된 비공정의 정의는 이렇습니다. 마나 엔진을 이용하여 지상으로부터 일정 거리 이상의 공중을 비행하며 다수의 사람이나 물품을 운송하는 것. 기간테스와 바톤 윙 어느 것도 그 범주에 들어가지 않습니다. 결국 규약의 대상이 아니라는 것이지요."

이안의 말에 모두들 고개를 끄덕였다.

규약의 허점을 참으로 교묘히 파고든 시도였다.

아니, 세상 누구도 상상도 못했을 것이다. 기간테스와 같은 거대한 철인형을 하늘을 날 수 있게 할 것이라고는.

"그런데 문제가 하나 있습니다."

모두가 감탄한 얼굴로 이안을 바라보고 있을 때 카를로 백작이 끼어들었다.

"그게 뭐지요?"

엠피엘 국왕이 물었다.

"라이더입니다."

그 말에 다들 고개를 끄덕였다.

기간테스가 하늘을 난다는 일은 전무한 일이다. 결국 경험을 가진 라이더가 없다는 이야기였다.

"바톤 윙이 생산된다 하더라도 제대로 운용 가능한 라이더를 교육하는데 시간이 제법 걸릴 것입니다."

"어서 빨리 중앙군에서 라이더들을 뽑아 교육에 투입하도록 조치하게."

"네, 전하. 알겠습니다."

엠피엘 국왕의 지시에 미켈란 후작이 허리를 숙이며 대답했다.

'중앙군에서만 뽑는다라… 역시…….'

모두의 얼굴에 희망의 기운이 어릴 때 홀로 속을 삭이는 이가 있었으니 하이드론 공작이었다.

　　　　　*　　　　　*　　　　　*

　회색빛 머리칼 주인의 얼굴이 딱딱하게 굳어 있다. 책상 위에 넓게 펼쳐진 지도를 보는 그의 안색은 나아질 기미가 없었다.

　"후우……."

　긴 한숨이 그의 입에서 새어 나왔다.

　그의 오른손에 들린 담배 연기가 느릿느릿 움직이는 뱀처럼 피어 올라가는 가운데 재가 떨어지는데도 그는 그것을 알아차리지 못했다. 방 안이 회색 연기로 매캐한 냄새가 나는 것으로 보아 담배를 제법 많이 태운 듯했다.

　"아직 2주는 더 버텨야 하나……."

　그의 입에서 힘겨운 목소리가 흘러나왔다.

　부쩍 늙어 보이는 얼굴을 가진 사내의 왼쪽 가슴에는 프라임 비숍의 휘장이 달려 있었다.

　"클레딘 군단장님."

　밖에서 그를 부르는 참모의 목소리가 들렸다.

　그는 훈련소에서 훈련병들을 열심히 굴리고 있어야 할 클레딘이었다. 전력을 투입해 레술트 지방의 방어선을 지킨다는 전략에 따라 기간테스 군단의 군단장인 그가 직접 지휘를 하기 위해 이곳에 와 있는 것이다.

　"들어와."

“충.”

문을 열고 들어온 참모 나인더가 클레딘 앞에 섰다.

“무슨 일이지?”

“왕도로부터의 전언입니다.”

“그래?”

“네. 바톤 프로젝트가 완성되었다고 합니다.”

“정말인가?”

클레딘은 자신의 오른손에 들린 담배를 내팽겨쳤다는 것도 인지하지 못한 채 자리에서 벌떡 일어섰다.

“군단장님, 저것…….”

“아!”

나인더의 지적에 그제야 클레딘은 바닥에서 연기를 내고 있는 담배를 발견하고 황급히 담뱃불을 껐다. 바닥이 살짝 검게 그슬린 것이 아차 싶었다.

“분명 왕도에서 바톤 프로젝트가 완성되었다고 했다 그 말이지?”

“그렇습니다.”

나인더는 세컨 비숍의 계급으로 기갑군단의 참모를 맡고 있었다. 그런 그조차 제대로 알지 못하는 프로젝트에 대한 소식에 클레딘 군단장이 그토록 격렬한 반응을 보이니 그것이 무엇인지 자못 궁금해졌다.

“실전 배치에는 얼마나 걸린다나?”

"자세한 사항은 여기에 있습니다."

포털 마법진을 통해 이동되어 온 명령서다. 국왕의 인장이 찍힌 봉인이 있는 특급 기밀 문서였다.

나인더는 그 명령서를 받으면서 바톤 프로젝트에 대해서 들었을 뿐이다.

클레딘은 황급히 봉인을 뜯고 명령서를 보았다. 읽는 동안 그의 표정이 시시각각으로 변했다.

대체 어떤 내용이기에 반응이 저렇게 적나라한지 나인더는 점점 더 궁금해졌다.

이윽고 명령서를 모두 읽은 클레딘은 책상 한켠에 있는 촛불에 명령서를 태웠다. 종이 질 자체가 불에 잘 타는 것인지 순식간에 불꽃을 피워 올리더니 검은 재로 화해 흩어졌다.

"대체 바톤 프로젝트라는 것이 뭡니까?"

"국왕 전하와 카를로 백작, 이안 자작이 합심해서 몇 년 전부터 추진한 엄청난 프로젝트지. 사실 전쟁이 터지지 않았다면 별 필요 없는 것이지만 국방력 강화라는 측면에서는 아주 대단한 프로젝트야."

소파에 앉으면서 미소를 짓는 클레딘은 맞은편의 자리를 나인더에게 권했다.

클레딘은 뱃속부터 기사이자 군인인 인물로 왕국에 대한 충성심이 대단했다. 국왕파의 중요한 인물 중 하나로 바톤 프로젝트가 시작될 때부터 관련 사항을 알고 있는 몇 안 되는 인물 중 하나였다.

사실 그가 국왕파의 인물이라는 것 자체가 극비로 그 사실을 아는 이는 엠피엘 국왕을 비롯한 국왕파의 핵심 인물 몇몇이었다.

"그러니까 그것이 구체적으로 어떤 것입니까? 답답해 죽겠습니다."

이제 나인더 역시 머리가 조금씩 희끗해지는 나이였다. 그는 오랜 세월을 클레딘과 함께 보낸 부하이자 전우였다. 그의 반응에 클레딘은 슬쩍 미소를 지었다.

그것이 자신을 놀리는 미소라는 것을 그간의 경험으로 나인더는 너무나 잘 알고 있었다.

"후후, 자네 전략 병기의 위력은 잘 알고 있지?"

나인더의 표정이 심상치 않게 변하려 하자 클레딘은 얼른 입을 열었다. 더 이상 놀려서 좋을 게 없다는 것을 그 역시 경험으로 잘 알고 있는 탓이다.

"당연한 것 아닙니까? 당장에 디스토션 그 녀석 하나 때문에 우리 군이 얼마나 고생하고 있습니까? 디스토션이 떴다 하면 전장 하나가 초토화되듯 하는데 말입니다. 한 기인 것이 천만다행입니다."

나인더의 말에 클레딘은 고개를 끄덕였다.

"그래. 한 기인 것이 천만다행이지. 사실 그런 괴물 같은 기체를 움직일 수 있는 라이더야 대륙에서도 손꼽을 정도이니까. 결국 인간이 병기를 따라가지 못해 생긴 약점이지.”

“네. 제스터 같은 인간이 공화국에 한 명만이라도 더 있었다면 레술트 지방을 지켜내지 못할 겁니다. 지금도 제스터 한 명에게 밀려서 조금씩 전선을 뒤로 물리는 판이니…….”

나인더의 말에 클레딘은 미소를 지었다. 그 역시 그 문제로 조금 전까지 골머리를 싸고 있지 않았던가.

“바톤 프로젝트는 우리 왕국의 전략 병기를 개발하기 위한 프로젝트지.”

“그게 정말입니까?”

이윽고 클레딘이 밝힌 바톤 프로젝트의 내용에 나인더는 무척이나 놀란 얼굴을 했다.

“물론이야. 자네는 참모이니 나보다 더 잘 알겠지. 비공정을 전투에 활용하면 그 효용성은 어떨까?”

“그거야 이루 말할 수 없지요. 라이더들만 비공정으로 옮겨도 후방을 교란하는데 엄청난 효과를 가집니다. 공간 이동 마법은 이미 대비를 해서 소용이 없는 짓이지만 비공정은 솔직히 대응하기 힘드니까요. 하지만 비공정 자체가 전쟁이나 전투에는 쓰일 수 없다는 규약에 묶여 있으니 전쟁터로 라이더만 실어다 날라도 대륙의 공적이 되겠지요.”

클레딘은 고개를 주억거리며 동의의 뜻을 표했다.

“그렇지. 그래서 발상의 전환을 한 거야. 비공정으로 라이더를 옮기면 규약 위반이다. 그렇다면 기간테스가 직접 날아서 간다면?"

클레딘의 말에 나인더가 두 눈을 부릅떴다.

"그게 가능합니까?"

"이제 가능해졌지."

"엄청나군요. 그게 귀족원에서 늘 딴지를 걸던 바톤 프로젝트였습니까?"

나인더의 목소리가 살짝 떨리기까지 했다.

"그래. 라이더의 훈련 문제로 배치에 시간이 좀 걸릴 거라하니 일단 작전부터 세워놔. 랩터2로 열두 기가 배치된다고하니까."

"알겠습니다."

나인더는 힘차게 대답했다.

드디어 공화국에게 한 방 먹여줄 준비가 된 것이다.

CHAPTER 4
소울 슬롯

“어떤가요?”

“놀라울 뿐입니다.”

프로페서는 믿을 수 없다는 눈으로 자신의 눈앞에 있는 랩터2를 바라보았다.

메틀라인의 양산형 최신예기 랩터2.

그것을 지금 자신이 직접 보고 있다. 하지만 그 정도로 프로페서가 이토록 흥분한 것은 아니다.

프로페서의 눈은 랩터2의 등에 있는 날개에 가 있었다.

그랬다.

지금 시험용으로 최초로 완성된 바톤 윙을 장착한 랩터2가 프로페서의 눈앞에 있었다.

"이 정도면 왕국에서도 극비일 텐데요. 저같은 사람한테 보여줘도 됩니까?"

프로페서가 이레아에게 물었다.

"물론 안 되죠. 아무리 우리 백작가의 일원이 되셨다 하더라도요."

"그런데 왜 보여주시는 거죠?"

"솔직히 프로페서 씨의 도움이 필요하니까요."

"그게 무슨 말씀이십니까?"

프로페서가 고개를 갸웃거리며 물었다. 조금 전 지하의 비밀 연구소로 와서 바톤 윙에 대한 개략적인 설명을 들었다. 이미 완성된 것에 자신이 왜 필요하단 말인가.

"사실 지난 시간 동안 프로페서 씨에 대한 자세한 조사를 좀 했어요."

"짐작했습니다."

프로페서가 쓴웃음을 지으며 말했다. 이와 같은 기밀을 자신에게 공개할 때는 그만한 준비를 했을 것이란 생각에서다. 자신에 대한 조사를 하고 믿을 만하다 생각했기에 이곳에 데려온 것이리라. 자신의 도움이 필요하다는 것도 조사 결과에 기인한 결정이었을 것이다.

"용병대에서 기간테스 운용법을 터득했다고 믿기 어려울 정도의 실력을 가지셨더군요."

"목숨이 오가는 실전보다 효과적인 훈련은 없으니까요."

영지전의 대리 전사로 나가 기간테스 간의 전투를 벌이는 경우도 심심찮게 있었다. 오우거나 트롤 같은 대형 몬스터 토벌은 일상이나 다름없었다. 그런 수많은 경험은 프로페서의 실력이 되었다.

프로페서의 대답에 이레아는 고개를 끄덕였다.

"그래요. 사실 우리 왕국은 제법 긴 시간 동안 평화로웠어요. 국경 근처의 사소한 분쟁이나 국지전이 있었을 뿐 대규모 전쟁은 처음이죠. 잘 훈련된 라이더는 많아도 실전 경험이 많은 라이더는 그렇게 많지 않아요. 경험이라는 것도 인간과 기간테스를 상대로 한 것보다 몬스터를 상대로 한 것이 훨씬 많죠."

프로페서는 이레아가 자신에게 원하는 것을 조금이나마 짐작할 수 있었다. 그는 잠자코 계속해서 이레아의 말을 들었다.

"특히 우리 가문의 테스트 라이더들은 신형 기종의 테스트 경험은 많지만 실전 운용 능력은 현저히 떨어져요. 그런데 바톤 윙은 실전 운용이 무척 중요하죠. 그래서 바톤 윙의 실전 운용에 대한 조언을 부탁드리고 싶어요."

"그 말씀은 제가 직접 바톤 윙이 장착된 랩터2를 조종해야 한다는 겁니까?"

"네, 그래요."

이레아가 고개를 끄덕이며 대답했다.

프로페서의 두 눈이 반짝 빛났다.

"그런 부탁이라면 오히려 제가 드리고 싶습니다."

기간테스에 미치다시피 한 사내, 프로페서의 두 눈은 어느새 활활 타오르고 있었다.

"그럼, 그전에 일단 싱크로율 측정부터 할게요. 혹시 해본 적 있나요?"

"동화율이요? 그것이 높으면 높을수록 기간테스 운용이 수월하다는 말은 들었습니다만 저 같은 용병이 그런 것을 해봤을 리 없죠."

"그럼 이쪽으로 오세요."

프로페서는 이레아의 안내에 따라 싱크로율 측정을 위해 준비된 기간테스에 올랐다. 기간테스는 바일론으로 실제 기동은 불가능하게 고정되어 있었고 갖가지 장치가 몸체에 연결되어 있었다.

프로페서는 두 손을 수정구에 올려놓고 정신을 집중했다. 프로페서의 마나가 수정구에 들어가면서 그의 의식이 조금씩 바일론을 지배하기 시작했다.

우우웅.

마나 엔진의 기동음이 묵직하게 울리기 시작했다.

이레아는 침착한 눈으로 바일론의 상태가 표시되는 창을 바라보았다. 바첼러 백작가의 기간테스 연구원들 몇몇도 이레아의 곁에서 데이터를 확인하고 있었다.

"놀라운데요! 0-20타임이 불과 15초예요."

한 연구원이 깜짝 놀란 얼굴로 말했다. 이레아 역시 예상외의 결과에 놀라고 있었다.

0-20타임. 그것은 라이더가 기간테스 제어 수정구에 마나를 불어넣기 시작한 시점부터 싱크로율이 20%가 될 때까지의 시간이었다.

싱크로율이 20%는 되어야 기간테스에 대한 기본적인 제어 능력이 생기기에 얼마나 빨리 싱크로율이 20%에 도달하느냐는 라이더의 능력을 판가름하는 중요한 기준 중 하나였다. 평균 싱크로율이 40%에 이른 스페셜 급의 라이더들의 0-20타임이 13~18초 내외인 것을 감안하면 프로페서의 수치는 참으로 놀라운 것이었다.

"평균 싱크로율과 최고 싱크로율이 기대되네요."

이레아가 창에 시선을 고정한 채 말했다. 연구원들이 고개를 끄덕이며 동의를 표했다.

20%를 넘어선 싱크로율은 계속해서 상승했다.

"세상에 45%야!!"

스페셜 급의 기준이 되는 40%를 넘어섰다.

"이 정도의 싱크로율을 얼마나 지속하느냐가 중요하죠."

순간적으로 엄청난 집중력을 발휘할 때가 가끔 있다. 라이더의 경우 그런 때 평소의 능력을 훨씬 상회한 순간 최고 싱크로율을 기록하기도 하지만 그것은 어디까지나 일순간이다. 라이더의 능력은 높은 싱크로율을 일정하게 오랜 시간 지속하는 것으로 결정된다.

시간은 그렇게 흘러 30분이 지났다.

"정말 놀라워요. 결국 평균 싱크로율은 46.3%에요. 순간 최고 싱크로율은 49%였구요."

연구원의 말에 이레아는 미소를 지으며 고개를 끄덕였다.

설마 이 정도 수준의 라이더가 용병으로 있을 것이라고는 상상도 못했다.

아스카론 때문에 사이몬을 끌어들이면서 함께 온 사내였지만 설마 이런 보석일 줄이야.

'요즘 들어 일이 생각보다 잘 풀려서 다행이야.'

테스트가 끝났다는 말에 프로페서가 콕피트에 내렸다.

"결과는 어떻습니까?"

"대단해요! 스페셜 급의 결과예요!"

이레아의 곁에 있던 연구원이 흥분을 감추지 못하고 외쳤다. 이곳에서 테스트 라이더만 봐온 그로서는 정말 놀라운 경험이었다.

"그런가요? 평소보다 제어가 잘 안 된다 생각했는데……."

프로페서의 말에 이레아마저 눈을 부릅떴다. 이 정도 결과도 충분히 놀라운데 그것이 평소만 못한 것이라니 놀라지 않을 수 없었다.

"움직이지 못하는 기간테스에서 제어하려 하니까 영 기분이 안 나더라구요. 실제로 움직이는 것도 아니고 전장의 긴장감이 없으니 기간테스에 탄 것 같지 않았다고 할까요?"

"정말 대단해요! 설마 프로페서 씨가 이런 대단한 분일 것이라고는 상상도 못했어요."

프로페서의 실력을 확인한 이레아는 용병들에 대한 인식을 고쳤다. 용병들 중에 프로페서 못지않은 실력자들이 더 있을 것만 같았다.

"그럼 이제 저 녀석을 움직일 수 있나요?"

프로페서가 두 눈을 빛내며 랩터2를 바라보았다.

"물론이에요. 그전에 계약을 해야지요."

"계약이요?"

프로페서가 두 눈을 동그랗게 뜨고 물었다.

"그래요. 랩터2 윙은 비행이 가능한 기간테스예요. 그렇다면 당연히 밖에서 테스트해야죠. 지하 연구소에서는 그 운용에 한계가 있어요. 일단 시뮬레이션 테스트에서 확인한 운용 가능 한계부터 확인해야 하니까요. 일단 아공간에 넣은 후 밖으로 나가야 해요."

"그렇다면 저 녀석을 제게 주신다는 말씀입니까?"

"절반 정도는요."

이레아의 대답에 프로페서의 입이 쫘악 벌어졌다. 넘쳐나는 웃음에 도무지 입을 다물 수가 없었다.

프로페서는 신속하게 랩터2 윙과의 계약을 마쳤다. 그가 리콜러로 선택한 것은 벨트였다. 검이나 검집을 택하는 것이 보통인지라 이레아가 고개를 갸웃거렸다. 그러자 프로페서는 벨트는 절대 몸에서 떨어질 일이 없어 자신은 벨트를 리콜러로 애용한다고 말했다. 듣고 보니 일리가 있는 말이었다.

계약이 끝나자 연구원 다섯과 이레아와 함께 프로페서는 포털 마법진을 이용해 영지의 비바체 항으로 이동했다.

"흐음… 섬으로 갈 모양이군요."

프로페서는 항구가 눈에 보이자 대번에 이레아의 의도를 짐작했다.

"물론이에요. 사람들의 눈에 띄어서 좋을 것은 없으니까요."

미리 비바체 항에서 기다리던 배에 올라 여섯 사람은 항구에서 제법 떨어진 무인도로 향했다. 무인도에 내리면서 배는 항구로 돌려보냈다. 여섯 시간 후에 다시 데리러 오기로 하고 말이다.

"윙 소환."

프로페서의 시동어에 랩터2 윙이 그 모습을 드러냈다.

테스트 기종인지라 외장갑의 모습이 그다지 멋지지는 않았지만 프로페서는 그럼에도 너무나 마음에 들었다. 그가 랩터2 윙을 소환하자 연구원들은 랩터2 윙의 데이터를 읽어 들일 수 있는 각종 장비를 소환했다.

“그럼 시작할게요. 바톤 윙의 운용법은 배에서 말씀드린 대로예요.”

이레아의 말에 고개를 끄덕인 프로페서는 콕피트에 올랐다. 콕피트의 해치가 닫히자 바로 제어 수정구에 두 손을 올려놓았다.

‘그래도 어려우걸. 날개는커녕 날아본 적이라고는 비공정을 탔을 때뿐이니……’

기간테스의 운용법은 라이더의 의지를 통한 기간테스와의 일체화에 있다. 즉, 라이더의 생각에 반응하여 움직이는 것이다.

하늘을 난다는 것은 그래서 어렵다. 사람이 날아본 적이 없기에 난다는 것을 머릿속에서 이미지화 하는 것이 어려운 까닭이다.

10분 정도의 시간이 흘렀으나 랩터2 윙은 꿈쩍도 하지 않았다. 그럼에도 연구원들은 조용히 기다렸다.

이것은 이미 개발 단계에서 여러 번 겪은 일이다.

테스트 라이더 역시 랩터2 윙을 살짝 띄우는 데만 30분이 넘게 걸렸었다.

“어렵군.”

프로페서는 답답한 듯 중얼거렸다.

잠시 뒷목을 꺾으며 하늘을 올려다보았다.

마침 갈매기 몇 마리가 낯선 방문자를 향해 날아왔다가 하늘 높이 올라갔다. 거대한 위용에 놀라 황급히 방향을 꺾은 것이리라.

"그래."

순간 머리를 번뜩 스치고 지나가는 것이 있었다. 말로는 표현할 수 없고 구체적인 생각으로 정형화할 수는 없지만 알게 된 무언가가 있었다.

프로페서는 그 느낌에 몸을 맡겼다. 그의 의지가 랩터2는 물론이고 랩터2와 연결된 바톤 윙까지 지배했다.

"싱크로율이 급상승합니다."

상태창에 나타난 싱크로율은 벌써 50%를 넘어서고 있었다.

"놀라워……."

이레아는 낮게 중얼거렸다.

자신의 두 눈으로 50%가 넘는 싱크로율을 본 것은 처음이었다.

"부상 시작합니다."

한 연구원의 외침에 모두의 눈은 일제히 랩터2 윙에게로 향했다.

과연 두 발이 지면에서 50센티미터 정도 떠 있었다.

그 자리의 모두는 찬탄 가득한 얼굴로 랩터2 윙을 뚫어져라 바라보았다.

랩터2 윙은 점점 더 높이 떠올랐다. 이윽고 모두가 고개를 한껏 쳐들어야 할 높이로 오르는가 싶더니 엄지손톱만 한 크기로 보이는 높이까지 올랐다.

"바톤 윙 활성화됩니다! 마나석의 마나 소모가 증가합니다!"

연구원들이 상태창에서 데이터를 확인하면서 외쳤다. 지금의 데이터는 하나도 빠짐없이 기록되고 있었다.

[지금 기분 어때요?]

이레아가 콕피트와 연결된 마법 통신으로 물었다.

[놀랍군요. 이렇게 날 수 있다는 것이.]

프로페서가 아래를 내려다보며 말했다.

하늘 한가운데 서서 내려다보는 바다의 풍경은 가슴을 시원하게 해주었다.

[중앙 상태창 오른쪽 하단에 시간이 보이나요?]

[네. 29분 정도 남았군요.]

[앞으로 가능한 비행시간이에요. 그 시간이 0이 되면 서서히 하강해서 땅에 착륙하게 될 거예요.]

[추락하지는 않습니까?]

[비행 한계 시간을 초과했을 시 자동 착륙하게끔 만들어져 있어요. 물론 그것까지 테스트해야 하지만요.]

[어쩌면 목숨을 걸어야겠네요.]

자동 착륙 장치까지 테스트해야 한다면 결국 한계 시간까지 비행을 해야 한다는 말이다. 그 생각에 프로페서의 등줄기에 식은땀이 맺혔다. 바첼러 가문의 능력을 못 믿는 것은 아니지만 그래도 목숨이 걸린 일이었다.

[아까 배에서 준 스크롤 가지고 있지요?]

[아!]

그제야 프로페서는 자신의 품에 있는 스크롤에 생각이 미쳤다. 테스트 때 쓸 일이 있을 것이라며 이레아가 챙겨준 것이다.

[공간 이동 스크롤이에요. 착륙 장치가 오작동을 하면 즉각 사용하세요.]

[알겠습니다.]

이레아와 마법 통신을 끝낸 프로페서는 자신의 의지를 더욱 집중했다. 일단 공중으로 날아오르기는 했지만 이것으로 끝이라면 바톤 윙은 무용지물이나 다름없었기 때문이다.

공중에서의 자유자재로의 기동. 그것이야말로 바톤 윙의 진정한 가치이자 위력이었다.

'신기하군.'

의지를 집중하자 프로페서는 하늘을 느낄 수 있었다. 발밑에 아무것도 없는 공허함과 온몸을 감싸안는 공기의 움직임까지 하나하나 느껴졌다.

직접 느끼는 것이 아니라 기간테스라는 매개체가 있었기에 현실과 같은 감각은 아니지만 그것만으로도 충분히 경이로웠다. 싱크로율이 더욱 올라간다면 이 느낌 역시 더욱 구체화 될 것이다.

"기분 좋군. 마음에 들어."

담담히 중얼거린 프로페서는 바톤 윙을 통제하기 시작했다. 웬지 뜻대로 움직일 수 있을 것만 같았다.

프로페서의 생각대로였다. 그가 머릿속에서 그리는 대로 랩터2 윙은 허공을 자유자재로 날았다.

"성공입니다!"

이레아는 연구원들의 환호성을 들었다.

지금 멀리 보이는 랩터2 윙의 비행 모습은 그야말로 자신들이 바라던 그것이었다.

"놀랍습니다. 평균 싱크로율이 52.1% 나왔습니다."

"과연, 실전에서 힘을 더 발휘하는 타입이라는 것이로군요."

이레아가 고개를 끄덕였다.

그간 연구실에서 하지 못했던 밀렸던 테스트를 오늘 모두 해치워야겠다고 생각했다. 라이더의 능력이 저 정도라면 충분했다. 한시가 아까운 상황이다. 여건이 된다면 할 수 있는 것은 모두 해야 했다.

"마나석은 충분하니까……."

"예?"

이레아의 혼잣말을 들은 연구원이 그녀에게 되물었다.

"오늘 할 수 있는데까지 테스트 진행할 거예요. 단단히 준비해요.”

“네, 알겠습니다.”

일이 많아졌다는데 연구원들은 활기차게 대답했다. 그들의 성과에 대한 지적 호기심이 몸의 피로를 완전히 누른 것이다.

이 중 실제로 기동을 해야 하는 프로페서의 체력을 생각하는 사람은 아무도 없었다.

＊　　　＊　　　＊

과연 백작가의 저택이었다.

길게 뻗은 복도는 그 끝이 흐릿하게 보였다.

사이몬은 생각없이 걸었다. 자신의 허리에 매달려 있는 아스카론이라는 녀석을 어찌해야 할까란 생각으로 나온 걸음인데 어느새 그 생각까지 잊고 습관적으로 걸음을 옮기고 있다.

“무슨 생각 중인가요?”

“응?”

얼마나 멍하니 있었으면 근처에 사람이 있는 것도 몰랐을까. 아크와 생활할 때는 상상할 수도 없는 일이었다.

이올린이었다.

“아스카론 때문에요.”

사이몬의 대답에 이올린은 고개를 끄덕였다.

과연 고민할 만하다는 생각이 들었기 때문이다.

"잠깐 시간 괜찮으시겠어요?"

이올린의 물음에 사이몬은 고개를 끄덕였다. 사이몬이 이곳에서 할 일은 아무것도 없었다.

이올린이 앞장서 걸었다. 뒤따라 걸음을 옮기는 사이몬은 고개를 갸웃거렸다. 어딘가 익숙한 곳을 가는 듯한 느낌이었다.

'이런 것을 기시감(旣視感)이라고 하는 건가?'

기시감과는 무언가 미묘하게 달랐지만 그것말고는 설명할 길이 없는 익숙함이었다.

이올린은 사이몬을 지하 연구소로 안내했다.

그중 그녀는 자신의 연구실에서 사이몬에게 차를 대접했다.

"무척이나 치열해 보이는 곳이군요."

사이몬이 주변을 둘러보면서 말했다. 그의 말에 이올린은 씁쓸하게 웃었다.

치열함의 끝이 아직 보이지 않기 때문이다.

"아스카론과 이야기를 해볼 수 있을까요?"

"아스카론."

─알았다.

아스카론의 목소리가 두 사람의 머리에 동시에 울렸다.

"오랜만이에요."

―그렇군.

이올린의 인사에 아스카론이 답했다. 아스카론과의 대화
에 대해서는 이미 이레아에게 들은 터다. 이레아가 랩터2 윙
의 테스트 때문에 비바체 항 앞바다의 무인도에 가 있기에 이
번에는 자신이 대화를 시도한 것이다.

'분명 이레아는 아스카론이 기간테스를 제어하는 능력을
가진 것 같다고 했었어……'

이올린은 바톤 윙이 완성됐다는 홍분이 온몸을 덮쳤던 그
날, 홍분이 조금 진정된 후 동생에게서 들었던 말을 떠올렸다.

"아스카론, 당신은 기간테스를 제어할 수 있나요?"

이올린은 이레아가 추측한 것을 직설적으로 물었다.

―기간테스? 그것이 이 시대의 타이탄인가? 그렇다면 반은
맞고 반은 틀렸다.

이올린은 아스카론의 대답에 고개를 갸웃거렸다.

그때 사이몬이 끼어들었다.

"구체적으로 설명해 줘. 너의 설명은 전에도 말했지만 너
무 추상적이야. 그래서는 어느 세월에 내가 마이스터가 될 수
있을지 모르겠어."

―간단히 말해서 나는 마이스터를 위해 만들어진 타이탄
의 영혼이다.

"타이탄의 영혼이요?"

이올린이 두 눈을 동그랗게 뜨며 물었다.

기간테스에 영혼이라니 상상도 못한 말이다.

"기간테스에 영혼도 있나요?"

사이몬이 이올린을 보며 물었다. 사이몬이 기간테스에 대해 아는 것은 많지 않았다. 이슈인의 기억을 잃은 후 처음 본 기간테스는 블루 타이탄 용병대의 기간테스였다.

"그런 기간테스가 나타났다면 대륙은 발칵 뒤집혔을 거예요."

이올린이 사이몬의 의문에 답해주었다.

"아스카론, 그것이 가능한 일인가요?"

─물론이다. 나의 존재 자체가 그것이다.

"어떻게 하면 되는 거죠?"

─타이탄의 소울 슬롯에 나를 끼워 넣으면 내가 타이탄과 동화되어 타이탄을 지배한다.

"그럼 라이더가 하는 일이 뭐죠?"

영혼을 가진 검이 기간테스를 지배한다면 라이더의 존재는 의미가 없었다.

─라이더? 오퍼레이터를 말하는 것인가?

"기간테스를 제어하는 사람이요."

오퍼레이터가 무엇을 의미하는지 몰랐기에 이올린은 라이더의 정의에 대해 말했다.

─오퍼레이터로군. 오퍼레이터는 나를 제어한다.

"어렵네요."

—나도 어렵다.

마도 시대와는 다른 문명과 용어가 아스카론을 혼란스럽게 하고 있었다. 그래서 지난 시간 동안 아스카론은 최대한 이 시대를 파악하려 했지만 사이몬의 행동 반경이라는 것이 거의 홀로 있는 것이라 시도조차 하지 못했다.

"실제로 해보는 것이 가장 좋을 것 같군."

사이몬이 잠시 생각을 하다가 말했다.

서로 알고 있는 것과 표현하는 것이 다르다. 이럴 때는 직접 부딪쳐 보는 것이 낫다.

"하지만 우리가 가진 기간테스에는 소울 슬롯이라는 것이 없어요."

이올린이 문제점을 지적했다.

그녀도 직접 실행해 보는 것이 가장 좋다고 생각했다가 그 문제에 막혀 얼굴을 찡그리고 있었던 것이다.

—이 시대의 타이탄에는 소울 슬롯이 없는가? 그렇다면 그건 타이탄이 아니라 단순한 철인형이다.

아스카론은 기간테스에 대해 혹독한 평가를 내렸다. 아스카론의 평가에 이올인의 얼굴에 주름이 늘었다. 자신이 혼신의 힘을 다해 연구하는 것이 단순한 철인형에 불과하다는 말을 들었으니 기분이 좋을 리 없었다.

아스카론은 그런 이올린의 심사를 아는지 모르는지 자신

의 할 말을 마저 했다.

―일단은 이 시대의 철인형을 보고 싶군.

순식간에 호칭이 타이탄에서 철인형으로 바뀌었다.

"따라와요."

아스카론의 요구에 이올린이 자리에서 일어서며 기간테스 보관소로 향했다. 사이몬이 그 뒤를 따랐다.

한참을 걸어 도착한 곳에 장관이 펼쳐져 있었다.

철로 만들어진 거인들이 나란히 도열한 모습은 그 누구라도 압도될 만한 광경이었다.

"엄청나군요."

사이몬은 순수히 감탄했다.

메틀라인 왕국 최초의 기간테스부터 최근의 랩터2까지 모든 기종의 기간테스가 망라되어 있었다.

―사이몬, 나도 보고 싶다.

자신의 머리에 울린 아스카론의 목소리에 사이몬이 물었다.

"볼 수 없어? 그러면 왜 보여달라고 한 거지? 아니, 아니, 어떻게 해야 볼 수 있는 거지?"

―허락하면 된다.

사이몬은 아스카론의 대답에 자신이 보고 있는 것을 아스카론과 공유하고 싶다는 생각을 했다. 아스카론이 말한 허락이란 것이 이런 것이라 추측한 까닭이다.

그러자 척추에서 시작한 기이한 감각이 온몸을 훑는가 싶더니 종국에는 허리로 향했다.

"이건… 너와 내가 감각을 공유하는 것인가?"

—정확히는 시각을 공유하는 거다. 나에게는 눈이라는 기관이 없으니까. 일단 타이탄과 한 몸이 되기 전에는 주인의 눈을 빌려야 하지.

아스카론의 대답에 사이몬은 고개를 끄덕였다. 그러고 보니 아스카론이 타인과 대화를 할 때는 이런 느낌이 없었던 것으로 보아 청각은 가지고 있는 듯했다.

—오퍼레이팅 룸을 보고 싶다.

이번에는 아스카론의 목소리가 두 사람에게 동시에 울렸다.

"조종실을 뜻하는 것이겠죠?"

오퍼레이터라는 말에서 유추를 한 이올린이 물었다.

—그렇다.

"콕피트는 저곳이에요."

이올린이 가장 가까운 곳에 있는 랩터2 근처로 가 콕피트의 해치를 연 후 손가락으로 가리켰다.

사이몬은 날렵한 몸놀림으로 순식간에 콕피트에 마련된 조종석에 앉았다.

잠시 아무 말이 없었다.

그렇게 얼마나 시간이 흘렀을까? 아스카론의 목소리가 다시 울렸다.

—초기 단계의 기술을 적용한 타이탄이로군. 철인형의 수준을 겨우 벗어났어. 마나 엔진을 사용하는 기종이라니… 이런 골동품을 다시 보게 될 줄이야… 이건 어느 정도 수준의 기종이지?

아스카론의 물음이 이올린의 머리에 울렸다. 그다지 기분 좋은 말은 아니다. 철인형에서는 벗어났지만 그래도 골동품이라니. 그것도 랩터2에게 말이다.

"우리 왕국의 최신예 양산형 기종이에요."

—…….

"아스카론?"

이올린이 아스카론을 불렀다.

—잠시 정신을 놓았다. 이 정도가 최신예 기종이라니, 대체 마도의 문명은 얼마나 소거된 것인가.

아스카론이 한탄하듯 중얼거렸다.

이올린은 자존심이 상하는 한편으로는 놀라움에 정신을 차릴 수 없었다.

아스카론은 분명 마도의 타이탄에 대한 모든 것을 알고 있다 했었다. 기간테스를 보고 골동품 운운하는 수준이라면 대체 마도의 타이탄이 가진 능력은 어느 정도란 말인지 상상조차 할 수 없었다.

—이 정도 수준의 타이탄이라면 소울 슬롯을 내가 뚫을 수

있다. 어떤가? 지금 보고 싶은가?

이어진 아스카론의 말에 이올린은 정신을 차렸다.

"아, 여기 있는 건 안 돼요. 여기 있는 기종들은 보존용으로 특별 보관 중인 것들이라서요. 그리고 그 소울 슬롯이란 것은 이레아가 돌아온 후 뚫어야 하겠네요. 지금 했다가는 나중에 무슨 원망을 들을지 몰라서요."

—알았다.

아스카론은 이올린의 말에 짧게 대답했다. 그녀의 의견이 사이몬의 의견과 다르지 않을 것이란 생각에 쉽게 수긍한 것이다.

사이몬은 랩터2의 콕피트에서 내려왔다.

"이레아님은 언제 돌아오지요?"

"테스트가 아주 순조롭다는 연락이 왔으니 앞으로 사흘은 있어야 할 거예요."

너무 순조로워도 문제였다.

프로페서가 완벽히 기동을 해냈기에 불가능하리라 생각했던 테스트까지 가능해져서 예상한 것보다 시간이 길어진 것이다.

"사흘 정도라……."

사이몬은 기다리기 힘든 듯했다.

아스카론이 타이탄을 위해 만들어진 존재라면 타이탄과 아스카론을 융합시키면서 마이스터로 가는 길의 단서가 보일

지도 몰랐기 때문이다.

—사이몬, 그동안 나를 데려가 줄 곳이 있다.

사이몬의 머리에만 울린 말이다.

"어디?"

—도서관.

"도서관은 왜?"

사이몬이 혼잣말을 하자 이올린은 그가 아스카론과 대화 중임을 짐작하고 잠자코 지켜보았다.

—이 시대의 상황을 알기 위해, 그리고 마도의 문명이 얼마나 지워졌는지 알기 위해.

"이올린 님, 도서관이 어디에 있죠?"

"서재로 안내해 드릴게요."

이올린이 웃으며 대답했다. 아스카론이 원하는 듯했다. 책을 원하는 검이라니 조금 웃음이 나왔다.

"잠깐 그런데 네가 책을 보려면 결국 내가 봐야 한다는 거잖아?"

이올린의 뒤를 따르며 그 사실을 깨달은 사이몬이 아스카론에게 물었다.

—물론이다.

"으윽."

어째서인지 책과 친해지기가 어려운 사이몬이었다. 아크의 거처에 많은 책이 있었지만 사이몬은 거의 손 대지 않았었다. 그런데 이곳에 와서 검 때문에 책을 보게 될 줄이야……. 표정이 좋을 리 없었다.

　―나와 대화할 때 굳이 말로 소리를 낼 필요는 없다. 너와 나는 이어진 존재. 나에게 전한다는 의지를 가지고 생각하는 것만으로도 충분하다.

　―아, 이렇게?

　―그렇다.

　사이몬의 혼잣말이 신경 쓰인 것일까? 아스카론이 의사소통 방법에 대한 조언을 건넸다.

　걸으면서 혼자서 누군가와 대화하는 듯한 말을 하면 아무래도 실성한 것처럼 보이게 마련이다. 아스카론은 자신의 주인이 사람들에게 그렇게 비치는 것이 싫었던 모양이다.

　이올린은 사이몬을 서재로 안내해 준 후 입구에 가만히 서 있었다. 그녀의 눈길은 책을 고르는 사이몬을 향해 있었다. 그녀의 눈동자에는 그리움과 곤혹스러움이 함께 있었다. 동생에게 들은 또 다른 이야기 때문이었다.

　확실한 것은 아니라고 했지만 그녀 역시 동생 이레아의 말을 듣고 보니 사이몬과 이슈인이 계속해서 겹쳐 보였던 것이다.

　"역시, 의뢰해 봐야겠어."

　고개를 끄덕이며 이올린은 걸음을 돌렸다. 그리고 그녀는 곧장 마차를 타고 저택을 벗어났다.

정보 길드에 의뢰를 하기 위해 가는 것이었다.

이올린이 자리를 뜨고 얼마간 사이몬은 책을 골랐다. 일단 아스카론이 원하는 책을 골라야 했는데 생각보다 아스카론의 취향이 까다로웠다. 아무 책이나 무작정 읽어 내려가는 것이 아닌 나름대로의 규칙이 있었다.

결국 이 서재의 책을 모두 읽으려 하는 것에는 변함이 없는데도 상당히 성가시게 굴었다.

아스카론이 원하는 책을 찾기 위해 책장을 뒤적이며 사이몬은 고개를 갸웃거렸다. 이곳이 무척이나 익숙했기 때문이다.

그 느낌이 드는 순간 사이몬은 책을 찾는 것을 그만두고 한숨을 쉬었다.

"후우……."

―왜 그러나?

아스카론의 물음에도 사이몬은 아무런 대답을 하지 않았다.

"이곳이 나와 연관이 있는 곳인가? 이 영지에 들어왔을 때부터 계속해서 익숙하고 그리운 느낌이 들더니… 이제는 백작가의 서재에서조차 그런 느낌이라니……."

작은 소리로 중얼거리는 사이몬의 얼굴에는 고뇌의 빛이 역력했다.

사이몬은 가만히 이곳에 온 이후의 일을 떠올려 보았다. 확

실히 이상했다:

짧은 시간이었지만 그간 여행하던 곳에서는 결코 느끼지 못했던 것을 이곳에 와서 무수히 느끼고 있었다.

특히나 아르시안 공주를 봤을 때의 그 느낌이란.

"후우… 역시나 나는 바첼러 백작가와 연관이 있는 사람이었을 것 같아."

담담히 중얼거린 사이몬은 계속해서 아스카론이 원하는 책을 찾았다.

CHAPTER 5
벨런시아 공주 납치

　달마저 하늘을 외면한 그믐날의 밤이다. 총총히 뜬 별들만이 하늘에서 미약한 빛을 뿌릴 뿐 지상은 한 치 앞도 분간하기 힘든 짙은 어둠이 지배하고 있었다.

　어둠 속에 검은 야행복을 입은 인물들이 은밀히 녹아들었다. 복면까지 써 철저히 자신을 숨긴 여섯 명의 사람.

　그들은 고위 귀족들이 모여 사는 고급 주택가를 제 집 앞마당마냥 자연스럽게 움직였다. 확실한 목적지가 있는 듯 움직이는 데 조금의 망설임도 보이지 않았다.

　선두에 선 남자, 렉은 신중히 주변을 살피며 움직였다. 자신의 지시에 부하들의 안위가 달려 있고 이 일의 성패가 달려 있다.

렉 자신은 기억도 하지 못하는 왕국 시절. 그 시절의 잔재가 이곳에 있었고 그 때문에 공화국의 단결이 흔들리고 있었다.

공화국군의 특수 요원으로 이 일을 해결하기 위해 메틀라인의 왕도까지 온 것이다. 공작용으로 특별히 자이안 한 기까지 가지고 들어왔다.

이미 지도를 몇십 번이나 외워 숙지한 길을 따라 움직였다. 이 거리를 순찰하는 병사들의 경로와 시간까지 머릿속에 훤했다.

렉이 손을 들어 부하들을 멈춰 세웠다.

"이곳이다."

들릴 듯 말 듯한 낮은 목소리임에도 모두들 고개를 끄덕였다. 그들은 이미 이런 상황에 대해 생사의 고비를 넘나드는 훈련을 수없이 마쳤다.

"잠입한다."

여섯 줄기의 검은 선이 담을 넘었다. 그럼에도 안쪽에서는 아무런 기척이 없었다. 정문의 경계를 서는 병사도, 정원을 순찰하는 병사도 그들의 기척을 읽지 못했다.

짐은 말단 병사다. 왕국군에 지원한 것도 먹고살기 위한 것으로 현재 세컨 폰의 계급을 가지고 있었다. 후임병이 늦어지는 바람에 아직도 벨런시아 공주의 저택을 경비하는 병사들

중 제일 막내이지만 내일 신병이 배치된다는 소식을 들었다.

"흐흐. 그 녀석 어떻게 굴려줄까?"

이제 막 훈련을 마치고 배치될 써드 폰의 신병을 교육시킬 생각을 하니 절로 기분이 좋아졌다. 아니, 막내의 신분에서 벗어난다는 사실이 가장 기뻤다.

이곳에 배치되는 써드 폰도 작은 괴로움 정도는 충분히 참고 이겨낼 것이다. 전시 상황에 전장이 아닌 왕도의 귀족 저택에 배치된 것만 해도 엄청난 행운이었다.

사삭.

바람에 풀이 날리는 소리가 들렸다.

"응?"

한껏 기분 좋은 상상에 빠져 있던 짐은 소리가 들린 곳으로 고개를 돌렸다. 미약한 소리지만 들을 수 있었던 것은 이곳이 대리석으로 포장이 되어 근처에 풀이라고는 한 포기도 없는 곳이기 때문이다. 들릴 리가 없는 소리가 귓가에 스치자 의아한 생각에 고개를 돌린 것이다.

그 순간 짐은 목에서 화끈한 느낌이 치미는 것에 깜짝 놀라 손을 목으로 가져갔다. 무언가 축축한 것이 느껴졌다.

"응?"

손을 보려 했지만 볼 수 없었다. 단지 아득히 정신이 멀어졌다.

그렇게 짐은 렉의 암수에 목숨을 잃었다. 한 번에 경동맥을 잘라 버리는 깔끔한 솜씨를 보이고 뒤도 돌아보지 않고 저택 안으로 잠입했다.

각기 다른 경로로 부하들도 잠입했다.

'생각보다도 경비가 훨씬 허술하군.'

정보부로부터 받은 경호 배치도보다도 경비가 허술했다.

이는 전쟁 때문이었다.

전쟁으로 인해, 상대적으로 안전한 이곳의 몇 안 되는 병력마저 줄어든 것이다. 그렇게 확보된 병력들은 모두 전장으로 보내졌다.

덕분에 렉은 훨씬 수월하게 일을 진행할 수 있었다. 거리낄 것이 없었다.

'이제 곧이다.'

목표의 침실이 눈에 보였다.

각기 다른 길로 온 부하 다섯도 도착했다.

"조용히 잠입한다."

렉의 손짓에 한 명이 조심스레 문을 열었다.

푸욱.

무언가가 박혀드는 소리. 그 외에는 아무런 소리가 없었다.

야행복을 뚫고 등으로 솟아오른 물체는 분명 검이었다. 어둠 속에서 은은하게 빛나는 모습이 자못 예리해 보인다.

그렇게 한 명이 죽었다. 그는 죽는 순간까지 아무런 소리도 내지 않았다.

부하 하나를 잃었음에도 렉은 눈 하나 깜짝하지 않았다. 이 정도 고난도 없을 것이라 생각하지 않았다.

명색이 한 왕국의 공주였던 이를 납치하려고 하는 것 아닌 가.

살짝 열려진 문으로 머리가 희끗희끗한 기사 하나가 걸어 나왔다.

"네놈들은 누구냐!"

살기 어린 낮은 목소리다.

살기 어린 목소리와 함께 나타난 이는 벨런시아에서부터 아르시안 공주를 따라온 두 기사 중 한 명이다.

공주의 침실은 두 개의 방으로 나뉘어져 그중 바깥방에 경호 기사 한 명이 늘 상주했다. 오늘 밤의 경호를 맡은 도노반이 방밖의 은밀한 기척에 숨을 죽이고 문 앞을 지키고 있다가 문이 열리려고 하자 먼저 공격을 날린 것이다. 기척이 한둘이 아니었기에 최대한 적의 수를 줄여야 했다.

도노반이 문 앞을 막아서자 침입자들은 반원을 그리며 그를 포위했다. 어느새 그들의 손에는 검은빛 검신을 가진 단검이 들려 있었다.

"독검인가……."

검신의 빛이 어둡다는 것은 무엇인가를 발랐다는 뜻. 어째 신처럼 보이는 이들이 발랐을 것이라고는 독밖에 없었다.

도노반은 왼쪽 허리에 매달려 있는 작은 유리 방울을 바닥에 던졌다.

렉은 미처 그것을 제지하지 못했다.

그것이 바닥에 부딪쳐 깨지자마자 복도가 환하게 밝아졌다.

유리 방울은 저택의 비상 알림 마법 장치였던 것이다.

"쳇."

의외의 상황에 렉은 당황했다. 눈앞의 기사가 만만치 않아 그를 경계하다가 오히려 더욱 위험한 상황을 만들어 버렸다.

'분명 벨런시아의 기사는 둘이라고 했다.'

한눈에 보기에도 소드 익스퍼트 상급의 기사다. 다른 하나도 이 정도의 수준일 테니 그가 오기 전에 끝장을 봐야 했다.

'미안하다.'

자신의 방심이 위험을 만들었기에 렉은 부하들을 볼 면목이 없었다. 하지만 자신들은 어떤 희생을 감수라고서라도 작전의 성공을 최우선으로 해야 했다.

"0번 돌파."

시간을 끌 수 없다는 생각에 렉은 즉시 명령을 내렸다. 상대 기사가 트랜스 아머를 착용하지 않은 지금이 유일한 기회다.

렉의 명령이 떨어지자마자 네 명의 침입자는 망설임없이
도노반을 향해 몸을 날렸다. 렉 역시 그를 향해 몸을 날렸다.

검이 요사스런 빛을 뿌리며 움직였다.

"쳇. 이놈들!"

상대의 의도를 눈치챈 도노반은 전력을 다해 검을 휘둘렀
다. 자신 혼자 있을 때 서둘러 일을 끝내려는 심사일 것이다.
결코 그럴 수 없었다.

'공주님은 반드시 지켜낸다.'

결의에 찬 도노반은 이를 악물었다.

푸욱.

검끝에 감촉이 있었다. 자신을 향해 쇄도하던 암살자 중 한
명의 배를 꿰뚫었다.

'좋아. 다음.'

서둘러 검을 뽑아 다음 녀석을 처리하려 했다.

순간 도노반의 얼굴이 굳었다. 검이 뽑히지 않는 것이다.
도노반의 시선이 검으로 향했다. 검에 뚫린 이는 양손으로 자
신의 검을 꽉 잡은 채로 절명해 있었다.

'이런 미친!'

그리고 보니 이곳까지 침입한 이들치고는 너무 쉽게 공격
이 성공했다. 처음에는 도노반이 기습을 한 덕이라 하지만 이
번에는 만반의 준비를 하고 덤빈 녀석이었다.

'처음부터 이것을 노리고.'

독한 놈들이었다. 동료의 목숨을 버려 자신의 검을 묶었다.

"난 그렇게 호락호락하지 않아."

검에 사람 하나를 꽂은 채로 도노반은 검을 휘둘렀다.

자신을 향해 달려들던 암살자 하나가 동료의 시신에 맞아 튕겨 나갔다.

아직 셋이 남았다. 두 곳에서 검이 날아들었다.

도노반은 황급히 몸을 피했으나 시신의 무게 때문에 몸이 느려졌다. 찰나의 사이 두 군데 상처를 입었다.

"이놈들……."

맹수가 으르렁거리듯 도노반은 암살자들을 노려보았다.

세 놈이 긴장한 눈빛을 한 채 자신을 경계하고 있었다.

'셋?'

순간 상대의 숫자에 도노반은 깜짝 놀랐다.

여섯이 왔다. 둘이 자신의 손에 명을 달리했다. 그리고 셋이 남았다.

'하나가 없다!!'

사라진 한 명이 갈 곳은?

"안 돼!!"

도노반은 대경해 크게 외쳤다. 그 순간 그의 몸은 환한 빛에 휩싸였다. 트랜스 아머를 착용하는 것이었다.

배틀러로 보낸 오랜 시간은 의지만으로도 트랜스 아머를

소환할 수 있게 해주었다.

셋 중 하나가 빛 속으로 뛰어들었다.

"미친!"

도노반은 그 광경을 똑똑히 보았다.

트랜스 아머가 소환되는 과정은 이공간과의 연결이다. 그 사이에 타인이 몸을 들이미는 것은 곧 죽음을 의미했다.

도노반을 향해 달려드는 사내의 눈에는 한 치의 망설임이 없었다.

"윽!"

사내는 이공간에 끼여 처참한 죽음을 맞이했지만 그의 간섭으로 트랜스 아머의 소환은 제대로 이루어지지 않았다.

불완전한 착용.

그때 나머지 둘이 달려들었다.

죽음을 각오한 눈빛이었다.

'결국 나의 발을 잡기 위해 넷을 버린 것인가.'

도노반은 그제야 그들의 의도를 알아차렸지만 너무 늦었다.

"네놈들, 용서하지 않는다!"

자신의 소임을 다하지 못했다 생각한 기사의 검은 무서웠다.

그렇게 셋은 모두 서로의 검에 목숨을 잃었다.

부하들의 희생으로 렉은 무사히 공주의 침실에 도착할 수 있었다.

'아름답군.'

아무것도 모른 채 깊은 잠에 빠져 있는 공주의 얼굴에 렉은 순수하게 감탄했다.

하지만 거기까지다.

렉의 눈은 차갑게 빛났다. 부하들이 목숨을 버려 번 시간이다. 찰나의 시간도 허비할 수 없었다.

렉은 재빨리 스크롤 카드를 찢었다.

"슬럽."

스크롤 카드는 크기의 한계 때문에 고서클의 마법은 담을 수 없었지만 이런 보조 마법을 사용할 때는 제법 유용했다.

이미 잠이 든 공주를 한 번 더 마법으로 재운 렉은 재빨리 얇은 끈을 꺼내 이불 채로 공주를 묶은 후 다시 한 번 자신의 등에 공주를 묶었다. 양팔과 양다리가 자유로운 상태가 되자 렉은 기다릴 것도 없이 창밖으로 뛰어내렸다. 이미 비상 경계가 발동되어 모두들 공주의 방 입구 쪽으로 몰려오고 있을 것이다.

이런 상황에서는 한순간의 지체가 일의 성패를 좌우한다.

정원에 내려선 렉은 미리 계획된 탈출로로 뒤도 돌아보지 않고 달렸다.

왕도 밖의 지정된 곳에 공간 이동 스크롤이 있다. 메틀라인 왕국은 못 벗어나겠지만 임시로 설치한 포털 마법진 근처까지의 이동은 가능했다.

서둘러야 했다.

'자이안을 쓸 수 없다는 것이 아쉽군.'

소환 후 기동에 걸리는 딜레이 타임 때문에 이런 급박한 상황에서는 무용지물이었다.

한 명이 희생을 감수하고 남는다면 모를까 부하를 모두 잃은 상황에서 렉에게 자이안은 그림의 떡일 뿐이다.

"공주님이 납치됐다!"

"납치범을 찾아라!"

"서둘러!"

렉이 저택의 담장을 넘는 순간 저택이 소란스러워졌다. 이제야 경계병들이 공주의 방에 도착한 모양이다.

'모두들, 미안하다.'

자신의 순간적인 판단 착오로 모두 잃은 부하들에게 마음속으로나마 사과한 렉은 전력을 다해 달렸다.

* * *

저택으로 돌아오는 이레아의 발걸음은 무척이나 가벼웠다. 생각했던 것보다 훨씬 많은 성과를 거둔 덕이다. 단지 곁에서 걷고 있는 프로페서의 얼굴이 몰라볼 정도로 초췌해진 것이 걸린다면 걸릴까.

이레아가 돌아왔다는 소식에 이올린이 가장 먼저 그녀를 찾았다. 그리고 그녀가 없는 동안 아스카론과 있었던 일을 전해주었다.

그 말을 듣기 무섭게 이레아의 두 눈이 활활 타올랐다. 무인도에서 그간의 테스트로 쌓인 피로는 느껴지지도 않는 듯 득달같이 사이몬을 찾았다.

갑작스런 방문이었지만 사이몬은 이레아를 반겼다. 이제나저제나 하고 기다리던 참이었으니 사이몬으로서도 반가웠다.

그렇게 네 사람은 서둘러 지하 연구실로 내려갔다.

테스트를 진행하는 연구동에 비치된 테스트용 랩터2 중 한 기가 이미 준비되어 있었다. 이올린의 지시에 의한 것이다. 테스트를 위해 기간테스에 연결되었던 기기들은 모두 제거가 된 채로 순수한 전투형 랩터2가 매끈한 모습으로 서 있었다.

—아스카론.

—보고 있다.

이미 사이몬은 아스카론에게 감각의 공유를 열어놓은 상태였다.

—저것이 내가 소울 슬롯을 뚫어야 할 타이탄인가?

—그렇다고 하는군.

—일단 오퍼레이팅 룸에 올라라.

"콕피트에 오르라고 하네요."

지금까지와 달리 아무런 소리 없이 아스카론과 대화를 하는 모습에 세 사람은 살짝 놀란 듯했으나 곧 이해하고 넘어갔다. 이 중 누구도 아스카론의 진정한 능력을 알지 못하는 상황이었기에 가능한 일이다.

사이몬은 랩터2의 콕피트에 올랐다. 두 자루의 검이 허리에서 흔들렸다. 검을 뽑아야 할 것 같았기에 조종석에 앉지는 않았다.

―잠시 나를 수정구에 닿게 해주면 된다.

사이몬은 아스카론의 말에 따라 아스카론을 뽑아 오른쪽 제어 수정구에 가져다 대었다.

아스카론이 미약하게 빛나는가 싶더니 그 빛이 수정구를 타고 흘러 들어갔다. 그렇게 얼마나 시간이 흘렀을까.

다시 아스카론의 목소리가 울렸다.

―이제 됐다.

사이몬이 아스카론을 수정구에서 뗐다.

그러자 아스카론이 은빛으로 빛나기 시작했다. 검신에서 시작한 빛이 한 줄기를 이루어 조종석 정면의 한 곳을 향했다.

―나를 저곳에 꽂아라.

"괜찮을까?"

혹여 기간테스에 손상이라도 입히는 것이 아닌가 걱정이

된 사이몬이 물었다.

　―물론이다.

　아스카론의 자신만만한 대답에 사이몬은 잠시 망설이는 듯하더니 이윽고 마음을 단단히 먹고 단번에 아스카론을 꽂았다. 은은히 빛나는 검신에 마나의 빛이 더해진 것으로 보아 마나까지 불어넣었다.

　사이몬의 실력 때문인지 아스카론의 위력 때문인지 아스카론은 단번에 검병 바로 앞부분까지 수욱 박혔다.

　―타이탄과 물리적 접촉 완료. 타이탄 지배 개시.

　나직한 아스카론의 목소리가 사이몬의 머리에 울리는 순간 랩터2가 은빛으로 환하게 빛났다.

　밖에 있는 사람들은 눈도 뜨지 못할 정도로 강렬한 빛이었다. 사이몬은 내부에 있었기에 밖에서 일어나는 변화를 전혀 인지하지 못했다.

　―마나 엔진 분석 완료. 최적 출력 위해 엔진 구성 재배치.

　계속해서 사이몬의 머리에 울리는 목소리.

　―엔진 오버 클럭 완료. 최대 출력 2.75로 수정.

　랩터2의 출력은 2.5라 들었던 것 같은데 머릿속에 울리는 아스카론의 목소리는 다른 것을 말하고 있었다.

　랩터2의 복부 부분에서 밝은 빛이 터져 나왔다.

　―타이탄 구성 재질 분석 완료. 화합 원소 해체 후 물성 강화 변환 작업 진행.

쉬지 않고 계속 되는 목소리에 사이몬은 어안이 벙벙한 가운데 그 말들을 기억하기 위해 애썼다. 자신은 그것이 무슨 말인지 모르지만 이레아와 이올린 자매는 알 수 있을 것이라는 생각에서였다.

―화합 원소 해체 완료. 재화합 진행.

랩터2의 전신에서 밝은 빛이 흩뿌려지기 시작했다.

―재화합 완료.

빛이 사그라지면서 장갑의 모양과 색이 조금씩 달라졌다.

―금속 특성 변화.

아스카론의 한마디, 한마디가 울릴 때마다 랩터2는 변화를 보이고 있었다. 콕피트에 있는 사이몬은 모르고 있지만 만약 이레아와 이올린이 그 모습을 보았다면 입을 다물 수 없었을 것이다.

―강도 25% 향상.

―경도 13% 향상.

―탄성 30% 향상.

―복원력 부여.

사이몬은 점점 머리가 아파오는 것을 느꼈다.

―마나 회로 조정. 최적 경로 검색.

이번에는 랩터2의 내부에서 빛이 터져 나오며 바깥으로 비쳤다.

―검색 완료. 최적 경로로 회로 재구성. 재구성 완료.

사이몬은 이제 이곳에서 일어나는 일을 무언가 알려고 하는 일을 포기했다. 그저 외울 뿐이다.

ㅡ타이탄 튜닝 완료. 제어권 확보. 소울 슬롯 형성 개시. 소울 슬롯 안정화 작업 진행. 모든 작업 종료. 타이탄에 소울 링크 완료. 모든 작업 종료.

모든 작업 종료라는 말이 확실하게 들렸다.

그 순간 랩터2는 이미 랩터2가 아니었다. 그곳에는 새로운 한 기의 기간테스가 굳건히 서 있었다.

사이몬은 이제야 끝이라는 생각에 안도의 한숨을 내쉬었다.

"이제 모두 끝난 거야?"

ㅡ그렇다.

그리고 외부에서도 강렬한 빛이 사라졌다.

빛이 사라지고 드러난 랩터2의 모습에 세 명은 깜짝 놀랐다. 외형은 그대로였지만 금속 재질이 달라졌다는 것을 세 사람은 대번에 알아보았다.

기간테스에 죽고 살았던 세 사람이다.

세 사람은 미친 듯이 랩터2 앞으로 달려왔다. 이윽고 콕피트가 열리고 사이몬이 훌쩍 뛰어내려 왔다.

"대체 무슨 일이 있었던 거죠?"

이제 용병대장과 대원의 관계가 끝이 났기에 프로페서는 사이몬에게 다시 경어를 썼다.

"그게 저도 잘 모르겠습니다."

사이몬이 머리를 긁적이며 대답했다.

"일단 콕피트를 살펴보죠."

곁에 있는 콕피트 승강기를 가리키며 이올린이 말했다. 네 사람은 콕피트 승강기에 올라 작동시켰다. 승강기에 달린 금속 팔이 움직여 위로 올라가더니 랩터2의 외장갑에 밀착되어 콕피트를 자유롭게 살필 수 있게 고정되었다.

사이몬을 제외한 세 사람은 안을 살피기에 여념이 없었다.

"저것이 소울 슬롯인가?"

조종석 정면에 발을 지지하는 곳 사이에 세로로 길게 난 홈을 가리키면서 이레아가 말했다.

"그런 것 같습니다. 저 자리에 아스카론을 꽂았으니까요."

사이몬이 힐끗 보고는 대답했다.

"금속 재질이 완전히 바뀌었어."

이올린이 외장갑을 만지면서 말했다.

"안에서 대체 어떤 일이 있었던 겁니까?"

프로페서가 재차 물었다.

사이몬은 머리를 긁적이며 자신이 겪었던 일을 자세하게 이야기했다.

사이몬의 이야기가 끝이 났을 때 세 사람은 입을 쩍 벌리고 멍하니 있었다. 추하게 보이는 것을 신경 쓸 정신적 여유 따위는 전혀 없었다.

충격과 혼돈.

그것이 그들을 지배했다.

어떻게 이런 일이 가능하단 말인가.

네 사람은 일단 땅으로 내려왔다. 계속 그곳에 있다가는 정신을 놓고 바닥으로 추락할 것만 같았다.

"이런 일이 가능한 거예요?"

이레아가 한탄하듯 말했다.

사이몬의 말을 듣고 보니 지금까지 자신들이 한 것이 모두 부질없어 보였다.

단지 검 한 자루를 꽂은 것만으로 엔진 출력이 0.25가 올랐다. 이건 그동안 엔진 개발을 위해 모든 것을 내던진 연구진들을 허무하리만치 비참하게 만드는 일이었다.

"화합물을 분해해서 재화합을 하는데 외형의 변화가 전혀 없었어."

이올린이 고개를 저으며 말했다.

"아스카론, 대체 어디까지 가능한 거죠?"

─모두 다.

사이몬의 허락에 아스카론이 답했다.

─너희들이 빠른 결과를 원하는 것 같아서 최단시간에 끝낼 수 있는 부분만 손을 보았다. 나와 적절한 동화가 이루어져야 소울 슬롯을 안정화시키고 제어를 제대로 할 수 있기에

급한 부분만 나에 맞게 조정을 한 것이다.

아스카론이 보충 설명을 했다.

"마도의 문명은 대체 어떤 거야?"

이레아는 허탈하게 중얼거렸다.

자신이 발견해서 연구했던 고문서들. 그것들은 진정 별 가치가 없었기에 지금까지 남아 있을 수 있었던 것 같았다. 고문서 어디에도 이런 사기 같은 문명에 대한 이야기는 단 한 글자도 없었다.

"시간이 더 있다면 더욱 성능 향상을 시킬 수 있단 말인가요?"

─원재료가 지닌 기본 원소의 한계를 넘지는 못한다.

"지금은 어느 정도까지 향상시킨 것이죠?"

이올린은 계속해서 물었다.

─내가 계산한 한계치의 69.3%까지 진행했다.

"100%까지 진행하려면 시간이 얼마나 걸리죠?"

─앞으로 3일.

"겨우 30% 정도 남았는데요?"

─한계의 끝까지 끌어내는 작업은 무척이나 힘든 법이다.

아스카론의 대답에 수긍한 듯 이올린은 고개를 끄덕였다.

"그럼 이제 랩터2에 대한 지배권은 완전히 아스카론이 가진 거예요?"

─물론이다.

"이공간 소환까지도요?"

―당연하다.

이레아의 물음에 아스카론은 짧게 답했다.

"이공간 소환."

이레아가 변이된 랩터2의 원 리콜러인 금속판 가지고 시동어를 외쳤다. 금속판은 미약하게 빛을 발하다가 곧 멈췄다. 랩터2에서는 아무런 변화도 없었다.

―사이몬, 이공간 소환이라고 외쳐라.

"이공간 소환!"

사이몬이 외치는 순간 랩터2가 사라졌다.

"정말……."

세 사람은 그 광경을 넋 놓고 바라보았다.

"앞으로 랩터2를 기동하려면 어떻게 해야 하죠?"

프로페서가 물었다.

―나를 소울 슬롯에 꽂아야 한다.

"아스카론이 없다면요?"

―그저 멈춰선 동상일 뿐이다.

엄청난 업그레이드를 이루었지만 아스카론의 말대로라면 결국 기동을 할 수 있는 라이더는 사이몬 혼자라는 것이다. 결국 이 방법으로 많은 기간테스의 성능을 향상시킬 수는 없었다.

그것이 아쉬운 듯 이레아와 이올린은 혀를 찼다.

그러다가 어느 순간 동시에 이올린과 이레아의 눈이 마주쳤다.

"어쩌면……."

"가능할지도……."

두 사람의 생각이 일치했다.

"사이몬 씨, 아스카론. 봐줬으면 하는 기체가 있어요."

두 사람은 사이몬의 한 손씩을 각기 잡고 달리듯 어느 곳으로 향했다. 프로페서가 그 뒤를 따라 달렸다.

*　　　*　　　*

"후우……."

렉은 안도의 한숨을 쉬었다.

막 스크롤을 찢어 공간 이동에 성공한 참이다.

탈출은 생각보다 쉬웠다. 준비해 온 자이안을 쓸 일이 전혀 없었다. 고급 주택가를 벗어나 공주의 저택 병사들의 추적을 따돌리는 순간 추적은 전혀 없었다.

"망국의 공주에 대한 대우는 이 정도라는 것이겠지."

렉은 씁쓸하게 웃었다. 공화국의 국민이라 하나, 한때 자신의 고향의 공주였던 이가 타국에서 이런 푸대접을 받는다는 생각에 지어진 고소다.

렉은 미리 준비한 일회용 포털 마법진으로 향했다. 이곳에서 걸어서 한 시간 정도의 거리에 있었다.

아르시안 공주는 여전히 세상 모르고 자고 있었다.

"성공하긴 했지만 희생이 너무 컸어."

렉이 어두운 얼굴로 중얼거렸다.

메틀라인에서 목숨을 잃은 부하들 때문이다.

그렇게 그날 아르시안 로드 벨런시아 공주는 십여 년 만에 납치라는 형태로 고향에 돌아가게 되었다.

*　　　*　　　*

레퀴엠은 바첼러 백작가 지하 연구실에서도 가장 은밀한 곳에 보관되어 있다. 그곳에 접근하려면 수 차례의 마법 함정을 거쳐야 한다. 아무것도 모르는 사람이라면 반드시 함정이 발동하게끔 보안에 무척이나 신경을 쓴 공간에 레퀴엠이 보관되어 있다.

출력 3.0의 프로토 타입으로 시행한 실험 데이터를 토대로 완성은 하였으되 한계 때문에 기동할 수 없는 기간테스, 레퀴엠.

시종으로부터 소식을 전해 들은 카를로 백작의 발걸음이 급했다.

본인임을 확인하는 하나하나의 마법 확인 장치를 지나칠 때마다 보안을 왜 이렇게 철통같이 해서 시간을 지체하게 했는지 하는 말도 안 되는 원망마저 들었다. 딸들이 전한 소식에 의하면 오늘이면 드디어 프로젝트가 완성될 수도 있었다. 백작이 조바심을 느끼는 것은 너무나 당연한 일이었다.

여섯 번째 보안 장치를 지났을 때, 카를로 백작은 네 사람을 볼 수 있었다. 어찌나 서둘렀으면 어느새 딸들을 따라잡은 것이다.

"빨리 오셨네요?"

뒤에서 나타난 아버지의 모습에 이레아가 놀라서 물었다.

"그런 말을 들었는데 어떻게 서두르지 않을 수 있겠느냐?"

오히려 카를로 백작이 되물었다.

R 프로젝트 완성을 위한 실마리를 찾았어요. 지금 연구소로 가는 중입니다.

시종이 가지고 온 쪽지에 간략히 적혀 있는 전언이었다.

혹시라도 모를 일을 대비해서 이니셜만을 이용해 전한 소식이라 구체적인 내용은 아무것도 없었다. 그랬기에 백작이 더욱 안달을 한 것이다.

"어서 가자꾸나."

백작이 앞장서서 말했다. 그 모습에 이레아와 이올린은 웃음을 지을 수밖에 없었다.

"급할 것은 없으니까 천천히 가요. 그리고 일이 어떻게 된 것인지 설명을 들으셔야죠."

이올린의 말에 그제야 카를로 백작은 걸음을 늦추었다. 아직 네 개의 보안 장치를 더 지나쳐야 했고 그러자면 적지 않은 시간이 걸릴 것이다.

보안 장치를 하나, 하나 지나는 동안 이레아와 이올린이 번갈아 가며 랩터2에 있었던 일을 설명했다. 설명을 듣는 동안 카를로 백작의 얼굴은 참으로 다양하게 변했다. 그리고 마지막에는 믿을 수 없다는 얼굴로 사이몬의 허리에 걸린 아스카론을 바라보았다.

"허어. 정녕 믿을 수가 없구나."

—믿어.

그때 백작의 머릿속에 울린 아스카론의 목소리.

백작은 깜짝 놀랐다.

오직 백작의 머릿속에만 울렸는지 다른 사람은 아무런 변화가 없었다.

"너희들은 들리지 않았느냐?"

백작이 두 딸과 프로페서, 그리고 사이몬을 돌아보며 물었다.

"뭐가요?"

"방금 머릿속에 '믿어' 라고……."

"호호. 아스카론이 기분이 상했었나 보네요."

상황을 짐작한 이레아가 웃음을 터뜨리며 말했다.

"그럼 그것이 아스카론의 목소리였단 말이냐?"

"네."

카를로 백작이 아스카론의 목소리를 들은 것은 처음이었다. 백작이 자꾸 의심을 하자 기분이 상한 아스카론이 사이몬의 허락하에 한마디 한 것이다.

이윽고 마지막 보안 장치를 지나서 레퀴엠이 있는 곳에 도착했다.

은빛으로 빛나는 기간테스가 그 웅장한 모습을 자랑하고 있었다.

"생각보다 크기가 작군요. 엄청난 엔진 출력에 비해 경량형으로 설계를 했다니 의외네요."

레퀴엠을 본 프로페서의 첫 감상이었다.

"엔진 출력을 가장 효율적으로 사용할 수 있는 디자인을 고려한 크기예요. 파워 역시 부족하지 않고 순발력과 속도는 발군이죠. 물론 설계대로 움직여 준다면요."

프로페서의 의문에 이올린이 쓴웃음을 지은 채 한 곳을 바라보며 말했다.

프로페서의 시선은 자연히 그곳을 향했다. 그곳에는 형편없이 망가진 장갑들이 쌓여 있었다. 출력 3.0의 프로토 타입으로 테스트를 시행하는 동안 파손된 것들이다.

"역시 3.0을 넘어서는 출력을 견디는 재료가 문제군요."

프로페서가 고개를 저으며 말했다.

"그래도 아스카론의 힘이라면 어떻게 돌파구가 보일지도 모르겠군."

카를로 백작이 무겁게 말했다.

아스카론을 통한 한계의 극복.

그들로서는 오랜 숙원을 이루는 일이기에 무척이나 고대되는 일이지만 반대로 오직 한 기만이 가능하다는 한계도 가지고 있었다. 결국 양산은 하지 못하는 오직 한 기의 프라이비트 기체를 만들 수밖에 없다는 것이다.

그것도 자신들의 능력이 아닌 마도의 유물의 능력을 빌어서 해결하는 것이다.

사이몬은 이곳에 들어왔을 때부터 아무 말이 없었다.

오직 레퀴엠이라 이름 붙은 기간테스를 뚫어져라 바라볼 뿐이다.

이상하게 가슴이 뛰었다.

처음 보는 기간테스임에도 가슴이 미친 듯이 뛰었다. 그리고 알 수 없는 그리움과 익숙함.

자신의 과거와 연관이 있는 것만 같은 느낌.

또다시 잃어버린 과거가 사이몬을 답답하게 만들었다.

"레퀴엠. 우리 가문의 숙원이나 다름없는 기간테스예요. 아버지께서 가문의 연구원들과 기본 골격을 만드시고 제가 엔진을 개발했어요. 언니가 디자인하고요."

이레아가 사이몬의 곁에서 눈앞의 기간테스에 대해 설명했다.

"은색이라니, 보통의 기간테스는 잘 선택하지 않는 장갑이로군요."

"남동생이 좋아했어요."

프로페서의 의문에 이올린이 답했다. 그녀의 시선은 여전히 파괴된 장갑에 머물러 있었다.

"오빠는 왕국군 기간테스 라이더였어요, 그것도 상당히 높은 싱크로율을 기록한. 첫 테스트에서 장갑의 재질 문제와 라이더의 싱크로율 문제에 부딪쳤을 때 내심 오빠라면 어떻게든 할 수 있을지 모른다고 생각했어요. 그래서 새로 만든 장갑은 은색으로 한 거예요."

과연 망가진 장갑들은 검은 빛을 띠고 있었다.

"이슈인 바첼러 써드 나이트 말이로군요."

두 사람의 말에 프로페서가 무겁게 입을 열었다.

기간테스 라이더들 사이에는 은근히 유명세를 탔던 인물이다. 그야말로 혜성같이 등장해 엄청난 운용 실력을 보여주더니 등장한 것보다 빨리 사라졌다.

"그의 일은 참으로 유감입니다."

분위기가 무거워졌다.

"뭐, 언젠가는 돌아올 걸세."

모두가 죽었다 생각했지만 바첼러 가에서는 여전히 실종

이라고 굳게 믿고 있었다.

네 사람의 대화를 듣는 동안 사이몬은 머리 한쪽이 지끈거리는 두통을 느꼈다. 왜인지 알 수 없었다. 처음 겪는 일이었다.

정확히 '이슈인' 이라는 이름을 듣는 순간부터 깨질 듯이 아파왔다. 아니, 어떤 강렬한 예감이 머릿속 기억의 봉인을 풀려고 하는 듯했으나 그뿐이었다. 통증만 가중될 뿐 더 이상 어떤 변화도 없었다.

하지만 사이몬은 직감적으로 느낄 수 있었다.

이슈인 바첼러라는 인물이 자신과 깊은 연관이 있는 자라는 것을 말이다. 그가 자신을 이리로 불렀다는 생각이 들었다.

'어쩌면 나 자신일지도 모르지.'

이제야 알게 된 존재, 이슈인 바첼러. 그가 현재 실종 상태라고 했다. 그리고 기억을 잃은 자신은 강렬한 느낌에 이끌려 이곳까지 찾아왔다. 슈프림 왕국에서 바첼러 영지까지는 결코 가까운 거리가 아니었다.

하지만 자신이 이곳에 오기까지 한 치의 망설임도 없었다. 바첼러 백작가라는 말을 듣는 순간, 운명에 끌린 듯 이곳에 와야 한다고 생각했으니까.

이곳에 도착한 이후 느낀 그 익숙함과 그리움들.

그 모든 것들이 아마 이슈인 바첼러와 연관이 된 것이리라.

사이몬 자신과 가장 가까웠던 지인일 수도 있고, 어쩌면 자기 자신일지도 모를 인물이다. 그의 존재를 아는 순간 퍼즐의 마지막 조각을 찾은 듯한 느낌이 들었다.

"왜 그러세요?"

이레아가 일그러진 사이몬의 표정을 발견하고 물었다. 그녀의 두 눈이 살짝 빛나는 것이 무언가를 기대하는 것 같았다.

"별거 아닙니다."

짧은 순간 머릿속을 휘몰아친 수많은 상념을 정리한 사이몬이 머리를 흔들며 답했다. 그 대답에 이올린과 이레아의 얼굴에 실망의 기색이 빠르게 나타났다가 사라졌다.

어쩌면 이들도 눈치챘을지도 모른다. 하지만 사이몬 자신에게 아무런 언급이 없는 것으로 보아 무언가 걸리는 점이 있을 것이다. 그런 상황에서 자신이 먼저 나설 필요는 없었다. 혹시라도 아닐 수도 있으니까. 그것이 천만분의 일 확률일지라도 그런 일이 일어나지 말라는 법은 없었다.

"그럼 이제 시작해 보도록 하지."

카를로 백작이 어두운 기색을 떨쳐 버리고 기대 어린 눈을 하며 사이몬에게 말했다.

"알겠습니다."

사이몬이 고개를 끄덕이고는 레퀴엠을 향해 다가갔다.

두근. 두근.

심장의 박동이 점점 더 거칠어졌다.

사이몬은 레퀴엠의 아래에 가서 콕피트의 해치를 열었다.

천천히 해치가 열리며 콕피트의 모습이 드러나자 사이몬은 훌쩍 뛰어올랐다. 콕피트 내부의 모습은 랩터2와 크게 다르지 않았다. 조금 더 고급스러운 느낌이 든다는 것이 다를 뿐이다.

소울 슬롯을 만드는 과정은 동일하다.

사이몬은 아스카론을 뽑아서 조종석의 좌우에 있는 마나 제어구에 가져다 댔다.

─제법이군. 이건 마나 엔진 타입의 타이탄으로서는 그 끝에 이르렀다. 엔진 자체의 출력을 타이탄의 몸체가 감당하지 못할 정도라니. 게다가 이 정도의 출력을 소울 슬롯 없이 감당하려면 마이스터까지는 아니더라도 그에 근접한 수준의 오퍼레이터가 필요하겠군.

아스카론은 순식간에 레퀴엠이 가진 문제점을 모두 꿰뚫어 보았다.

─이건 조금 문제가 있어. 사이몬 일단 아래로 내려가서 의견을 조율해야 할 것 같다.

아스카론의 말에 사이몬은 고개를 끄덕이고는 다시 콕피트 밖으로 훌쩍 뛰어내렸다. 들었던 것과는 다른 행동에 카를로 백작은 고개를 갸웃거렸다.

"벌써 끝난 것인가? 듣던 것과는 다른 것 같군. 재질의 변화도 보이지 않고……."

카를로 백작이 미심쩍다는 눈빛으로 레퀴엠을 바라보았다.

—물론 아무런 변화가 없는 것이 당연하다. 난 단지 타이탄을 분석했을 뿐이니까.

모두의 머릿속에 아스카론의 목소리가 울렸다.

"그게 무슨 뜻이지요?"

이레아의 물음에 다시 아스카론의 대답이 울렸다.

—정확히 어느 정도 수준까지의 업그레이드를 원하느냐 하는 것이다.

"무엇이 다른 것이죠?"

이번에는 이올린의 물음이다.

—업그레이드에 소요되는 시간이다.

"얼마나 걸릴 것 같소?"

카를로 백작의 의문이다. 부녀가 순서대로 짧은 물음을 던졌다.

—완전한 업그레이드를 원한다면 한 달.

"그 결과물은요?"

—마나 엔진 출력은 3.83까지. 이미 타이탄 용으로는 거의 한계에 이른 마나 엔진이라 그 정도가 한계다.

아스카론의 말에 가장 놀란 것은 이레아다. 그녀 자신이 직접 개발한 마나 엔진이다. 더 이상 개선의 여지가 없을 만큼

다듬었다고 생각했는데 아직 0.33의 출력을 더 올릴 수 있다고 했다.

"완벽하다고 자부했는데 그게 아닌가 보네요……."

이레아가 힘 빠진 목소리로 중얼거렸다.

―거의 완벽했다, 마도 시대의 최종형 마나 엔진과 유사할 정도로. 하지만 마나 엔진 자체가 가진 한계 때문에 마도 시대 중기 이후에는 결국 사라진 고대의 유물이지.

"재질은 어떻게 되지요?"

―물론 최대 출력을 충분히 감당할 정도의 재질로 바뀐다. 마도 시대의 합성 금속은 다크 마이스릴이라는 것이다.

아스카론은 이올린의 의문에 답했다.

"타이타만티움 합금이 아니라 다크 마이스릴이라고요? 마이스릴이라면 그 신의 금속이라는…… "

―마이스릴은 아니다. 마이스릴 그 자체는 신의 금속이라 불릴 정도로 엄청난 물성을 가진 반면, 그만큼 구하기 힘든 금속이지. 마이스릴로 타이탄을 만들 정도라면 마도 시대에 발견된 모든 마이스릴을 쏟아부어야 두 기가 나올까 말까다. 그리고 타이타만티움은 합금과 가공이 너무 비효율적이다. 검이나 갑주면 몰라도 타이탄에 적용하기에는 너무 고집이 센 금속이다. 그래서 마도의 연금술사들은 연금술로 마이스릴에 필적할 만한 물성을 가진 금속을 연구했고 그 결과가 다크 마이스릴이다. 물론 타이타만티움 이상의 금속이다.

놀라운 이야기가 연이어 그들의 머릿속에 울렸다.

대체 마도의 문명은 어느 정도였던 것일까? 그리고 그런 마도 시대가 대체 왜 종말을 고한 것일까? 순식간에 수많은 의문이 머릿속을 지배했다.

―단지 다크 마이스릴로 타이탄의 재질을 재구성하기에는 하나의 원소가 모자란다.

"그게 뭐죠?"

―금(Gold)이다.

"얼마나 필요한가?"

―500킬로그램.

어마어마한 양의 금이었다. 하지만 기간테스의 재료로 쓰인다면 그렇게 많은 양은 아니었다.

"그 정도면 되겠는가?"

카를로 백작이 연이어 물었다.

―물론이다.

"레퀴엠의 크기에 비해 적은 것 같은데요?"

―당연하다. 레퀴엠 전부를 다크 마이스릴로 바꿀 수는 없다. 구성과 재질의 한계라는 것이 있으니까. 다크 마이스릴로의 전환률은 65.6%를 예상하고 있다. 그 정도의 비율이면 마나 엔진 출력 4.0까지는 무리없이 기동할 수 있다는 계산이다.

이올린의 의문에 아스카론이 답해주었다.

　도무지 정신을 차릴 수 없는 놀라운 이야기가 연이어 아스카론에게서 흘러나왔다.

　출력 4.0까지의 기동을 견딜 수 있다면 4.0의 기동에 대한 자료를 가지고 있다는 이야기였다. 지금의 대륙은 기간테스의 한계는 3.0이라고 규정하면서 그 이상의 발전은 포기했다. 대신 다른 길을 모색한 이들이 있었고, 그 결과물이 지금 전장을 휘젓고 있는 디스토션이다.

　바첼러 백작가는 그 한계라는 것에 의문을 가지고 도전을 했다가 좌절을 겪은 참이다. 그런데 아스카론이라는 고대의 유물은 너무나 쉽게 4.0을 이야기하고 있다.

　대체 그들의 능력은 어디까지였을까?

　바첼러 가의 사람들은 아스카론의 이야기에서 지적 열의를 느끼고 있었다.

　"다크 마이스릴의 연금법을 알 수 있을까요?"

　─불가한다.

　이올린의 물음에 아스카론이 단호하게 말했다.

　"마이스터가 아니기 때문인가요?"

　─물론이다.

　한 치의 망설임도 없는 대답에 이올린은 맥빠짐을 느꼈다.

　"그럼 다크 마이스릴 1킬로그램 정도는 얻을 수 있을까요?"

　이레아가 끼어들었다.

―그러면 레퀴엠의 재료가 그만큼 줄어든다. 상관없는가?

아스카론의 물음에 세 사람은 고민했다.

"1킬로그램이 줄어들 시 아스카론의 성능 저하는 어느 정도죠?"

잠깐 고민한 이레아가 다시 물었다.

―최적의 업그레이드 시로 가정하면 99.97% 정도의 성능을 발휘할 수 있다.

아스카론의 대답에 세 부녀는 서로를 보며 고개를 끄덕였다. 충분히 감수할 수 있을 정도의 수치라는 생각에서다.

"좋아요. 그럼 1킬로그램의 다크 마이스릴을 따로 정제해 주는 것도 부탁드릴게요."

―한 달의 기간은 상관없나?

"물론이에요."

"잠깐. 그럼 나도 한 달간 너와 함께 있어야 하는 거야?"

소울 슬롯을 만들기 위해서는 사이몬이 아스카론을 기간 테스의 콕피트에 꽂아 넣어야 한다. 그런데 한 달이라는 시간이 걸리는 일에 자신을 배제한 듯하자 사이몬이 황급히 끼어들었다.

―단지 꽂아주기만 하면 된다. 그리고 한 달간 너의 일을 보면 돼. 단지 업그레이드 과정이 너의 머릿속에 간간이 울릴 것이다.

사이몬은 랩터2의 업그레이드 때를 떠올리며 고개를 끄덕였다.

　─솔직히 이번 일은 업그레이드라기보다는 리크리에이트에 가깝다. 때문에 한 달의 작업 후 난 24시간의 휴면기에 접어든다. 알고 있도록.

　아스카론의 말에 사이몬은 고개를 끄덕였다.

　"그럼 이제 시작하도록 하지."

　카를로 백작의 말에 고개를 끄덕인 사이몬은 다시 콕피트로 훌쩍 뛰어올랐다.

　그리고 망설임없이 아스카론을 콕피트의 한가운데에 꽂아넣었다.

　곧 레퀴엠은 강렬한 빛무리 속으로 사라졌다.

CHAPTER 6
흔적

　왕궁의 복도는 길고도 넓었다. 요소요소에 풀 플레이트 메일로 무장을 한 근위 기사들이 서 있었고 여기저기 바쁘게 오가는 시종들이 없었으면 황량해 보일 정도의 규모다.

　그 복도를 한 중년인이 빠른 걸음으로 걷고 있었다.

　왕궁의 복도에서 뛸 수 있는 이는 오직 왕족과 기사들뿐이다. 그것도 그만큼 급박한 사태가 있을 때로 한정된 이야기다.

　덕분에 마음은 달려가고 있으나 몸은 걸어야 하는 카를로 백작으로서는 참으로 답답할 노릇이다.

　하지만 그의 걸음 속도가 제법 빨랐는지 이제 곧 목적한 곳에 도착할 수 있을 것이다.

그와 때를 같이해 반대쪽에서 빠른 걸음으로 다가오는 아들, 이안의 모습이 보였다.

"빨리 왔구나."

오랜만에 보는 아들의 모습이 반가웠다.

"사안이 사안이니까요."

전쟁 문제로 오랫동안 부자간의 얼굴을 마주할 시간이 부족했다. 아버지를 보자마자 이안은 허리를 숙여 인사를 했다.

"클레딘 군단장도 함께였으면 좋았을 텐데……."

카를로 백작이 아쉬운 듯 중얼거렸다.

"전장의 최전선에 나가 계신 분이니까요."

이안의 말에 고개를 끄덕인 카를로 백작은 앞장서 걸음을 옮겼다. 곧 두 사람은 수 명의 기사가 엄정한 기세로 경비를 서고 있는 방 앞에 도착했다.

"카를로 바첼러 백작과 이안 바첼러 차관이 국왕 전하를 뵙기를 청합니다."

카를로 백작의 말에 선두에 있는 기사가 눈짓을 하자 함께 있던 시종이 방 안을 향해 외쳤다.

"전하, 카를로 바첼러 백작과 이안 바첼러 국방차관이 알현을 청하옵니다!"

"들라 하라."

시종의 말이 끝나기 무섭게 방 안에서 허락이 떨어졌다.

기사들이 한 켠으로 물러서고 문이 열리자 카를로 백작과 이안은 그 안으로 걸어 들어갔다.

국왕은 소파에 앉아 독서를 하는 중이었다. 곁에 놓인 책들의 제목을 보니 거의가 전쟁과 관련된 책이었다. 역시 국가가 전쟁 중인지라 쉬는 중에도 그에 대한 생각을 떨칠 수 없는 듯하였다.

"두 부자가 어인 일로 짐을 찾아왔소?"

엠피엘 국왕이 두 사람에게 자리를 권하며 물었다.

"R 때문입니다, 전하."

카를로 백작이 고개를 조아리며 답했다.

카를로 백작의 입에서 R이라는 말이 나오는 순간 엠피엘 국왕의 표정이 변했다.

"모두 물러가라."

그리고 곧이어 주변을 물리는 명령을 내렸다.

"전하."

근위기사단장인 타이거 백작이 허리를 숙이며 명령을 물려줄 것을 진언했다.

"이것은 왕국의 안위를 결정할 정도로 중요한 일이요. 아는 사람이 적을수록 좋은 법이니 경이 잠시 이해를 해주시오. 이 두 부자가 짐을 해할 사람들도 아니고, 혹여 무슨 일이라도 있을 때를 대비해 최대한 문 근처에 가까이 있으면 되지 않겠소."

엠피엘 국왕이 간곡히 부탁하듯 말하자 타이거 백작은 더 이상 고집을 피우지 못하고 국왕의 명령을 좇아 자리를 물렸다.

서재 안의 모든 사람이 물러난 것을 확인하자 엠피엘 국왕은 펜과 종이를 꺼냈다. 혹시라도 모를 사태를 대비해 필담을 나누려는 것이다.

R이라. 레퀴엠 프로젝트에 어떤 일이 생겼는가?

국왕이 먼저 자신의 의문을 썼다.

한 달 후면 완료될 것 같습니다.

카를로 백작이 대답을 쓰자 엠피엘 국왕과 이안 두 사람은 깜짝 놀라서 카를로 백작을 쳐다보았다. 지금까지 돌파구가 좀처럼 보이지 않던 것이 불과 한 달이면 끝을 볼 수 있을 것 같다니, 그사이에 무슨 일이 있었단 말인가.

그러다가 무언가를 깨달은 듯 엠피엘 국왕이 빠르게 자신의 물음을 썼다.

혹, 지난번 루즈벡 제국에 다녀온 두 딸이 실마리를 가지고 돌아온 것인가?

엠피엘 국왕의 펜이 종이에서 떨어지기 무섭게 카를로 백작이 미소 지으며 고개를 끄덕였다.

그리고는 그간 있었던 일을 요약해서 써내려 갔다.

카를로 백작이 쓴 글을 모두 읽는 두 사람의 얼굴은 시시각각으로 변했다.

"이거 좋은 일인지 나쁜 일인지 모르겠군."

필담을 나눴던 종이를 은접시 위에 태우면서 엠피엘 국왕이 입을 열었다.

"오직 한 명만이 가능하니 군의 입장에서 보면 꼭 좋은 일만은 아닙니다."

국방력의 강화를 꾀한다면 양산이 가능해야만 했다.

"이안 차관의 말이 맞습니다만… 그래도 일단은 없는 것보다는 한 기라도 있는 것이 낫다는 생각입니다. 디스토션을 보십시오."

카를로 백작의 말에 엠피엘 국왕은 고개를 끄덕였다.

"그렇지. 사실은 기간테스가 문제가 아니지 높은 싱크로율을 유지할 수 있는 우수한 라이더가 아쉬운 판이니. 사실 출력 3.0의 기체도 라이더가 부족해 제대로 운용을 못하는 상황 아닌가. 제스터 같은 이가 공화국에 한 명만 더 있었어도 우리는 더욱 힘들었을 것이야. 디스토션이 두 기라니, 생각하기도 싫군."

그의 말이 맞았다. 디스토션만 보더라고 레퀴엠이 완성만

된다면 전략 병기로서의 가치는 이루 말할 수가 없을 것이다.

"라이더와 관련해서도 드릴 말씀이 있습니다."

"뭔가?"

"프로페서라는 친구입니다."

"아, 그 사이몬이라는 청년과 함께 왔다는 용병 말인가?"

필담에서 잠시 언급된 이름이었기에 엠피엘 국왕은 쉬이 떠올릴 수 있었다.

"그렇습니다. 이레아에게 듣기로 엄청난 싱크로율을 보인다 하더군요."

"어느 정도로?"

싱크로율에 대한 이야기가 나오자 엠피엘 국왕이 관심을 보였다.

"제스터의 싱크로율이 공개되지 않아 잘 모르겠습니다만 그와 필적하거나 그 이상이라 합니다."

카를로 백작의 말에 엠피엘 국왕이 믿을 수 없다는 표정을 했다. 국왕의 표정에 카를로 백작은 미소 지으며 가지고 온 서류철에서 한 장의 문서를 꺼냈다.

"사실 바톤 윙의 최종 테스트를 이 친구가 진행했습니다. 이건 테스트 때의 싱크로율을 정리한 자료입니다."

엠피엘 국왕과 이안의 시선이 서류에 고정되었다.

0—20타임:11.5초

순간 최고 싱크로율:58.07%

평균 싱크로율:52.1%

특기사항:실전에서 집중력이 높아져 싱크로율이 상승하는 유형. 실전에서는 테스트 때의 결과보다 높아질 가능성 있음. 이론상 마나 엔진 출력 3.0의 기갑테스 운용 가능한 수치.

엠피엘 국왕은 몇 번이나 눈을 끔벅거리면서 서류를 다시 보았다. 과연 자신이 제대로 본 것이 맞나 확인하려는 행동이었다.

"놀랍습니다."

이안이 먼저 입을 열었다.

"우리 왕국군 역사상 이 정도의 기록을 보인 인물은 클레딘 군단장님의 현역 시절이 유일합니다."

"으음……."

이안의 말에 엠피엘 국왕이 신음을 흘렸다.

"믿을 수가 없군. 이런 인물이 용병으로 있었다니."

"용병들 중에도 숨겨진 천재가 있을 가능성은 충분한 듯합니다."

이안이 말했다.

정규 훈련을 받지 않은 용병들을 무시하는 생각을 지금까지 갖고 있었다. 하지만 앞으로 그런 편견은 버려야 할 듯했다.

"믿을 수 있는 자인가?"

"이미 조사를 마쳤습니다."

엠피엘 국왕의 시선이 카를로 백작에게 머물렀다.

"본명은 아덴 로이츠입니다. 로헨 왕국의 몰락 귀족 출신입니다. 그의 자작이었던 조부 대에서 역모에 휘말렸습니다. 물론 정쟁에 의한 모함입니다. 그 후 슈프림 왕국에 자리를 잡고 용병으로 활동합니다. 역모 수배를 피해 왕국을 탈출하는 과정에서 가족은 모두 중상을 얻었습니다. 지금은 모두 죽고 홀로 남았습니다."

"로이츠 자작가라……."

십여 년 전의 대륙은 하나의 격동기였다. 벨런시아 왕국이 민중 혁명에 의해 무너지고 공화국이 들어설 때 대륙 각지에서는 갖가지 사건이 있었다.

"분명 게이든 공작가가 실권을 잡는 정쟁 가운데 희생된 가문 중 한 곳이었어."

엠피엘 국왕은 그때의 사건을 겨우 기억의 한 자락에서 찾을 수 있었다. 각국의 귀족들의 동향은 국제 정세를 읽는 데 있어 중요한 자료였기에 엠피엘 국왕은 늘 그 자료를 꼼꼼히 챙겼다.

"좋아. 출신 성분은 문제가 없고… 백작의 말대로라면 그는 더 이상 훈련이 필요없을 정도로 바톤 윙을 잘 다룬다 이 말이겠지?"

"일단 이레아의 말로는 그렇습니다. 덕분에 상당한 데이터를 얻을 수 있었다고요. 그 데이터는 이미 연구진에게 넘어가 있는 상태입니다. 바톤 윙의 보완 및 개선을 위해서요."

"좋아."

카를로 백작의 대답에 엠피엘 국왕은 흡족한 듯 미소를 지었다.

"당장 그를 실전 배치토록 하지."

"네?"

엠피엘 백작은 깜짝 놀라서 물었다.

"그런 인재를 썩힐 수야 없지 않나? 더군다나 현재 전장은 연일 후퇴하는 중이야. 클레딘 군단장은 이제나저제나 하고 바톤 윙을 기다리고 있는 중일세."

"그는 중앙군이 아닙니다."

"그렇지. 그는 바첼러 백작가의 가신이지."

카를로 백작의 말에 엠피엘 국왕이 고개를 끄덕이며 맞장구를 쳤다.

"그렇지 않아도 다음 회의 안건으로 귀족들의 사병을 좀 더 전장에 파견하라고 독려할 참이었네. 더 이상 밀리면 정말로 위험하거든. 벌써 레술트 지방의 끝부분까지 밀렸어. 바첼러 백작가에서 솔선수범해 주면 참으로 좋겠군."

카를로 백작은 어쩔 수 없다는 듯 고개를 끄덕였다.

"알겠습니다. 일단은 그에게 말은 해보겠습니다. 아직 완전히 저희 백작가의 사람이 된 것은 아니니까요.”

“완전히 자기 사람을 만드는 데는 시간이 걸리는 법이지. 자네처럼 말이야.”

국왕의 미소에 카를로 백작은 어쩔 수 없다는 듯 고개를 저었다.

“그가 전장으로 가면 일단 계급은 어느 정도가 좋을까? 바톤 윙이라는 특수한 병기이니 만큼 단독 작전이 많을 듯싶은데? 그리고 바톤 윙의 공급이 늘어난다 해도 결국 다른 라이더들도 그에게 운용법을 배워야 할 테고 말이야.”

엠피엘 국왕이 이안을 보며 물었다.

“프라임 나이트나 써드 룩 정도면 될 듯합니다.”

“그러면 써드 룩으로 하지. 이거 한 번에 벼락 출세시켜 주는 느낌이구먼. 백작의 아들도 아직 써드 나이트였지 아마?”

엠피엘 국왕이 너털웃음을 지으며 말했다.

이슈인의 이야기가 나오는 순간 카를로 백작과 이안의 얼굴에 어둠이 내려앉았다.

“쯧. 아직 좋은 소식이 없는 모양이군. 너무 걱정 말게. 내 보기에 절대 단명할 상은 아니야. 사람 보는 안목 하나로 오늘 이 자리까지 우리 메틀라인을 이끌어왔어. 그러니 믿게.”

“네, 감사합니다.”

엠피엘 국왕의 위로에 카를로 백작은 억지로 얼굴을 폈다. 그 순간 사이몬의 얼굴이 떠오른 것은 우연이었을까? 어딘가

이슈인과 닮은 듯한 그 친구의 얼굴이 떠오르자 얼굴은 자연
스레 펴졌다.

알 수 없는 일이다.

"전하, 하이드론 카인 라이오네 공작이 알현키를 청하옵니
다."

밖에서 시종의 목소리가 울렸다.

좀처럼 찾아오지 않는 공작의 갑작스러운 방문에 세 사람
은 서로를 마주 보았다. 대체 무슨 일이 있는 것일까?

"들라 하라."

잠시의 시간을 두고 국왕의 허락이 떨어지자 문이 열리며
하이드론 공작이 들어왔다.

카를로 백작과 이안의 모습을 보고 살짝 놀란 얼굴이었다.

"국왕 전하를 뵙습니다."

하이드론 공작이 허리를 숙이며 인사를 했다.

"어서 오시오, 공작."

"바첼러 백작과 자작도 있었군요."

"공작 각하, 안녕하십니까?"

"오랜만에 뵙습니다."

하이드론 공작이 바첼러 부자를 알은체를 하자 그들 부자
가 일어나 인사를 했다.

"자자, 모두 앉읍시다."

엠피엘 국왕이 자리를 권하자 모두 작위에 따라 자리를 잡

왔다.

"그래, 여간해서는 짐을 찾지 않는 공작이 어쩐 일이오?"

"아직 소식을 못 들으신 모양이군요. 하긴, 저도 조금 전에야 접했습니다."

하이드론 공작의 말에 세 사람은 궁금하다는 표정을 했다. 특히 말하면서 그가 카를로 백작과 이안을 슬쩍 보았기에 두 사람의 궁금함은 더 했다.

"레오네인에 머무르고 있던 아르시안 로드 벨런시아 공주가 납치당했습니다."

그의 말에 세 사람의 눈이 동그래졌다.

자국의 왕도에 망명해 와 있는 타국의 공주가 납치당했다니 그것은 메틀라인의 명예 문제였다.

"언제인가?"

엠피엘 국왕이 심각한 어조로 물었다.

"이틀 전입니다."

쾅!

탁자를 내려치는 소리가 거칠게 울렸다.

"이틀 전의 일이 왜 이제야 내 귀에 들어오는 건가? 대체 뭣들 한 거야!"

엠피엘 국왕의 분노는 생각보다 컸다. 그의 분노에 이안이 고개를 숙였다. 비록 정보국장은 아니었지만 국방부 내부의 정보를 담당하는 것 또한 그의 일이었다. 게다가 아르시안 공주의 저택 경비 병력 역시 왕국군 소속이었다.

대체 부하들은 무엇을 했기에 자신에게 이런 중요한 일이 보고되지 않았단 말인가.

"고정하십시오. 일단은 우리 왕국이 전쟁 중인데다, 납치된 공주도 망국인 벨런시아의 공주라서 실무진들이 소홀히 한 것 같습니다. 알아보니 얼마 전에 전장으로의 차출을 위해 공주의 저택 경비도 줄였다고 하더군요."

"끄응."

하이드론 공작의 말을 들은 엠피엘 국왕은 머리가 아픈 듯 이마를 짚으며 신음을 흘렸다. 그럴수록 이안이 안절부절못하자 그 모습에 하이드론 공작은 회심의 미소를 지었다.

하이드론 공작이 이 소식을 접한 것은 이틀 전이었다. 큰아들이 자신이 첩으로 삼으려 했던 여인이 사라졌다며 자신을 찾아오지 않았더라면 그도 몰랐을 것이다.

"이안 차관."

"예, 전하."

"이번 일에 대해 즉각 철저히 조사해서 내일 회의 때 제대로 보고하도록 하시오."

"알겠습니다."

국왕의 목소리에 스며 있는 분노를 읽은 이안은 긴장할 수밖에 없었다.

"우리나라에서 보호해 주는 왕족이 이렇게 쉽게 납치당하다니 대체 다른 나라에서 어찌 생각하겠소? 이런 망신이 있나……."

레퀴엠과 바톤 윙으로 인해 좋았던 기분이 순식간에 망가졌다. 절대 있어서는 안 되는 일이 일어난 데다 그것이 아직까지 정식 경로로는 자신에게 보고조차 되지 않았다니 이렇게 분통 터지는 일이 또 있을까.

"백작도 내일 회의에 참석하도록 하시오. 이왕 왕도까지 온 것, 또 그 일도 있고 말이오."

"알겠습니다."

"그럼 모두 물러가시오."

국왕의 말에 셋 모두 일어나 허리를 숙이고는 서재를 벗어났다.

"공주와 백작의 아드님이 친분이 상당했다 들었는데 너무 무심하셨소."

하이드론 공작은 카를로 백작에게 의미심장한 한마디를 남기고 사라졌다.

분노할 법도 하건만 백작은 아무런 반응을 보이지 않았다. 하이드론 공작의 말이 사실이었기 때문이다.

'부디 무사해야 할 텐데…….'

단지 그 아이가 걱정될 뿐이다.

*　　　*　　　*

"이거 대단한데요?"

이레아는 눈앞의 상태창을 보면서 깜짝 놀랐다.

프로페서의 테스트 때 놀란 것 못지않았다. 다시는 그렇게 놀라지 않겠다고 다짐했건만 사이몬이 보여주는 싱크로율은 상상을 초월했다.

그는 분명히 기간테스를 처음 타본다고 했다.

그런데 분명히 나타난 싱크로율은 어지간한 베테랑을 초월하는 수치였다.

순간 최고 싱크로율 55%에 평균 싱크로율은 50.17%.

이미 스페셜 급의 라이더였다.

"휘유~ 이건 정말 놀라운데요. 과연 저 친구의 과거는 무엇이었을까요?"

이레아의 곁에 있던 프로페서도 놀라서 중얼거렸다.

"네? 과거요?"

어딘지 귀에 걸리는 말에 그녀가 프로페서에게 되물었다.

"아직 말하지 않았던가요?"

이레아의 물음에 오히려 프로페서가 되물었다.

"네."

"저 친구 과거를 잃었습니다. 이곳에 온 것도 사실 잃어버린 기억에 무슨 단서가 있을까 해서였지요. 이렇게 코를 꿰일 줄은 상상도 못했지만 말이지요."

　　프로페서의 말에 이레아의 두 눈이 세차게 떨렸다. 설마 아니겠지라는 생각을 하게 한 마지막 조각이 맞아 들어갔기 때문이다. 이슈인이 기억을 잃은 채 행방불명이 되었다면 모든 것이 맞아 들어갔다.

　　이레아의 머릿속으로 이제까지의 유추들이 주마등처럼 스쳐 지나갔다.

　　'이제는 나와 언니만 알고만 있을 일이 아니야.'

　　언니가 정보 길드에 의뢰했다는 이야기는 들었다. 하지만 이제는 그렇게 둘이서 알아볼 단계를 넘어섰다는 생각이 들었다. 아버지와 오빠에게 알려 좀 더 제대로 조사를 해야 할 필요가 있었다.

　　이레아가 이런저런 생각을 하는 사이 테스트가 끝났다. 콕피트의 해치가 열리고 사이몬이 훌쩍 뛰어내렸다.

　　"늘 감탄하지만 정말 날렵한 몸놀림이란 말이야."

　　프로페서는 혀를 내두르며 말했다. 보통의 라이더는 콕피트에 준비된 줄사다리를 이용한다. 한 번에 저 높이를 뛰어오르거나 내리는 것은 배틀러나 가능한 일이다.

　　"어떤가요?"

　　콕피트에서 내려온 사이몬은 이레아에게 다가가 물었다.

　　레퀴엠의 리크리에이트가 끝나면 오직 사이몬만이 움직일 수 있다고, 그러니 꼭 사이몬이 레퀴엠의 라이더가 되어달라는 부탁을 받았다. 이슈인이 뛰어난 라이더였다는 이야기를

들었다. 어쩌면 자신일지도 모른다는 생각에 한 번 시험해 보
자는 생각으로 기간테스에 올랐다.

"아, 예."

사이몬의 말에 이레아는 깜짝 놀라며 정신을 차렸다. 여태
껏 사이몬과 이슈인에 대한 생각에 빠져 있었던 것이다.

좀처럼 볼 수 없는 이레아의 당황한 모습에 사이몬이 고개
를 갸웃거렸다.

"놀, 놀라운 결과예요. 정말 처음 탄 것 맞아요?"

"모릅니다."

이레아의 물음에 사이몬은 쓰게 웃으며 대답했다.

"아."

이레아는 프로페서에게 들은 사이몬의 사정을 떠올리고는
안타까운 소리를 내뱉었다.

"아실지 모르겠습니다만, 저는 과거를 잃었습니다. 이곳에
온 것도 제 과거의 한 자락이 바첼러 백작가와 연결되어 있지
않나 하는 생각 때문이었습니다."

사이몬은 여전히 쓴웃음을 지은 채 말을 이었다. 이들이 자
신에 대한 의구심을 가지고 있다면 이 말에 어떤 반응을 보일
것이라 사이몬은 생각했다.

"이곳에서는 왠지 다른 느낌이나 감정이 들어서요. 평소에
는 느끼지 못하던."

사이몬의 말에 이레아의 가슴 한 켠이 다시 세차게 떨리기

시작했다.

애써 가슴을 진정시키며 이레아는 사이몬을 바라보았다. 그녀의 눈가가 파르르 떨리고 있었다.

"결과는 어떻습니까?"

이레아의 반응에 사이몬의 눈빛이 살짝 변했다가 원래대로 돌아왔다. 그리고는 태연히 다시 물었다. 이레아는 지금까지 하던 일을 떠올리고는 평소의 모습으로 돌아왔다. 그래도 어딘가 혼란스러워하고 있는 모습은 남아 있었다.

"솔직히 말해서 믿을 수 없을 정도예요. 실전 경험은 어떨지 모르겠지만요."

"실전 경험은 테스트해 보면 되지 않나요?"

그때 프로페서가 끼어들면서 말했다.

사이몬이 기록한 수치에 호승심을 느끼는 모양이었다.

"하지만 이곳에서는 실전 기동 테스트는 무리예요."

이레아가 고개를 저으며 아쉽다는 듯 말했다. 사실 그녀도 실전 기동 테스트를 하고 싶은 마음은 굴뚝같았다. 높은 싱크로율과 실전에서 기간테스를 운용하는 것은 또 달랐기 때문이다. 사이몬의 기간테스 실전 운용 모습을 본다면 지금 가진 확신에 더한 확신을 할 수 있을 것만 같았다.

오빠의 그 화려하고도 절제된 기간테스의 운용이 눈에 선했다.

"왜 이러세요. 그곳이 있잖아요, 날 죽고 싶은 생각이 들

정도로 굴린."

"아!"

프로페서의 말에 무인도를 떠올린 이레아는 의미심장한 웃음을 지었다.

"한 번 가면 쉽게 돌아오지는 못할 텐데 괜찮겠어요?"

"괜, 괜찮습니다."

이레아의 웃음에서 섬뜩함을 느낀 프로페서는 말을 더듬었다. 영문도 모른 채 사이몬은 고개를 끄덕이며 동의를 표했다.

"좋아요. 말 나온 김에 당장 준비해서 출발하죠."

언제 이슈인의 일로 혼란을 겪었냐는 듯 이레아의 두 눈은 반짝 빛나고 있었다. 기간테스 연구원의 영혼이 불타오르고 있었다. 꼭 이슈인에 관한 일만이 아니라 저 둘의 실전 운용이면 수집할 수 있는 데이터가 상당하리라.

잠깐의 준비 시간에 사이몬은 아스카론을 찾았다.

레퀴엠은 여전히 은빛 광채를 내뿜고 있었다.

―왔는가?

아스카론은 사이몬의 존재를 느꼈다.

―말할 여유가 있는 거야?

랩터2를 업그레이드할 때는 정신없이 지나가서 아스카론과는 아무런 대화도 못했다. 그저 업그레이드의 결과를 듣는 것만으로도 정신이 없었다.

―물론. 길고 지루한 작업이니까. 그리고 섬세하기도 하지

만 섬세한 부분은 그리 많지 않다. 처음 계산과 설정, 분배 부분만 그러니.

ㅡ지금 어느 정도 진행된 거지?

이틀이 지난 시점이다. 그런데 아스카론에게서 아무런 결과 보고가 없었기에 의아해서 물은 것이다.

ㅡ마나 엔진의 재구성 중이다. 세팅이 워낙 세세하고 복잡해서 시간이 제법 걸리는군. 이제 80% 정도 진행됐다.

마나 엔진의 재조정에만 이틀이 넘는 시간이 걸리다니 놀라웠다. 챕터2에서 아스카론의 능력을 보았기에 놀라움은 더욱 컸다.

과연 레퀴엠의 발에 닿아 있는 금괴 500킬로그램은 그대로였다. 아직 재료의 연금은 시작하지도 않은 걸로 보아 마나 엔진만으로도 만만치 않은 듯했다.

ㅡ어쩐 일인가?

ㅡ며칠 이곳을 떠나게 됐어.

ㅡ무슨 일로?

ㅡ기간테스 운용 연습.

ㅡ…….

사이몬의 대답에 아스카론은 아무 말이 없었다. 잠시 생각에 잠긴 듯했다.

ㅡ상관은 없겠지. 어차피 이 레퀴엠이라는 녀석도 보통 실력으로는 움직일 수 없으니. 마이스터가 되어가는 하나의 길

일 수도 있으니까.

이해할 수 없는 혼잣말을 아스카론이 중얼거렸다.

―너와 나는 영혼으로 연결된 관계. 거리 따위는 상관없다. 의지만 있으면 소통은 물론, 이동도 가능하다.

―그게 무슨 말이지?

―네가 의지로 나를 원하면 나는 그곳으로 갈 수 있다.

일종의 공간 이동을 말하는 듯하였다.

―언제든지?

―이 리크리에이트 작업만 끝난다면…….

아스카론이 아쉽다는 듯 말했다.

리크리에이트는 그저 말하는 것처럼 간단한 작업이 아닌 듯했다. 아스카론이 가진 모든 능력을 동원하여 이루어지는 것 같았다.

지금 상황에서는 사이몬과 의사소통을 하는 정도가 한계일 것이다.

―앞으로는 일부러 이렇게 찾아올 필요 없다, 몰라서 그런 것 같지만. 의지만 품으면 너와 나는 대화가 가능하다.

―알았어. 단지 지금 어쩌고 있나 보고 싶었을 뿐이야.

그 말을 마지막으로 사이몬은 몸을 돌렸다.

―훗.

머릿속에 아스카론의 작은 웃음이 들린 것만 같은 느낌은 사이몬의 착각이었을까?

—아, 그리고 어쩌면 나를 찾을지도 모르겠어.

아직은 혼자만 생각하고 있는 일을 아스카론에게만 살짝 말한 뒤 은빛 광휘가 뒤덮은 방을 사이몬은 나섰다.

*   *   *

심각한 분위기가 회의장을 지배하고 있었다. 누구 하나 쉽사리 입을 열지 않았다.

이러지도 저러지도 못하는 상황. 그야말로 진퇴양난이었다.

"추적 결과 납치범들은 해상으로 나갔을 것이라 이 말이오?"

엠피엘 국왕이 딱딱한 얼굴로 물었다.

"제가 직접 확인했습니다. 분명 사실입니다."

새하얀 머리칼에 길게 기른 백염을 쓰다듬으며 한 노인이 현기 어린 눈으로 국왕을 바라보며 대답했다. 그가 왕실 회의에 등장하리라고는 아무도 생각하지 못했는지 모두들 긴장한 모습이 역력했다.

무서울 것 없던 하이드론 공작은 물론이거니와 늘 침착한 모습을 보이던 카를로 백작까지 긴장한 기색이다.

노인의 이름은 도나텔 로엔그린.

메틀라인 왕실 마법원의 원장으로 이 나라의 두 공작 중 나머지 한 사람이다. 왕실 마법원장이라는 직책보다는 7서클을 마스터한 대마법사라는 것이 더욱 유명한 인물로 그간 은거하

다시피 지냈기에 누구도 그를 신경 쓰지 않았다. 그가 정계에 모습을 드러내지 않고 마법 연구에만 몰두한 것이 벌써 10년이니 사람들이 잊을 만도 했다.

그런 그가 갑작스레 모습을 드러냈으니 모두 긴장할 수밖에.

"마법원장께서 그리 말씀하시니 믿어야지요."

도나텔 공작에게는 엠피엘 국왕조차 함부로 하지 못했다.

"제가 전하의 부탁에 어제 조사를 마쳤습니다. 왕도 외곽에서 스크롤을 이용해 공간 이동을 한 마나의 흔적을 찾았습니다. 희미했지만 겨우 좌표를 복구해 추적한 결과 다시 일회용 포털을 이용해 이동했더군요. 란데르 항 근처가 목적지인 것으로 보아 그곳에서 배로 이동했을 가능성이 큽니다."

도나텔 공작이 자신이 조사한 것을 차근차근 이야기하자 모두의 안색이 굳어졌다.

"란데르 항이라……."

엠피엘 국왕의 시선이 이안을 향했다.

"전쟁 중인지라 국경을 통과하는 것이 쉬운 일이 아닙니다. 게다가 혹시라도 전장 근처를 지나다가 인질이 상처라도 입는다면 곤란해서 안전한 해로를 이용한 듯싶습니다."

"란데르 항에서 공화국까지는 너무 먼 것 같소만?"

"일회용 포털 마법진의 한계입니다. 어느 거리 이상의 이동은 힘들지요."

국왕의 물음에 대한 답은 도나텔 공작에게서 나왔다.

“쾌속선으로 란데르 항에서 공화국까지 간다면 시간은 얼마나 걸리겠소?”

“보름에서 이십 일 사이입니다.”

이안의 대답에 국왕의 이마에 파인 골이 더욱 깊어졌다.

“현재 공화국을 향하고 있는 해군을 동원해서 그들을 막으면 어떻습니까?”

국방장관인 미카엘 후작이 입을 열었다.

“분명 해군은 비바체 항에서 출발했기에 현재 그들보다는 앞서 있습니다만, 커다란 군함으로 작고 재빠른 쾌속선을 막기란… 침몰시키는 것이라면 손쉽습니다만, 안전하게 나포하는 것은 거의 불가능합니다.”

이안이 고개를 저으며 말했다.

“어쩔 수 없습니다. 우리도 특수 요원들을 파견해야 합니다.”

하이드론 공작이 자리에서 일어서며 말했다. 모두의 눈이 그를 향했다.

“우리가 방비를 허술히 하여 요인을 납치당했다면 반드시 구해와야 합니다. 이건 국가의 명예가 걸린 일입니다. 해상에서 구출하지 못한다면 우리도 적국에 침투해야지요.”

하이드론 공작의 강경한 어투에 모두들 그를 바라보았다.

“묘책이라도 있소?”

“중앙 상비군의 기갑 부대원들 몇을 빼서 잠입시키면 될 것입니다. 물론 잠입에 능한 레인져를 대동해야겠지요."

하이드론 공작이 너무나 쉽게 말하자 다시 엠피엘 국왕의 얼굴에 골이 파였다.

말로는 쉬웠다. 하지만 실행하여 성공시키려면 너무나 어려웠다.

"경은 지금 그것을 말이라고 하는 것이오?"

"말은 쉽고 행동은 어렵다는 것은 알고 있습니다, 전하. 저는 이 나라의 재상입니다. 요즘 재상다운 일을 하지 못하고 있습니다만… 그 정도는 알고 있습니다. 하지만 그래도 해야 하는 일입니다. 아니면 더 좋은 방법을 가지신 분이 계십니까?"

아무도 없었다.

뾰족한 방법이 없기에 이렇게 모여 전전긍긍하는 것 아니겠는가.

그럴 때는 그저 정석대로 밀어붙이는 것도 한 방법이었다.

"하이드론 공작님의 말씀이 일리가 있다고 생각합니다."

이안이 하이드론 공작을 거들고 나서자 사람들은 모두들 의외라는 표정을 지었다. 하이드론 공작이 늘 바첼러 백작가의 사람들을 잡아먹지 못해 안달이라는 것을 모두들 잘 아는 탓이다.

"으음."

이안이 거들고 나서자 국왕의 고심은 깊어졌다.

"일단 저들이 한 방법으로 그대로 되갚아주는 것도 나쁘지 않을 듯합니다. 필요한 스크롤은 제가 마련을 하도록 하지요."

도나텔 공작도 한 팔 거들었다.

이렇게 되니 하이드론 공작의 의견에 반대할 사람은 아무도 없었다.

"그렇다면 일단 추진하도록 하지요. 이안 차관은 즉시 잠입에 사용할 쾌속선을 준비하시오. 하이드론 공작은 작전에 투입될 사람들을 선별하도록 하시오."

"알겠습니다, 전하."

그렇게 긴급 회의는 끝이 났다. 모두들 자신의 맡은 바 일을 하기 위해 자리를 떴다. 하지만 다른 이들과는 달리 국왕의 뒤를 따르는 세 사람이 있었다.

카를로 백작과 이안 자작, 그리고 도나텔 공작이었다.

네 사람은 국왕의 서재에 자리를 잡았다.

"밑그림이 틀어져도 크게 틀어져 버렸어."

엠피엘 국왕이 난감하다는 얼굴로 말했다.

"바톤 프로젝트와 레퀴엠 프로젝트가 늦어졌기 때문입니다."

이안이 면목없다는 얼굴로 말했다.

"아니, 아니. 공화국의 도발이 우리의 예상보다 너무 빠른 탓이지. 박스터 통령. 쉽게 볼 사람이 아니야."

"끌끌끌. 결국 공화정을 이 대륙에서 몰아내는 것은 어려워진 것입니까?"

도나텔 공작이 찻잔을 테이블에 내려놓으면서 말했다.

"글쎄요."

엠피엘 국왕이 이마를 짚으며 대답을 늦췄다.

공화국 혁명이 성공한 10여 년 전.

엠피엘 국왕은 이미 그때 공화정을 대륙에서 몰아낼 계획을 세웠다. 그때의 오른팔과 왼팔이 도나텔 공작과 카를로 백작이었다. 이안은 그 이후 카를로 백작의 역할을 물려받은 것이다.

무려 10년의 대계였다.

그런데 그것이 자꾸 틀어지고 있었다.

"밟으려면 그때 밟았어야지요."

도나텔 공작이 다시 차를 한 모금 삼킨 후 말했다.

"그때는 명분이 없었습니다."

"명분이 생기길 기다리는 데 시간이 너무 걸렸지요. 게다가 거꾸로 저쪽에서 선수를 칠 것이라고는 생각도 못했겠구요."

도나텔 공작은 시종일관 여유로운 모습이었다.

"박스터 통령을 얕본 것이지요."

어느새 왕좌에서 30년 가까운 세월을 보낸 엠피엘 국왕이었다. 10년 전 박스터는 갓 혁명을 성공시킨 신출내기였다. 20년을 왕좌를 지키면서 새로운 호랑이를 알아보지 못하고 풋내기로 생각한 그때의 실수가 뼈아팠다.

"그녀가 마지막 왕족입니다."

이안이 어두운 얼굴로 말했다.

"역시, 은밀히 모두 처리했군."

자국에 공주가 있었기에 그것만 믿고 다른 나라로 망명한 왕족들은 신경 쓰지 않았다. 이번 일에 부랴부랴 조사를 하니 역시 전쟁을 전후해 모두 암살당한 상태다. 해당 국가로서는 체면이 깎이는 일이니 유야무야 덮어버렸다.

메틀라인으로서도 덮을 수 있었다. 하지만 그래서는 밑그림이 크게 어긋나 버리기에 덮을 수가 없었다.

한 가지 의문이라면 하이드론 공작이 그렇게 적극적으로 나선 것에 대한 이유라고 할까. 그는 밑그림에 대해서는 전혀 모른다. 그런데도 그가 나서주었기에 생각보다 일이 쉽게 풀렸다.

"공화정을 왕정으로 돌리기 위해서는 반드시 원래 벨런시아의 왕족이 있어야 합니다."

카를로 백작이 어두운 얼굴로 말했다.

그 마지막 왕족을 불과 며칠 전에 잃었다. 방심한 탓이다. 설마 10년이 지난 지금 그들이 공주를 노릴 것이라고는 상상도 하지 못했다.

박스터에게는 박스터 나름의 다른 사정이 있음을 이들은 아직 짐작치 못하고 있었다.

"헐헐. 공화정이 무엇이고 왕정이 무엇이기에……."

도나텔 공작은 이해할 수 없다는 듯 고개를 저었다.

국왕이 듣기에 심사가 불편할 수도 있는 말이었지만 도나텔 공작의 위치 때문인지 누구도 뭐라 하지 않았다. 심지어 국왕조차도 별다른 내색을 하지 않았다.

"그나저나 바첼러 가문에 재미있는 물건이 들어왔다고 하 더군."

도나텔 공작의 시선이 카를로 백작을 향했다. 아무래도 국 왕이 말해준 것 같았다.

"레퀴엠이라… 이루어질 수 없을 것이라 생각했는데. 참 대단한 가문이야."

그렇게 중얼거리는 도나텔 공작의 얼굴에는 짙은 그리움 이 물들어 있었다.

"모든 것이 순리를 거스르는 일이야. 순리를 따라야지."

그 말을 끝으로 도나텔 공작은 먼저 자리에서 일어났다. 그 런 그의 행동을 아무도 말리지 않았다.

도나텔 공작이 자리를 뜬 후에도 세 사람의 논의는 계속되 었다.

"공화정은 아주 위험한 체제야. 반드시 대륙에서 없애야 해."

엠피엘 국왕이 심각한 얼굴로 말했다.

분명 왕족과 귀족의 입장에서는 위험한 체제였다.

"나름의 장점이 있으니 위험한 것입니다. 우리 왕국에서도 그 장점을 일부 흡수할 필요는 있다고 봅니다. 그렇지 않고 무작정 없애려고만 한다면 분명 제2, 제3의 공화정이 나타날 것입니다.”

조금 위험한 발언이었지만 왕국의 미래를 내다보며 이안이 조심스레 말했다. 그의 말에 엠피엘 국왕의 얼굴이 딱딱하게 굳었다.

“장점이라… 어떤 것을 말하는가?”

“흐름이 열려 있습니다.”

이안은 짧게 말했다. 엠피엘 국왕처럼 똑똑한 사람이라면 그걸로 충분할 것이다.

“우리 왕국도 열려 있는 걸로 아는데?”

“군부에, 특히 라이더와 배틀러에 한정되어 있습니다. 조금 더 폭넓게 열려 있어야 합니다.”

이안은 이때라는 듯 평소의 생각을 말했다. 그 모습을 카를로 백작이 초초한 얼굴로 지켜보았다. 그의 생각에도 맞는 말이지만 왕정의 최고 자리에 있는 국왕의 면전에 직접 할 말은 아니었다.

“한 번 생각해 보도록 하지.”

엠피엘 국왕이 짧게 대답하는 것으로 그날의 회동은 끝이 났다.

그 길로 카를로 백작은 포털을 이용해 영지로 내려갔다.

CHAPTER 7
전장으로, 공화국으로

키잉. 쾅! 우웅.

요란한 기동음이 섬을 넘어서 바다까지 떨어 울렸다.

자욱하게 일어난 흙먼지는 주변을 분간 못하게 만들었지만 이레아는 눈 하나 깜짝하지 않고 두 기의 랩터2의 상태창과 기동 모습을 번갈아 바라보았다.

그야말로 놀라운 광경이었다.

스페셜 급의 두 라이더가 펼치는 기간테스 대련은 입을 다물 수 없었다. 그녀로서는 생전 처음 보는 놀라운 광경이다.

이 테스트의 데이터 수치를 이올린에게 보여준다면 그녀를 데리고 오지 않았다고 혼날 것이 뻔했다.

'그래도 뭐 어때. 언니도 가끔은 그래 봐야지.'

잠깐 이올린을 생각한 이레아는 샐쭉 웃었다.

그리고는 다시 정신을 집중해서 두 사람의 대련에 집중했다.

지금 두 기의 랩터2는 바톤 윙을 장착하지 않은 보통의 상태였다.

싱크로율이 남다른 두 사람이라서일까. 설계 시에는 상상도 못한 움직임을 보여주고 있었다. 기동의 한계가 어디인지를 보여주는 듯한 움직임.

그저 놀라울 뿐이다.

[헉헉헉. 대단하군요.]

프로페서가 거친 숨을 몰아쉬었다.

[글쎄요. 몸은 기억하고 있는 걸까요? 이곳이 편안하게 느껴지는군요.]

사이몬이 대답했다.

놀랍게도 두 사람의 대련은 사이몬이 약간 우세하게 진행되고 있었다. 과거에 기간테스를 운용해 본 경험이 없다면 절대 있을 수 없는 일이다.

두 사람의 얼굴은 땀으로 범벅이 되어 있었다.

벌써 한계 운용 시간에 가깝게 기동했다. 기간테스도 라이더도 지쳐 나가떨어지는 것이 정상이다.

[이제 그만해요. 데이터는 충분히 얻었어요. 해도 졌고, 돌아가야죠. 말도 없이 갑자기 나왔으니까요. 뭐, 전해놓기는

했지만 그 정도로 그냥 넘어갈 사람이 아니니.]

이레아의 말에 두 사람은 기동을 중지하고 콕피트 밖으로 내려왔다.

땅으로 내려선 두 사람의 모습은 그야말로 전력을 다했음을 여실히 보여주고 있었다.

"이 친구, 완전 괴수군요. 괴수."

물론 칭찬의 의미가 담긴 말이었다.

그런데 그 말을 들은 사이몬이 눈을 살짝 찡그렸다.

"응? 오해 말아요. 칭찬이니까."

사이몬이 기분 나빠한다는 생각에 프로페서가 얼른 뒷말을 붙였다. 그 말에 사이몬은 고개를 저었다.

"아니오. 왠지 예전에도 들은 적이 있는 말인 것 같아서요."

"응?"

그 말은 과거의 기억이 조금씩 살아나고 있다는 것일까? 이레아가 예민하게 반응했으나 사이몬은 곧 보통 때의 모습으로 돌아왔다.

해가 떨어진 섬은 어둠의 땅거미가 몰려들고 있었다.

"어서 철수하죠."

이레아의 지시에 연구원들이 빠르게 철수 준비를 마쳤다. 랩터2 두 기를 아공간으로 소환한 두 사람까지 준비를 마치자 이레아가 모두를 한 곳에 모아놓고 공간이동 스크롤을 찢었다.

일행은 비바체 항의 포털 마법진 근처에 도착했다. 그곳에서 다시 포털 마법진을 이용해서 저택으로 돌아왔다.

"배로 다녀온 것보다 훨씬 빠르고 좋군요."

프로페서가 계단을 올라가며 말했다. 지난번에 그 무인도에 갔을 때 좌표를 기록해 온 덕에 훨씬 빠르게 다녀올 수 있었다.

"스크롤 한 장 값을 생각하면 그런 말씀 못하실 걸요."

이레아의 의미심장한 한마디에 프로페서는 어색하게 웃었다.

공간 이동 마법이 담긴 스크롤은 용병에게는 또 다른 생명줄이나 다름없었다. 고급 포션과 함께 반드시 가져야 할 필수 아이템이지만 그 비싼 가격 때문에 정작 가진 사람은 얼마 없었다.

프로페서 역시 가져 본 적이 없었다. 그 돈이면 그는 기간테스에 투자를 하기 때문이다.

포털 마법진이 있는 지하에서 지상으로 올라가는 계단에서 이레아는 언니에게 어떤 변명을 해야 하나 곰곰이 생각을 했다. 그사이 벌써 1층에 도착해 있었다.

언니 이올린이 당장에라도 달려들 것 같았는데 생각보다 저택의 분위기가 무거웠다.

'무슨 일이라도 있나?

이레아는 의아해하며 고개를 갸웃거렸다.

그때 2층에서 이올린이 다급히 뛰어내려 왔다.

"이레아!!"

"아, 언니. 그게 말이지……."

제 발 저린 이레아가 황급히 변명하려 할 때 이올린이 이레아를 와락 껴안고는 눈물을 펑펑 흘렸다.

"아, 아르시안 공주님이……."

"응?"

갑작스런 상황에 당황해 어찌할 바를 모르는데 의외의 이름이 이레아의 귀에 들렸다.

"사흘 전에 공화국 특수부대에 납치당하셨대. 흑흑흑."

"뭐, 뭐라고?"

믿을 수 없는 소식에 이레아는 머릿속이 텅 비어버렸다. 대체 이게 무슨 소리란 말인가. 아무것도 생각할 수 없었다.

챙.

검집이 대리석 바닥에 부딪치며 울리는 소리가 뒤에서 들렸다.

검을 놓친 사이몬이다.

정작 손에 쥐고 있던 검을 떨어뜨린 당사자도 자신이 왜 그랬는지 이해할 수 없다는 얼굴을 하고 있었다.

그리고 그런 표정과는 지독하게도 괴리된 눈물.

프로페서는 도대체 이게 뭔 일인가 하는 얼굴로 세 사람을 살펴보고 있었다.

"내, 내가 왜 이러지."

왼쪽 눈에서만 갑자기 흘러내린 눈물을 닦으며 알 수 없다는 듯 사이몬이 더듬더듬 말했다.

이레아는 큰 충격에 멍한 얼굴을 하고 있었다.

오빠에 이어 이제는 아르시안 공주마저.

대체 왜!

이런 생각이 머릿속에 가득했다.

"모두 진정하거라."

그때 어두운 얼굴의 카를로 백작이 이층에서 내려왔다.

저택에 도착했을 때 이레아는 어디를 갔는지 없고 이올린 뿐이라 일단 그녀에게 먼저 소식을 전했다. 자신의 말이 끝난 때를 딱 맞춰 이레아가 돌아온 것이다.

"따라오거라."

모두를 데리고 카를로 백작은 다시 서재로 향했다. 이올린에게 했던 말을 다시 설명해야 했다. 그리고 프로페서에게는 따로 할 말도 있었다.

백작은 이올린에게 했던 말을 다시 한 번 반복했다.

분위기는 침울하고 어두웠다.

아르시안 공주와 특별한 관계에 있는 바첼러 백작가다. 얼마 전에도 이곳에서 서로를 걱정하며 만나지 않았던가.

"크흠. 그리고 프로페서 씨."

“네, 백작님.”

이번에는 프로페서에게 따로 국왕의 의중을 전할 차례였다.

“이번에 왕도에 갔을 때 바톤 윙에 대한 이야기 역시 나왔네.”

“네.”

“이레아의 말로는 자네가 거의 완벽하게 랩터2 윙을 운용했다 하더군.”

“과찬이십니다.”

“그래서 전하께서는 자네가 즉시 전장으로 가줬으면 하신다네.”

카를로 백작의 말에 모두의 안색이 급변했다. 이건 또 다른 충격적인 소식이다.

“현재 전장은 디스토션 때문에 우리 왕국에 불리하게 돌아가는 상황이야. 우리는 바톤 프로젝트가 그 돌파구가 될 것이라 생각을 했고, 일단 단 한 기지만 실전 운용 가능한 기체가 나왔으니 즉각 투입하고 싶은 것이지. 당장 완성된 것은 열두 기네만, 운용 가능한 것이 자네에게 배정된 것뿐이니, 자네가 실전 운용도 하면서 라이더들을 교육시켜 줬으면 하는 것이 왕국의 공식적인 입장이네.”

“아버지, 하지만 프로페서 씨는 우리 가문의 사람이에요.”

이레아가 끼어들었다. 지난번 테스트의 결과를 다시 적용해서 만든 결과물을 테스트하려면 프로페서가 절대적으로 필요했다.

"전하께서도 아신다. 곧 각 귀족가에 추가 병력 파병에 관한 명령이 떨어질 거다. 그만큼 레술트 지방은 급박한 상태야. 프로페서 씨가 그곳에 가는 것도 같은 맥락이야. 그곳에서 자네의 계급은 써드 룩이네."

"그건 완전히 왕국군에 편입되는 것이잖아요."

이올린이 끼어들었다.

귀족의 병력은 사병이기에 공식적인 계급은 부여되지 않는다. 그저 전장에서 적절한 합의에 의해 작전을 수행할 뿐이다.

"프로페서 씨의 위치가 특수해 부여된 일시적인 계급이다. 당장 왕국군 라이더들을 교육해야 하는데 귀족의 사병이라 하면 어느 라이더가 순순히 말을 듣겠느냐."

카를로 백작의 말에 모두들 입을 다물었다.

"알겠습니다. 그렇지 않아도 디스토션이라는 녀석을 한 번 보고 싶었습니다."

프로페서의 두 눈이 호승심에 반짝 빛났다.

왜 그렇게 기간테스가 좋은 것인지는 그 자신도 알 수 없었다.

"그러면 프로페서 씨의 기사 서임식을 해야 하는 것 아니에요?"

전시라는 왕국의 상황 때문에 가신으로 받아들인 이후 제대로 서임식도 하지 못하고 있었다.

하지만 가신으로서 전장으로 나가는 만큼 정식 서임식은 반드시 필요했다.

"그렇군. 자네, 괜찮겠나?"

카를로 백작이 프로페서를 보며 물었다. 이미 그의 과거를 알고 있다는 눈빛이다.

"괜찮습니다. 어차피 혈혈단신입니다. 그리고 그곳은 조국이라 말하기도 싫습니다."

역모에 휘말려 가문이 망했으니 생각하기도 싫을 것이다.

"자네의 능력이나 신분을 생각하면 남작이라도 내려야 할 테지만 내가 내릴 수 있는 남작의 작위는 모두 내렸네. 현재 내릴 수 있는 최고 작위는 준남작이네만. 괜찮겠는가?"

"감사합니다."

이레아는 지금 상황을 이해할 수 없었다. 자신은 기사 서임을 이야기했는데 오가는 이야기는 준남작이다.

아마도 아버지는 자신들이 모르는 프로페서의 과거를 자세히 아는 듯했다.

"그럼 작위 수여는 내일 아침에 하고 떠나는 것으로 하지."

카를로 백작의 결정으로 그 건에 대한 이야기는 끝났다.

"백작님."

"응?"

하나의 이야기가 끝나자 사이몬이 입을 열었다. 모두의 시선이 그를 향했다.

아르시안 공주가 납치되었다는 이야기가 나왔을 때부터 얼빠진 모습으로 있던 그가 갑자기 입을 열었으니 모두의 시선이 향할 수밖에 없었다.

"공화국으로 간다는 구출 부대 말입니다."

"하이드론 공작 각하께서 현재 구성 중에 계시지."

사이몬의 말에 카를로 백작은 고개를 끄덕이며 말했다.

"그 부대에 저를 넣어주실 수 있습니까?"

갑작스러운 사이몬의 요청에 모두의 눈이 동그래졌다. 그는 아르시안 공주를 단 한 번 지나가듯 본 것이 전부다. 그런데 자진해서 위험한 곳에 가겠다니 다들 그런 반응을 보인 것이다.

게다가 레퀴엠 프로젝트에 있어서 사이몬은 없어서는 안될 귀중한 존재다. 그렇게 위험한 곳에 보낼 수는 없었다.

"그곳은 무척이나 위험하네, 목숨을 보장하지 못할 만큼."

"알고 있습니다. 그런데 자꾸 가야만 한다는 생각이 드는군요."

'어쩌면 제가 당신들이 그렇게 찾는 이슈인 바첼러일지도 모르니까요. 저의 심장이 저에게 그녀는 무척이나 소중한 존재라고 말하는 듯합니다.'

사이몬은 이 말은 속으로만 했다. 이들에게 또 다른 혼란을 줄 수 있다고 생각한 탓이다.

그렇게 말하는 사이몬의 눈은 무척이나 슬퍼 보였다.

'역시 그런 건가?'

이레아는 사이몬의 행동에 자신의 가정에 더욱 확신을 가지게 되었다. 처음 아르시안 공주의 소식을 들었을 때 그가 보였던 반응도 그랬다. 아무런 관련도 없는 사람이라면 그런 반응을 보일 리 없었다. 비록 머릿속의 기억은 잃었더라도 몸이 기억하고 있는지도 몰랐다. 이슈인 바첼러와 아르시안 공주와의 관계를 말이다.

'사랑이란 그런 거니까.'

이레아는 스스로에게 유치하다라고 할지도 모를 생각을 하며 사이몬을 좀 더 꼼꼼히 살폈다.

"자네는 우리에게 있어 아주 중요한 인물이야. 그런 위험한 곳에 보낼 수는 없네."

사이몬의 결심이 보통이 아님을 알아차린 카를로 백작은 강경하게 반대했다.

"저는 반드시 가야 합니다. 제가 저이기 위해서도요."

순간 사이몬의 몸에서 기세가 일었음일까? 그의 짧은 붉은 머리칼이 바짝 곤두섰다.

그의 기세에 카를로 백작이 움찔했다.

밀린 것이다.

"자네가 그곳에서 무슨 변이라도 당한다면 우리의 레퀴엠 프로젝트에 막대한 차질이 생기네."

"아무 일 없이 돌아올 것입니다."

사이몬의 두 눈은 강경했다.

“음······.”

카를로 백작으로서는 어떻게 해야 할지 결정을 내리지 못했다. 위험한 작전이다. 그곳에서의 안위는 자신 마음대로 되는 것이 아니다.

“저는 그렇게 알고 있겠습니다.”

일방적인 통보를 마친 사이몬은 자리에서 일어섰다.

그가 사라진 자리에는 정적만이 감돌았다.

“후우······.”

카를로 백작의 한숨으로 정적은 깨졌다.

“본래 저런 사람이었는가?”

백작이 프로페서를 보면서 물었다. 프로페서는 쓴웃음을 지으며 고개를 저었다.

“그렇지는 않습니다만, 저도 오랜 시간을 같이 한 것이 아니라 잘 모르겠군요. 하지만 지금과 비슷한 모습을 딱 한 번 본 적이 있습니다. 저희 용병대가 의뢰를 맡기 위해 이곳으로 간다 했을 때 함께 가겠다 했었죠. 그때의 모습이 지금 같았습니다.”

프로페서의 말에 이레아의 몸이 가늘게 떨렸다.

그리고 말도 안 되는 기대를 했다.

“보내주는 건 어떨까요?”

조심스러운 이레아의 말에 모두의 눈이 그녀를 향했다.

“어차피 말릴 수 없을 거예요. 저 사람이 없으면 레퀴엠 프로젝트의 완성이 언제가 될지 모른다 해도⋯ 저 사람이 비협

조적으로 나온다면 그 또한 마찬가지예요. 우리가 그를 강제할 방법은 없으니까요."

이레아의 말에 모두 고개를 끄덕였다. 사실이었기 때문이다. 그 때문에 카를로 백작이 사이몬의 기세에 밀린 것이기도 했다. 지금 주도권은 사이몬에게 있었다.

카를로 백작의 얼굴에 고민이 깊어졌다. 그 모습에 이레아는 조심스레 프로페서를 보며 입을 열었다.

"잠시 자리를 비켜주실 수 있을까요?"

그 얼굴에서 심상치 않은 심각함을 보았기에 프로페서는 고개를 끄덕이고는 자리에서 일어났다.

"알겠습니다."

프로페서가 나가자 이제 이 자리에는 세 명만 남았다.

카를로 백작과 이올린, 그리고 이레아.

그제야 이레아의 입이 열렸다.

"아버지."

"그래."

이레아가 프로페서를 물릴 때부터 무언가 중요한 이야기가 있다는 것을 직감했다.

"오빠는 지금 어디에 있을까요? 살아 있다면 분명 돌아와도 벌써 돌아왔을 시간이에요. 그런데 왜 아직도 나타나지 않을까요?"

"네 오빠가 죽었단 말을 하고 싶은 것이냐?"

카를로 백작의 얼굴에 노기가 어렸다.

"아니요, 오빠가 죽었을 리 없어요. 오빠니까요."

이레아가 당차게 말했다. 그녀의 얼굴에는 이슈인에 대한 믿음으로 가득했다.

"하면 왜 그런 말을 꺼낸 것이더냐?"

"죽지 않았는데 돌아오지 못할 상황. 그런 상황이 무엇일까요?"

이레아의 물음에 카를로 백작의 얼굴이 심각하게 굳었다. 그리고 천천히 하나, 하나 그 대답들을 나열하기 시작했다.

"감금당했다거나, 거동할 수 없을 큰 부상을 입었다던가, 어디인지 알 수 없는 곳에 있다거나……."

"그리고 기억을 잃었을 수도 있죠."

그때 이레아가 끼어들었다. 이올린도 곁에서 고개를 끄덕이고 있었다.

"대체 무슨 말이 하고 싶은 것이냐?"

"사이몬 씨의 얼굴. 무척이나 낯이 익지 않아요?"

이올린의 말에 카를로 백작은 고개를 끄덕였다. 왕국의 상황이라던가, 가문의 상황 때문에 깊게 생각하지는 않았지만 듣고 보니 분명 낯익은 얼굴이었다. 오른쪽 광대뼈가 뒤틀려 안면 윤곽이 기묘하게 비대칭을 이루고 있어서 한눈에 느끼지는 못했지만 가만히 생각하니 분명 낯익은 얼굴이었다.

"오른쪽은 광대뼈도 뒤틀려 있고 흉터도 있어서 한눈에 알아보기 힘들지만요. 왼쪽 얼굴만 한 번 생각해 보면 어때요? 짧고 붉은 머리를 길고 검은 마리로 바꾼다면요?”

이레아의 말에 카를로 백작은 머릿속으로 그런 얼굴을 그렸다.

“이슈인…….”

잠시 후 가늘게 떨리는 백작의 목소리가 흘러나왔다.

“사이몬 씨는 기억을 잃고 기억을 찾는 여행을 하는 중이라고 했어요.”

이레아의 말에 카를로 백작의 몸이 격렬하게 떨리기 시작했다.

“오늘 아침에 제가 의뢰했던 정보 길드에서 연락이 왔어요.”

이올린이 입을 열었다. 이레아가 새삼스러운 얼굴로 언니를 보았다. 그것은 그녀도 몰랐던 일이기 때문이다.

“슈프림 왕국의 정선 부근의 한 마을에서 그가 처음 나타났다고 해요. 마을 사람들의 이야기로는 산속에서 왔다고 했다더군요.”

그 말에 모두의 눈에 복잡한 빛이 어렸다.

정선.

그랜져 산맥이 어퍼 그랜져와 로어 그랜져로 나뉘는 지역. 그리고 이슈인이 행방불명된 지역이다.

“목소리는 아마 부상 때문에 변한 것 같아요. 얼굴이 변할 정도의 부상을 입었으니까요. 그리고 아르시안 공주의 구출

에 참여하려는 것도 아마 잃어버린 기억의 울림일지도 몰라
요. 두 사람은 연인이었으니까요."

이레아의 말에 카를로 백작은 온몸을 부들부들 떨었다. 구
사일생으로 살아 돌아온 아들을, 기억을 잃은 아들을 아비인
자신이 한눈에 알아보지 못했다는 자책이 온몸을 휘감았다.

"이슈인……."

백작의 목소리는 흐느낌에 가까웠다.

그의 두 눈이 붉게 변했다. 늘 살아 있다고, 돌아올 것이라고
자신만만하게 말했지만 사실은 그 자신도 불안해하고 있었던
것인지도 몰랐다. 그랬기에 돌아온 아들을 못 알아본 것일까.

사이몬이 이슈인인 것은 확실했다. 이제야 진한 혈육의 떨
림이 카를로 백작에게 전해져 왔다. 너무 늦었다. 그랬기에
구출 작전에 참여시키는 것을 다시 한 번 망설이게 되었다.

"어쩌면 그곳에서 기억을 찾을지도 모르지요."

그랬다. 자신들에게도 큰 반응을 보이지 않던 사이몬이 아
르시안 공주의 소식에 그렇게 격렬한 반응을 보였다. 게다가
사이몬을 처음 본 아르시안 공주는 눈물을 흘리지 않았던가.
사이몬이 이슈인의 기억을 찾지 못한다면, 사이몬일 뿐 이슈
인이 아니었다.

이레아의 말에 카를로 백작은 무겁게 고개를 끄덕였다.

*　　　*　　　*

9월의 늦더위는 한 여름의 그것을 뛰어넘었다.

하늘에서 내리쬐는 태양빛에 땀이 절로 흘렀다. 플레이트 메일을 입은 기사들은 그것만으로도 고문일 정도의 더위.

강렬한 태양이 내리쬐는 가운데 십여 명의 사람이 도열해 서 있었다.

그 앞에 작은 차양이 쳐진 낮은 단상에 두 사람이 서 있었다.

하이드론 공작과 헬레니온 정보국장이었다.

"여러분들의 임무는 막중하다. 그 사실을 잘 알고 부디 무사히 모두 돌아오기를 바란다. 이상."

길고 긴 말은 결국 그런 짧은 말로 요약되어 끝났다.

덕분에 태양빛 아래 서 있던 사람들은 땀으로 목욕을 했다.

헬레니온 정보국장의 말이 끝나자 곁에 있던 하이드론 공작이 나섰다.

"혹시라도 기간테스가 필요해질 일이 있을 것이라는 생각에 전장에 있던 경험있는 라이더 한 명을 더 합류시켰다. 역시 중앙 상비군 출신으로 현재 레슐트 전선에서 활약을 하고 있는 칼버튼 세컨 나이트다. 그리고 우리 가문의 기사 한 명도 함께 동행할 것이다. 그러면 즉각 출발하도록."

하이드론 공작의 말에 그때까지 그늘막 아래에서 편히 있던 두 사람이 걸어나왔다.

이번 일은 국왕의 관심도로 보아 공을 세울 절호의 기회였기에 하이드론 공작이 전장의 아들을 빼내어 이 부대에 합류시킨 것이다. 물론 장남인 케이프의 말도 한몫했다.

작위를 물려받지 못할 둘째이기에 칼버튼에게는 공을 세우는 일이 매우 중요했다. 물론 안전한 귀환을 위한 조치는 완벽하게 취했다. 게다가 자신의 가문의 기사 중 세 손가락 안에 꼽히는 실력자까지 호위로 붙이지 않았는가.

칼버튼과 기사가 일행에 합류하고 공작과 정보국장은 돌아갔다.

"쳇. 귀하신 공작가의 자제분이란……."

누군가의 입에서 불만 어린 소리가 튀어나왔다. 자신들이 쓸데없는 말을 듣느라 땀을 뻘뻘 흘리는 동안 그늘에서 편히 쉬던 누군가를 향한 말이었다. 칼버튼이 라이오네 공작가의 이공자라는 것은 알 만한 사람은 다 알았다.

그 말이 들리는 순간 칼버튼의 눈이 쭉 찢어졌다.

무어라 말을 하려는 순간,

"자자, 그만. 우린 지금부터 생명이 오락가락하는 작전을 수행해야 하니 출발 전부터 괜한 잡음 일으키지 맙시다."

누군가 앞으로 나오며 말했다.

"나는 마크 로지아 프라임 나이트예요. 근위 기사인 배틀러로 이번 작전의 대장을 맡았으니까 모두들 내 말을 잘 따라 주도록 부탁합니다. 그럼 일단 안으로 들어가서 자세한 설명을 하도록 하죠. 지금이 때가 어느 땐데 연병장에 세워서 일장 연설을 늘어놓는지. 이래서 위에서 펜만 굴리는 사람들은… 쯧."

"휘유! 대장 말이 맞수다."

누군가가 마크의 말에 맞장구를 쳤다.

칼버튼의 눈이 다시 한 번 찢어졌지만 무어라 항의하지는 않았다.

'저 녀석이 언제 프라임 나이트가……'

칼버튼은 이해할 수 없다는 듯 고개를 갸웃거렸다. 자신은 전장에서 제법 공을 세운 편이다. 그런데도 이제 세컨 나이트인데 자신의 동기인 마크가 벌써 프라임 나이트라니 받아들이기 어려웠다.

마크가 앞장서 연병장 앞 건물의 작은 회의실로 들어갔다. 모두 들어와 각자 자리에 앉자 마크가 일어서서 주위를 둘러보며 다시 입을 열었다.

"우리가 왜 이곳에 모였는지는 차출될 때 들었을 것이고, 또 조금 전 높으신 분들이 아주 길~게 말씀해 주셨습니다. 하지만 구체적인 것은 손톱만큼도 말해주지 않아서 다시 이곳에 자리를 마련했습니다."

마크의 말에 모두들 미미하게 고개를 끄덕였다.

왕국에 망명 와 있던 벨런시아 왕국의 공주를 벨런시아 공화국에서 납치를 해갔고 자신들은 그녀를 다시 구해오기 위해 모인 것이다. 모두들 거기까지만 알았다.

그리고 모였을 때 모인 사람들의 수를 보고 다들 적잖이 실망했었다.

"자, 그럼 작전 설명에 앞서 다들 자기 소개부터 해야죠. 전 이미 말했듯 배틀러인 마크 로지아예요."

"칼버튼 카인 라이오네 세컨 나이트. 랩터2의 라이더."

마크의 말이 끝나자마자 칼버튼이 팔짱을 낀 거만한 자세로 자기 소개를 짧게 끝냈다. 그 모습에 마크는 쓴웃음을 지었다.

'저 자신만만함은 여전하군.'

몇 개월 만에 다시 보지만 여전했다. 전장에 나가서 정신을 좀 차렸을 것이라 생각했지만 그것은 자신의 착각이었던 것이다.

"네리안 세컨 나이트예요. 중앙 상비군 소속 바일론 라이더죠."

오렌지색 머리의 여인이 일어나서 짧게 소개를 마쳤다.

"헤우스 프라임 나이트로 정보국 소속 레인져요."

"팬텀이라 불러주슈. 도둑 길드의 도둑이외다. 크크."

팬텀의 말에 모두의 눈이 그를 향했다. 설마 도둑까지 끌어들였을 것이라고는 상상도 못한 것이다.

'아버님께서 대체 무슨 생각으로 저런 천한 놈을⋯⋯.'

특히 칼버튼은 이해할 수 없다는 눈으로 팬텀을 바라보았다.

잠시의 소란이 가라앉고 모두 차례로 자기 소개를 했다.

그렇게 모두 열두 명 중 열한 명의 소개가 끝나고 마지막 사람의 차례가 되었다.

짧게 자른 붉은 머리가 인상적이지만 오른쪽의 뒤틀린 광대뼈가 더욱 눈에 띄는 사내가 자리에서 일어섰다.

"사이몬이라 합니다. 바첼러 백작가의 사람으로 검사 겸 라이더입니다만, 현재 소유한 기간테스는 없습니다."

단지 바첼러 백작가의 가신이라는 말에 모두들 의아한 얼굴을 했다. 팬텀을 제외하면 모두 중앙군에서 차출이 되었는데 귀족가에서 가신을 보냈다니 역시나 이해하기 힘든 일이다.

"이슈인 때문인가……."

네리안이 고개를 갸웃거리며 작게 중얼거렸다. 그녀는 이슈인과 칼버튼의 1년 선배로 이슈인과 아르시안 공주의 일에 대해 대강은 알았다.

건국절 파티에 파트너로 나설 정도였으니 알 만한 사람은 알고 있었다.

단지 사이몬을 보는 마크의 눈이 조금 이상했다.

'바첼러 가에 저런 가신이 있었던가?'

이슈인과 절친했기에 바첼러 백작가의 사람을 여럿 알고 있었지만 처음 보는 얼굴이었다.

워낙 비밀이 많은 가문이기에 그럴 수도 있다 싶었지만 사이몬이라는 사내는 어쩐지 가신으로 있을 사람이 아닌 것 같았다.

‘게다가 왠지 익숙한 기운이야.’

배틀러 특유의 감각이 마크에게 그렇게 말하고 있었다.

마지막 사람까지 소개가 끝나자 모두의 시선이 마크를 향했다. 그 시선을 느낀 마크는 상념을 떨쳐 버렸다.

“일단 기간테스를 가진 라이더가 네 사람, 그리고 배틀러가 네 사람, 레인져가 두 사람, 도둑 한 사람, 검사가 한 사람이군요.”

마크가 한 명, 한 명 눈을 맞추며 말했다.

“그럼, 이제 통성명도 끝났으니 말은 편하게 하겠습니다. 그래도 명색이 대장이니까요. 불만있나?”

칼버튼의 얼굴이 살짝 일그러졌을 뿐, 다른 이의를 제기하는 사람은 없었다. 그 모습에 고개를 끄덕인 마크는 말을 이었다.

“배틀러와 라이더는 이곳에 차출되면서 리콜러를 교체받았을 것이다. 하이드 리콜러라는 것으로 탐지 마법에 탐지되지 않는다. 우리 왕국 극비 기술로 만든 것이라 하더군. 뭐, 공화국에도 비슷한 물건이 있다고 하니 절대 방심하지 말도록.”

마크의 말에 하이드 리콜러를 받은 이들은 저마다 다시 한 번 자신의 리콜러를 살폈다. 지난번 왕궁 습격 사건 때 그런 리콜러가 존재한다는 이야기는 들었지만 설마 자신들이 지급받을 줄은 몰랐던 것이다.

마크가 책상 위에 지도를 펼쳤다. 미리 준비되어 있던 것이다.

"명색이 전쟁 중이니 포털을 타고는 절대 못 들어간다. 다들 알지?"

"제3국을 경유하면 안 되유?"

팬텀이 손을 들며 물었다.

"물론 되지. 하지만 포털은 기록이 남아. 3국을 경유한다고 해도 우리의 첫 출발지가 메틀라인인 것을 공화국에서 파악하는 것은 손바닥 뒤집기야."

마크가 고개를 저으며 대답했다.

"그거야 일반적인 포털 이야기잖수. 내가 말한 것은 밀수용 포털이유."

과연 도둑다운 발상이다.

"그러면 우리야 좋지. 하지만 밀수업자들이 과연 중앙군도 이용하게 해줄까?"

"아, 그렇지. 내가 그 생각을 못했수다."

도둑이었기에 팬텀은 밀수용 포털을 쉬이 이용했지만 그 대상이 중앙군이라면 이야기가 달라진다. 밀수는 엄연한 불법 행위이다. 몰랐으면 모르되 위치를 파악한 중앙군이 그곳을 가만히 놔둘 리가 없었다.

"쩝. 내가 지금 군사 작전 중에 속해 있는 것을 자꾸 까먹는단 말이야……."

무안한 듯 팬텀이 머리를 긁적이며 중얼거렸다.

그때 회의실의 문이 열렸다. 극비 회의였기에 특별히 부탁해서 아무도 접근하지 못하게 했기에 모두의 시선은 열려진 문으로 향했다.

금발의 푸른 눈의 미남자가 빙긋 웃으며 들어서고 있었다.

"충! 이안 차관님을 뵙습니다."

이안의 얼굴을 잘 알고 있는 마크가 일어나서 경례를 했다. 차관이면 군단장과 같은 위치였기에 마크의 태도는 극히 공경스러웠다. 지금 이 자리의 이안은 친구의 형이 아닌 자신의 상관이었다.

마크의 경례에 모두 자리에서 일어나 경례를 했다.

"충! 이안 차관님을 뵙습니다."

모두의 입에서 같은 말이 나왔다. 단지 칼버튼의 얼굴에는 마지못해 한다는 기색이 역력했다. 라이오네 공작가와 바첼러 백작가의 관계를 생각하면 그럴 수 있었다.

중앙군 소속이 아닌 사이몬과 팬텀은 사람들이 하는 행동을 따라 하는 시늉만 했다.

"인사는 그 정도로 됐습니다. 그저 책상에 앉아서 펜대만 굴리는 사람에게 너무 과분한 인사네요."

이안은 웃으며 마크가 양보한 중앙 자리에 가서 앉았다. 나머지 사람들도 모두 자리에 앉았다.

"제 위치를 넘어선 참견일지 모르겠습니다만, 정보국장님께 들은 작전이 너무 허술하더군요. 정보국이 주체가 되어 진행하는 작전입니다만, 실행하는 이들 대부분이 우리 중앙군 소속입니다. 허술한 작전에 저는 우리의 우수한 인재를 잃기 싫습니다. 그래서 이렇게 실례를 무릅쓰고 찾아왔습니다.”

이안의 말에 모두의 얼굴이 딱딱하게 굳었다. 그 말이 맞았다. 그래서 자신들은 더욱 구체적인 작전을 세우기 위해 이 자리에 모이지 않았던가.

“일단 쾌속선으로 잠입하기로 한 것 같던데…….”

이안이 말을 살짝 늘이며 입을 닫았다. 모두의 시선이 그의 입으로 향했다.

“일단 그럴 필요는 없을 것 같습니다.”

모두의 얼굴에 의아함이 어렸다. 한시라도 빨리 공주를 구출해야 하는 시점에서 쾌속선을 타고 침투할 필요가 없다니 이해할 수 없는 말이다.

“오늘 오전에 공화국에서 정보가 들어왔습니다. 국방부에서 자체적으로 운영하는 비선을 통한 정보인지라 정보국에는 들어가지 않았을 겁니다.”

이안의 말에 헤우스의 안색이 살짝 변했다. 정보국의 요원인 그였기에 정보국이 국방부보다 정보에서 뒤졌다는 생각에 일어난 변화였다.

“일단 공화국에서 아르시안 공주를 납치한 목적 중 하나가 레지스탕스의 소탕인 것 같더군요.”

“레지스탕스요?”

마크가 의아한 듯 물었다.

"네. 현재 공화국 내에 반정부 세력들이 규모를 키우는 것 같습니다. 아마도 과거의 귀족들이 주축이 되어 규합을 했겠지요. 공화정을 폐지하고 왕정으로 돌아가자고 선동하는 집단입니다."

이안의 말에 모두가 고개를 끄덕였다.

"공화국 입장에서는 골치 아픈 가시죠. 그래서 그들의 뿌리를 뽑을 생각인 듯합니다."

"그러면 그들을 유인하기 위해 아르시안 공주를 납치했다는 말입니까?"

헤우스가 물었다.

"그렇지요. 현재 대륙에 남은 유일한 벨런시아 왕족이 그분입니다."

"네?"

그런 사실을 전혀 몰랐다는 듯 모두의 얼굴에는 놀람의 빛이 역력했다.

"공화국 쪽에서 손을 썼습니다. 아르시안 공주를 제외하고 타국으로 망명한 다른 벨런시아 왕족들은 모두 암살당했습니다."

"하지만 그런 소문은 전혀 듣지 못했는데요?"

네리안이 고개를 갸웃거리며 물었다.

"당연하지요. 망명 중인 왕족이 암살을 당했다면 망명을 받아준 나라의 꼴이 우습게 되니까요."

"흐음… 그렇다면 레지스탕스들에게 아르시안 공주는 절대적으로 필요한 인물이겠군요."

헤우스가 턱을 만지며 말했다.

"그렇습니다. 왕정복고를 주장하는 그들이 정통성을 확보하려면 어떻게든 구 벨런시아 왕국의 왕족이 있어야 하지요. 다른 사람이 왕이 되겠다하면 그것은 그저 반란에 지나지 않습니다."

"그렇다면 결국 아르시안 공주를 미끼로 사용하기 위해 데려갔다는 겁니까?"

사이몬이 끼어들었다. 그의 두 눈은 활활 타오르고 있었다.

'이자가 아스카론의 주인이라는 그자인가?'

이안의 눈이 낮게 가라앉았다. 가문의 숙원을 이루어줄 존재가 지금 눈앞에 있었다. 하지만 단지 그뿐은 아니었다.

마법 통신을 통해 아버지와 여동생들이 전해온 소식이 있었다.

사이몬을 찬찬히 살피는 이안의 눈이 파르르 떨렸다.

'과연……'

이안의 눈이 살짝 붉게 변했다.

"그것만이 아니지요. 레지스탕스를 끌어들여 그들을 제거한 후 결국은 공주도 제거하겠지요. 더 이상의 왕족이 없다면 레지스탕스는 명분을 잃으니까요."

이안은 목소리가 떨리지 않게 하려고 애쓰며 대답했다. 그의 대답에 사이몬의 눈이 가늘게 떨렸다.

"공화국의 세작에게서 들어온 보고에 따르면 11월 11일. 공화국의 혁명절에 그녀를 공개 처형을 할 거라 합니다. 이미 은밀히 퍼지고 있는 정보입니다."

"그런 정보를 그리 쉽게 구할 수 있습니까?"

헤우스가 물었다.

"물론이지요. 공화국 쪽에서는 레지스탕스들에게 그 정보가 들어가기를 바라고 있을 겁니다."

"아."

모두의 얼굴에 수긍의 빛이 어렸다. 그래야 그들이 부나방처럼 공화국의 함정에 걸려들 테니까.

"그러면 최대한 빨리 구출하는 것이 좋지 않습니까? 공주가 리퍼블릭에 도착한 후로는 경계가 더욱 엄중할 텐데요."

마크가 고개를 갸웃거리면서 물었다. 결국 질문은 다시 원점으로 돌아갔다.

"우리의 목적은 공주의 안전한 구출입니다. 레지스탕스의 지원이 아니죠."

이안이 씁쓸한 미소를 지으며 대답했다.

"아."

그 말에 사이몬은 무엇인가를 깨달은 듯 작은 탄성을 흘렸다. 당연히 모두의 시선이 그에게로 향했다.

"결국은 그들이 미끼로군요."

"바로 맞추셨습니다."

사이몬의 말에 이안이 고개를 끄덕였다.

"레지스탕스들이 공주의 구출을 시도해 공화국의 시선이 그리로 쏠렸을 때 우리가 끼어든다는 것인가요?"

네리안이 물었다. 그녀의 물음에 이안은 고개를 끄덕이는 것으로 대답을 대신했다.

"훙. 비겁하군요."

칼버튼이었다. 그는 의도적으로 냉소 섞인 비웃음을 흘렸다. 모두의 표정이 묘하게 변했지만 이안은 아랑곳하지 않았다. 자신은 메틀라인 왕국의 국방부 차관이었다. 벨런시아 왕국의 일은 안타깝지만 거기에까지 신경을 쓸 여력 따위는 없었다.

물론 이런 계획을 아르시안 공주가 알게 되면 안타까워하겠지만 말이다.

"구체적인 계획을 듣고 싶습니다."

사이몬이 이안을 바라보며 말했다.

"그래야죠. 그것을 위해 왔으니까요."

사이몬의 요청에 이안은 미소로 답했다.

"아시는 분은 아실 겁니다. 극비라고는 하지만 비상 회의에서 나온 안건이니만큼 이미 새어나갔겠지요."

이안은 자국의 귀족은 모두 믿지 않는다는 투로 말했다. 실제로도 그랬기에 극비에 해당하는 것은 다른 귀족들을 제외하고 항상 진행해 오지 않았던가.

“현재 리퍼블릭에 직접 공격을 가하기 위해 해군 함대가 출항을 한 상태입니다.”

이안의 말에 아무도 놀라지 않았다. 모두 이미 알고 있었다는 뜻이다. 이안 역시 그럴 줄 알았다는 듯 별다른 변화를 보이지 않았다.

“여기까지는 모두 아시는 사실일 것이고, 함대의 리퍼블릭 도착 예정은 대강 10월 초 정도로 예상하고 있습니다. 혁명절인 11월 11일에 비해 훨씬 빠른 도착이지요. 우리 군의 이동 정보는 아마 레지스탕스들에게도 흘러들어 갔을 테니 그들도 그때의 혼란을 이용하겠지요.”

“레지스탕스 쪽에는 좀 자세한 정보가 흘러들어 가겠군요.”

헤우스의 말에 이안은 미묘한 웃음으로 긍정의 뜻을 살짝 표했다.

“원래는 계획에 없던 일입니다만, 이번 납치 사건으로 인해 어쩔 수 없이 그렇게 되었습니다.”

“그러면 우리는 그때의 혼란과 레지스탕스를 이용해서 공주를 구출하는 것이로군요.”

마크가 고개를 끄덕이며 말했다.

“그렇습니다. 리퍼블릭에 대한 타격은 한 나절 정도 진행된 뒤 즉각 후퇴할 겁니다. 여러분들의 작전 시간은 딱 그 정도입니다. 그 시간 안에 복귀를 못하면 자력 복귀하셔야 합니다."

상당히 냉정한 말이다. 적의 수도에 던져 놓고 알아서 복귀를 하라니, 죽으라는 말이었다.

"캬. 어렵수다, 어려워."

팬텀이 고개를 절레절레 흔들며 말했다.

"일단 쾌속선으로 함대까지 데려다 줄 겁니다. 그 이후는 함대와 함께 움직이세요. 수도 내에서의 구출 계획 자체는 여러분이 직접 세워야 합니다."

"쯧. 정작 중요한 부분에서 무계획인 것은 비슷하지만, 그래도 이게 한결 낫군요."

마크의 말에 모두가 고개를 끄덕였다.

"함대의 지휘관은 누굽니까?"

칼버튼이 궁금한 듯 물었다. 함대의 지휘관에 대한 정보는 어디서도 구할 수 없었다. 극비 중의 극비로 취급하는 탓이다. 그래서 알고 있을 것 같은 이안에게 물은 것이다.

"함대와 합류하면 알게 될 것입니다."

은근한 미소와 함께 짧은 대답을 한 뒤 이안은 자리에서 일어났다.

"그럼, 여러분들의 무운을 기원합니다."

그리고 이안은 회의실을 떠났다.

다시 구출대원들만의 회의가 되었다.

"일단 묻겠다. 어느 작전이 좋지?"

마크의 물음에 팬텀이 피식 웃으며 답했다.

"당연히 방금 왔다간 양반의 작전 아니유? 내가 들어도 그 쪽이 살 확률이 더 높소만."

칼버튼을 제외하고는 모두들 같은 생각이라는 듯 고개를 끄덕였다.

"좋아. 그럼 란데르 항으로 가지."

마크의 말에 모두 자리에서 일어났다. 출발 준비를 마치고 막 출발하려고 할 때 누군가가 마크를 은밀하게 불렀다.

"차관님께서 잠시 뵙자고 하십니다."

전언을 가지고 온 사람의 말에 마크는 고개를 갸웃거리며 그 뒤를 따랐다. 할 말이 있다면 아까 했을 텐데 왜 굳이 자신을 따로 부르는지 알 수 없었기 때문이다.

마크가 도착한 곳은 이안이 홀로 기다리고 있는 방이었다. 마크를 안내한 이는 함께 들어오지 않았다.

"무슨 일이십니까?"

"개인적인 용무라 이렇게 불렀어. 막 작전을 위해 나가는 마당에 방해해서 미안해, 맥."

이안의 말에 마크의 표정이 살짝 변했다.

지금 이안은 자신을 국방부 차관으로 부른 것이 아니라 친구의 형으로 부른 것이다.

"무슨 일이죠, 이안 형?"

"역시 마음에 들어."

마크의 행동에 이안이 빙긋 웃음을 지으며 말했다.

"바쁘니 용건만 간단히 말하지. 사실 간단히 말할 내용은 아니지만, 시간이 없으니 어쩔 수 없지."

"뭔데 그러는 거죠?"

"이슈인이 돌아왔다."

이안의 짧은 말에 마크는 두 눈을 부릅떴다.

"네? 언제요? 어디에요? 이슈인 그 빌어먹을 자식이 나타났는데 왜 저에게는 안 오는 겁니까?"

마크는 흥분해서 외쳤다.

"그거야 자신이 이슈인인지 모르니까. 이미 너도 봤잖아."

"네?"

그 말에 마크는 혼란스럽다는 얼굴로 이안을 바라보았다.

"바첼러 백작가에서 파견한 사이몬, 그가 이슈인이야."

"네에?!"

마크의 얼굴이 기괴하게 변했다. 설마 그럴 것이라고는 상상도 못한 것이다.

"목소리도 거칠게 변하고 얼굴도 상처로 바뀌긴 했지만, 왼쪽 얼굴은 그대로잖아? 그리고 붉은 머리를 했다고는 해도 눈썹은 검은색이고. 결국 염색을 했다는 소리지. 가만히 생각해 봐. 누구의 얼굴인지를."

지겹도록 보아온 얼굴이 머릿속에 떠올랐다.

“젠장.”

“기억을 잃은 모양이야. 용병으로 영지에 찾아왔다고 하니, 기억을 잃었어도 무언가는 남았던 거지.”

마크가 잔뜩 일그러진 얼굴로 고개를 끄덕였다.

“이레아와 이올린이 진작에 의심은 했는데, 사이몬이라는 자가 기억을 잃었다는 사실을 안 게 최근이야. 게다가 그 사람이 처음 나타난 곳도 정선 쪽이었다고 하더군. 이건 이올린이 정보 길드를 통해서 알아낸 사실이지.”

“제가 어떻게 하면 됩니까?”

“기억을 잃은 사람에게 예전의 기억에 대한 이야기를 하면서 자극하는 것도 한 방법인데, 이번에 아르시안 공주님의 납치가 너무 갑자기 터진 바람에 그럴 여유가 없었어. 벨런시아까지 배에서 상당한 시간을 보낼 테니 그때 네가 그 일을 좀 해줬으면 한다.”

“알겠습니다. 맡겨주십시오. 그 빌어먹을 놈의 기억을 제대로 박아 넣겠습니다.”

“고마워.”

이안이 마크의 어깨를 두드리며 방을 나섰다. 마크도 서둘러 대원들이 있는 곳으로 향했다.

CHAPTER 8
하늘의 랩터2

　프로페서의 출발은 사흘 정도 늦어졌다. 이레아의 요청 때문이었다.

　"어때요? 이제 좀 익숙해졌어요?"

　이올린의 물음에 프로페서는 쓴웃음을 지었다.

　"전장에 가는데 병기가 바뀌니 죽을 맛입니다."

　테스트 과정을 모두 지켜본 이올린은 그것이 엄살이라는 것을 알았지만 마주 웃어주었다.

　"대신에 새 병기에 익숙해지면 생존 확률은 그만큼 올라가요."

　"그건 그렇지요."

지난 사흘을 떠올린 프로페서가 고개를 끄덕였다. 그 얼마나 힘든 테스트였던가.

사흘 전, 출발 준비를 하던 그를 찾아온 이올린이 건넨 준비할 것이 있다는 말이 그 시작이었다. 이후 이올린과 이레아 자매가 진행한 일에 그는 정말로 고생했다. 시간이 없는 만큼 모든 것이 급박하게 진행된 탓이다.

하지만 그만큼 그는 든든한 병기를 손에 넣었기에 만족했다. 목숨을 여벌로 챙기는 것과 다름없는 일이었으니까.

"그럼 부디 조심해요. 꼭 이 모습으로 다시 돌아와요."

이올린의 인사에 프로페서는 웃으며 고개를 끄덕였다.

"네. 그럼 이만 출발하겠습니다, 백작님."

카를로 백작에게 인사를 마친 그는 포털 마법진으로 올라섰다. 왕도로 간 후 그곳에서 간단한 교육을 받고 레술트 전선으로 배치될 것이다.

*　　　*　　　*

"어이, 그 녀석은 대체 뭔 거 같아?"

"모르지. 그런 녀석이 신병기의 라이더라니."

이틀 전 왕도에서 한 장교가 왔다. 무려 써드 룩이라는 계급을 가진 이였다. 듣기로는 신병기의 라이더라고 했는데 그렇게 보기에는 외모가 너무 아니었다.

호리호리한 몸에 금빛 테의 안경까지.

참모라면 모를까 라이더라니, 그의 등장을 본 병사들은 맥이 빠졌다.

적국의 디스토션이라는 괴물 같은 기간테스 덕에 하루하루를 생사의 기로에서 보내는 그들이다. 그랬기에 신병기에거는 기대가 그만큼 컸다. 그런 기대 속에 맞이한 인물이 그런 모습이었기에 이들의 실망은 더욱 컸다.

주둔지 곳곳에서 이런 대화가 벌어지고 있을 때 프로페서는 클레딘과 나인더와 면담을 하고 있었다.

"아덴 써드 룩."

"네, 군단장님. 그냥 편하게 프로페서라 불러주십시오."

프로페서의 요청에 클레딘은 고개를 저었다.

"이곳은 왕국군의 본진이야. 프로페서라는 별명이라니…이제 용병 때의 습관은 버리게."

클레딘의 말에 프로페서의 얼굴이 살짝 굳었다.

"이곳은 하루하루 수많은 생명이 스러지는 치열한 전장이야. 그에 맞는 각오를 가져줬으면 좋겠군."

클레딘은 왕국군의 라이더를 직접 훈련시켰을 만큼 라이더에 대한 자부심이 대단했다. 그런데 자신이 키운 라이더로는 아직 바톤 윙을 다룰 수 없으니 바첼러 가에서 보내는 이를 우선 배치한 후 그에게 교육을 맡기라는 말에 제법 자존심이 상했다. 더욱이 그 라이더가 용병 출신임에야 그가 받은 상처는 이루 말할 수 없었다. 그랬기에 첫 대면에서 프로페서의 자존심을 긁는 말을 하는 것이다.

평소 그답지 않은 모습이었다.

그 모습에 나인더는 고소를 지었다. 자신이 모시는 상관의 성격을 알기에 나온 반응이다.

"일단 군이니만큼 군복에 있는 본명을 사용하는 것이 좋을 것 같네. 그렇지 않으면 작전 중에도 혼선이 올 수 있고 하니까 말이야."

프로페서의 표정을 본 나인더가 서둘러 진화에 나섰다.

"물론 용병 시절 자네의 이름에 대한 자부심은 잘 알고 있네. 그 이름도 버릴 수 없겠지. 그러니 이 방법은 어떤가? 라이더라면 기간테스의 양어깨 장갑이 가지는 의미를 알고 있겠지?"

"네."

"왼쪽 어깨에 프로페서라는 이름을 새기는 것이 좋을 것 같은데……."

나인더의 말에 프로페서는 고개를 끄덕였다. 나쁘지 않은 방법이었다. 자신 역시 언제까지 본명을 버리고 살 수는 없지 않은가. 이제 로헨 왕국과의 인연은 끊어지고 새로운 삶을 시작한 참이다. 더 이상 자신의 진실한 이름을 외면할 이유는 없었다.

"알겠습니다."

"왼쪽 어깨에 별명을 새기려면 최소한 다섯 개의 K가 필요할 거야."

여전히 마음에 안 든다는 듯 클레딘이 말했다.

"알겠습니다."

짧게 대답한 프로페서, 아니, 아덴이 자리에서 일어났다.

그가 자신에게 배정된 막사로 나가자 나인더가 질렸다는 얼굴로 클레딘을 쳐다보았다.

"왜 그러나? 내 얼굴에 뭐가 묻었나?"

"아니라는 거 아시지 않습니까."

"훙."

클레딘의 어린애 같은 모습에 나인더는 고개를 절레절레 흔들었다. 절대 이런 사람이 아니다. 단지 라이더의 자존심에 대해서만 이렇게 어린아이가 되어버린다. 정규군 라이더에 대한 그의 자부심이 그만큼 대단하다는 소리다.

바톤 윙이 실전 배치된다 하다가 그 라이더가 용병 출신이라는 말을 들었을 때의 그 급격한 표정 변화를 나인더는 아직도 잊을 수 없었다.

'내 평생 군단장님의 그런 드라마틱한 모습을 보게 될 줄은 꿈에도 몰랐지.'

아덴이 첫 전투를 치르기 전까지 클레딘의 이런 모습은 계속되었다.

“급보입니다. 동부 방어선 쪽에 적의 습격입니다. 디스토션이 나타났다 합니다.”

동부 방어선에서 전해진 급보에 본대에 비상이 걸렸다. 나흘 전에는 중앙 방어선에 나타났었다. 크게 세 곳으로 나누어진 방어선 중 한 곳이라도 뚫려서는 안 된다. 레술트 지역의 마지막 방어선이었기에 어떻게든 사수해야 했다.

“즉시 랩터2 2대대 지원 보내. 그리고 아덴 써드 룩도. 그는 단독으로 작전 수행하라고 해.”

클레딘 군단장이 빠르게 명령을 내렸다. 이미 익숙한 일인 듯 그의 명령에는 한 치의 망설임도 없었다. 단지 아덴에 대한 명령이 추가된 것이 평소와 다르다면 다른 점이다.

클레딘의 명령에 따라 즉시 스물한 명의 라이더가 포털 마법진에 두 번에 나누어 올랐다. 아덴은 두 번째 공간 이동으로 동부 방어선으로 이동했다.

공간 이동의 어지러움을 잠시 느낀 사이 그는 전장에 도착했다.

멀리, 수 기의 바일론에 포위된 채 사방으로 마법을 뿌려대는 거대한 기간테스의 모습이 보였다.

“저 녀석이 디스토션이란 말이지…….”

“뭐 합니까? 어서 빨리 소환해서 탑승하세요.”

함께 온 라이더 중 한 명이 아덴을 재촉했다. 비록 용병 출신에다가 귀족가에서 지원한 사람이라고는 하나, 써드 룩의

직위를 받았기에 다른 라이더들이 아덴을 못 마땅하게 여긴다 하더라도 함부로 굴지는 않았다.

"랩터2 윙 소환."

그를 재촉한 이는 이미 소환된 랩터2에 오르고 있었기에 아덴도 자신의 기간테스를 소환했다. 곧 공간이 일그러지면서 등에 바톤 윙을 장착한 랩터2 윙이 모습을 드러냈다.

신병기라는 이야기를 들었기에 모두의 시선이 잠시 랩터2 윙으로 향했다.

다른 것은 등에 달린 날개 비슷한 장비 뿐 특별한 것은 없었다.

아덴은 재빠르게 콕피트에 올랐다. 그리고 즉시 마나 엔진의 기동을 시작했다.

우아아아웅.

마나 엔진음이 울리기 시작했다.

"응? 소리가 다른걸?"

몇몇 라이더들은 랩터2의 고유한 마나 엔진음과는 다른 소리에 고개를 갸웃거렸으나, 곧 신병기니까 그렇겠지라는 생각으로 스스로의 의문에 대한 답을 내렸다.

"훗. 왔느냐."

속속들이 소환되는 랩터2의 모습을 확인한 제스터가 서늘한 미소를 베어 물었다. 어느새 디스토션 주위로 다섯 기의 바일론이 완파된 채 쓰러져 있었다.

[바일론 대대 뒤로 후퇴. 이제부터 우리가 막는다. 1대대 반월진으로 돌격하고 2대대는 그 뒤를 받친다. 알겠지? 돌격!]

지원 부대를 지휘하는 라이더의 명령이 모든 랩터2의 라이더에게 통신을 통해 들렸다. 물론 아덴에게도 들렸지만 아덴은 이미 단독 작전에 대한 허가를 받은 상태다.

"일단은 저 녀석은 저들에게 맡길까?"

아덴은 디스토션의 뒤를 보았다. 그곳은 디스토션이 뚫어 놓은 길을 따라 속속들이 진격해 오는 자이안과 데세랄이 있었다. 자이안이 다섯 기에 데세랄이 열 기였다.

이곳은 바일론만 오십 기가 배치된 방어선이다. 아무리 자이안이 다섯 기가 포함되어 있다고 해도 겨우 열여섯 기의 기간테스로 공략할 만한 방어선이 아닌 것이다. 하지만 디스토션의 존재가 그것을 가능하게 했다. 디스토션이 한 번 몰아치고 지나가면 그 뒤를 자이안과 데세랄이 정리하면서 진격하는 방식. 디스토션 이후로 메틀라인 왕국이 속수무책으로 당하는 공화국의 정형화된 전투 방식이었다.

"저놈이 아무리 대단해도 결국 후방에서 받쳐 주지 못하면 끝이야. 결국은 수에서 밀리게 되어 있으니까."

아덴의 금빛 안경테 아래의 눈이 살짝 휘어지며 미소를 만들었다.

쿠와앙!

아덴이 잠시 뒤편의 기간테스들을 관찰하는 사이 1차로 공간 이동해 왔던 라이더들의 랩터2들이 디스토션과 격돌했다. 첫 격돌에서 가장 선두에 섰던 랩터2는 반파되어 옆으로 날아갔다.

"휘유. 엄청나군. 2개 대대나 보낼 만해."

공화국의 전술이 정형화된 만큼 메틀라인 왕국의 대응도 이미 어느 정도 체계가 잡혀 있었다. 랩터2 스무 기면 어느 정도 디스토션을 묶어놓을 수 있다는 것은 이미 수 차례의 전투로 증명되었다. 비록 그 전선은 초토화되더라도 말이다.

아직 랩터2의 숫자가 부족한 왕국으로서는 알면서도 당할 수밖에 없었다. 디스토션을 막는 데 너무 많은 랩터2를 소모해 버리면 자이안을 막을 기체가 없었기 때문이다.

웅웅웅.

마나 엔진음이 변했다. 딜레이 타임이 끝난 것이다.

"1분 30초라… 확실히 빠르군. 역시 엔진은 좋은 걸 써야 해."

기존 랩터2의 딜레이 타임이 2분이었던 것을 생각하면 무려 30초나 줄어든 수치였다.

덕분에 아덴은 자신보다 먼저 소환한 다른 라이더와 함께 움직일 수 있었다.

2대대의 랩터2가 1대대를 지원하기 위해 즉각 진격해 나갔다. 벌써 1대대의 랩터2 중 두 기가 반파되어 전투 불능의 상태로 전장을 이탈했다. 계속 그곳에 있다가는 후위에서 올라오는 자이안에게 완파될 것이 뻔했기에 행한 조치다. 반파되었더라도 기동 가능한 랩터2를 최대한 온존해야 했다.

"치열하구만. 그럼 시작해 볼까?"

안경 알 아래의 두 눈이 빛났다.

랩터2 윙의 실전 첫 비행이다. 자신이 날아오를 하늘로 아덴의 시선이 향했다.

그때 아덴의 눈에 까만 점들이 보였다. 이윽고 그것은 점점 커졌다.

"비공정?"

그랬다. 비공정 세 기가 높은 고도의 하늘에서 점점 하강해 전장에 모습을 드러낸 것이다.

아덴이 본 것을 다른 이들도 보았다.

"전장에 웬 비공정이야?"

다들 고개를 갸웃거렸다. 군인인 이상 비공정 규약을 너무나 잘 알기 때문이다. 그렇다고 어느 미친 비공정 파일럿이 전장 위를 횡단하는 항로를 설정하지는 않았을 것이다.

"설마?"

아덴의 머리에 불길한 예감이 스쳐 지나갔다. 공화국에서 무슨 짓을 할지 알 수 없었다.

쾅! 쾅! 쾅!

아텐의 불길한 예감은 바로 현실에 나타났다.

비공정에서 검은 구체가 떨어진다 싶더니 곳곳에서 폭발이 일어났다.

"폭탄이다! 비공정에서 폭탄이 떨어진다!"

사람들이 대경해서 놀랐다.

비공정은 하늘을 날아 기간테스들의 전장을 지나와 후위에 폭탄을 떨어뜨리고 있었다. 그야말로 무차별 폭격이었다.

대륙에서 화약이 나는 유일한 나라였기에 시행할 수 있는 작전이다.

"빌어먹을 놈들이 규약을 어겼다!"

공화국 측에서도 이렇게 전선이 고착화되어 가는 것은 반갑지 않은 일이다. 점점 자국 내에서 전쟁에 대한 의문과 반대 의견이 나오기 시작했다. 벌써 이 지역에서 몇 달을 끌고 있었던가. 전쟁이 길어질수록 사라지는 돈은 어마어마했다. 그만한 국가 예산의 소모에 곳곳에서 불만 어린 목소리가 터져 나오기 시작한 것이다.

어떻게든 레술트 전선을 뚫고 본토로 진입해야 했다. 그랬기에 공화국은 규약을 어기면서까지 비장의 카드를 내민 것이다.

전선 후방은 그야말로 난리였다.

기간테스의 전투가 끝나기 전까진 안전지대인 곳에 무차별로 폭탄이 떨어지니 당연한 일이다. 제법 높은 상공이었기에 지상에서 공격할 방도가 없었다. 더군다나 이리저리 움직이면서 폭탄을 떨어뜨리는 터라 마법으로 맞추기도 어려웠다. 설혹 맞춘다 하더라도 거리가 먼 만큼 마법의 위력도 많이 떨어져 큰 타격을 주지는 못했다.

그 모습에 아덴의 눈이 차갑게 빛났다.

"이것참 공교롭다고 해야 하나, 운이 좋았다고 해야 하나. 내가 하루만 늦었거나, 저것들이 하루만 빨랐어도 레술트 방어선이 뚫렸겠어."

아무리 기간테스라고는 하나 전선 자체를 구성하는 것은 육군이다. 후방의 지원 없이 기간테스만으로 전선을 지키는 것은 불가능하다. 즉, 후방이 무너지면 기간테스들도 후퇴할 수밖에 없는 것이다.

"어디, 저곳보다는 하늘 위가 먼저로군."

아덴의 양손이 마나 제어 수정구에 올라갔다. 아덴의 마나가 수정구로 들어가면서 랩터2 윙과 아덴의 싱크로가 시작되었다.

우웅. 우웅.

싱크로가 시작되면서 랩터2와 바톤 윙의 마나 엔진이 각각 동작하기 시작했다.

살짝 접혔던 윙이 좌우로 펼쳐졌다. 윙이 은은한 빛을 뿌리기 시작했다. 아덴은 창공을 날 때 그때의 기분을 이미지화했다.

등에 날개를 단 듯한 모양의 랩터2 윙의 발이 땅에서 서서히 떨어졌다.

"응?"

랩터2 윙의 그런 변화에 메틀라인 왕국군 사람들의 시선이 향했다.

떠 있었다. 분명 기간테스의 발이 땅에서 떨어져 있었다.

빛나는 날개를 단 랩터2가 서서히 떠오르고 있었다.

그 모습은 그야말로 경이였다.

기간테스가 하늘로 떠오르다니!

"랩터2가 떴, 떴어!!"

누군가 경악에 차서 외쳤다.

그 외침이 끝나는 순간,

"가자!"

랩터2 윙은 강렬한 바람을 사방으로 뿌리며 빠른 속도로 하늘로 날아올랐다.

처음으로 푸른 창공에 바톤 윙을 활짝 펼치는 순간이었다.

"우와와와와와!"

곳곳에서 함성이 터져 나왔다.

누가 기간테스가 하늘을 날 것이라 생각이나 했던가.

상상도 하지 못했던 일이다.

그런데 눈앞에 하늘을 나는 기간테스가 나타났다.

그것을 처음으로 본 순간 그 느낌은, 감정은 어떨까.

그것은 경이를 넘어선 경이였다.

게다가 하늘에서 자신들을 유린하는 적들을 손놓고 바라보고 있는 이 순간 기간테스가 그 적들을 향해 날아올랐다.

그야말로 기적과도 같은 순간.

기적은 메틀라인 왕국군에게 환희가 되어 찾아왔다.

“뭐, 뭐야? 저건!”

후방에 대한 폭격에 당황해하는 랩터2를 한껏 몰아치던 제스터가 거꾸로 당황했다. 하늘을 나는 기간테스라니 이 무슨 어처구니없는 일인가.

당황한 것은 랩터2의 라이더들도 마찬가지였다.

바톤 윙에 대한 정보는 아직 일반 장교들에게 제공되지 않은 상황이었다. 클레딘과 나인더만이 알고 나머지는 그저 신병기라고만 알고 있었다.

그야말로 결정적인 순간의 등장이었다.

“젠장. 저런 것이 있는데 정보부 녀석들은 대체 뭘 한 거야!”

분노에 찬 일갈이다.

오늘만큼은 반드시 레술트를 뚫겠다는 각오로 전장에 나왔다. 비공정이라는 회심의 카드도 준비했다. 폭격이 시작되었을 때는 모든 것이 뜻대로 되는 것만 같았다.

그래서 더욱 치열하게 적들을 몰아쳤다. 갑작스러운 상황에 라이더들이 당황해 더욱 일이 손쉽게 풀릴 것만 같았다.
그런 차에 하늘로 날아오르는 기간테스를 본 것이다. 결정적
인 순간에 먹은 한 방.

그것의 충격은 컸다. 그것도 승리를 확신하는 순간 전황을
완벽하게 뒤집는 한 수.

그것이 주는 심리적이 타격은 상상을 초월할 정도로 컸다.

"빌어먹을."

제스터가 당황해할 때 같이 당황했던 랩터2의 라이더들은
즉시 정신을 차렸다.

[전투 중에 무슨 구경거리가 있다고 넋 놓고 있나!]

통신을 통해 전 기에 울린 아덴의 목소리 덕이다.

랩터2 윙은 랩터2의 라이더들에게 안정을 주었다. 아무리
디스토션과 제스터라 하지만 정신적 충격을 회복하지 못한
상황에서 자신감에 차 덤벼오는 랩터2들을 상대하기는 어려
웠다. 조금씩 디스토션의 손발이 어지러워지면서 한 발, 한
발 뒤로 물러나기 시작했다.

"저, 저게 뭐야?"

비공정에서 폭탄 사출구로 열심히 폭탄을 밀어 넣던 병사
가 창밖의 모습에 깜짝 놀라 손가락으로 가리켰다.

"뭔데 그래?"

그 옆의 동료가 그 손가락을 따라 시선을 옮겼다.

"히익!"

그의 입에서 경악에 가득 찬 비명이 울렸다.

병사들은 갑작스런 소란에 놀라 폭탄 투입도 잊고는 그곳으로 시선을 돌렸다.

"으악!"

"거짓말!"

"어떻게!"

갖가지 비명이 터져 나왔다.

그들의 눈에 보인 것.

거대한 검과 방패를 들고 비공정을 향해 무서운 속도로 날아오는 아덴의 랩터2 윙이었다.

"어서 알려!"

파일럿의 자리에서는 보이지 않는 곳에서 날아오는 기간테스였다.

한 병사가 다급히 조종실과 연결된 통신관을 집어 들고 미친 듯이 소리를 질렀다.

세 기의 비공정 모두 자신들을 향해 무서운 기세로 날아오는 기간테스의 존재를 알아차렸다. 곧 그들은 우왕좌왕했다. 기간테스를 피하기 위해 회피 기동을 하려 하였지만 비공정의 움직임은 느렸다.

급격한 선회와 비행은 불가능한 성능이었다.

최고 속도는 시속 250킬로미터 정도로 랩터2 윙보다 느렸고, 선회 등 공중 기동 능력은 아예 비교조차 할 수 없었다. 비공정 자체가 애초에 공중을 이용한 물자와 사람의 수송을 목적으로 만들어진 탓이다.

"좋아. 우선 한 기."
아덴이 미소를 지으며 중얼거리는 순간, 랩터2 윙의 검이 가장 후미의 비공정의 몸통을 가르고 지나갔다.
정확히 반쪽이 난 비공정은 그대로 추락했다.
콰앙!
땅에서 요란한 폭발음이 울렸다.
"아차."
아래를 내려다본 아덴은 실수했다는 듯 얼굴을 찡그렸다.
아직 비공정이 왕국군의 진영을 완전히 벗어나기 전에 격추시키는 바람에 일부 병사들이 폭발에 휘말린 것이다. 공중에서 테스트는 많이 했지만 공중전이 처음인 탓에 일어난 일이다.
사실 이올린이나 이레아도, 그리고 아덴도 이렇게 공중전을 벌이게 될 것이라고는 상상도 못하지 않았던가.
바톤 윙의 개발 목적도 비행을 통한 기간테스의 후방 습격이 주목적이었다. 공중전이라는 개념 자체가 없었다.
이번의 실수로 무엇인가 깨달았다는 듯 아덴은 빠른 속도로 날아 두 기 중 한 기의 비공정의 후미를 잡았다.

폭탄 사출구가 있는 곳의 바깥을 보기 위한 창을 통해 뒤에 나타난 기간테스를 발견한 병사들이 비명을 질렀다. 파일럿도 질겁을 해서 최대한 속도를 올렸다. 어떻게든 하늘을 나는 저 말도 안 되는 기간테스를 떨쳐 내려는 생각밖에 없었다.

그렇게 그들은 아덴의 의도대로 움직였다. 두 기의 비공정이 움직이는 방향은 동쪽이었다. 레슐트 동부 전선의 동쪽에는 로어 그랜져 산맥이 있었다. 그리 먼 거리가 아니다.

시속 250킬로미터의 빠른 속도로 날았기에 금세 산맥이 나타났다. 아덴은 아래를 확인했다.

아무것도 없었다.

"좋았어."

고개를 끄덕인 아덴이 수정구를 꽉 움켜잡았다.

랩터2 윙이 급격히 움직였다. 최고 속력을 내 순식간에 비공정을 앞질렀다. 앞질렀다 싶은 순간 뒤로 돌아 비공정을 마주했다.

"우아악!"

"히끅."

두 파일럿은 갑자기 자신의 앞에 나타난 랩터2 윙의 모습에 깜짝 놀랐다. 황급히 조종간을 틀어 피하려 했지만 비공정의 선회는 답답할 정도로 느렸다. 앞머리가 조금 움직이기도 전에 랩터2 윙의 검이 두 기의 조종석을 가르고 지나갔다.

그렇게 나머지 두 기의 비공정도 아래로 추락했다.

"이제 전장을 정리해야 하나?"

생각보다 너무 멀리 날아왔다.

갑작스런 비공정의 출현으로 아덴 역시 당황해 평소보다 조금 격하게 움직였다. 아덴의 시선에 정면 스코프의 한쪽에 있는 바톤 윙의 상태창으로 향했다.

"잔여 비행 가능 시간이 한 시간 15분이라……."

통상적으로 두 시간은 비행이 가능하게 만들어졌지만 급격한 기동은 빠른 속도로 비행 가능 시간을 줄였다.

"빨리 돌아가야겠군."

아덴은 화면의 다른 쪽에 있는 지도를 확인하며 방향을 잡았다. 랩터2 윙은 굉음으로 울리며 하늘을 날아 동부 방어선으로 날아갔다.

전장에서는 다시 팽팽한 대치가 이어졌다.

랩터2 윙이 비공정을 몰아서 사라진 이후 제스터가 점점 안정을 되찾은 덕이다. 그를 당황케 했던 존재가 일단 사라지자 찾아온 안정이다.

하지만 더불어 그의 회심의 카드도 사라졌기에 그의 얼굴에 어려 있던 자신만만함은 사라져 있었다.

"이익."

귀찮게 달려드는 랩터2들을 모두 쓸어버리고 싶었으나 좀

처럼 쉽지 않았다.

"파이어 월!"

제스터의 외침에 디스토션을 중심으로 화염의 벽이 솟아올랐다. 콕피트까지 느껴지는 열기에 랩터2들은 주춤 물러섰다. 제스터는 그 틈을 놓치지 않고 검을 찔러 넣었다. 제스터의 목표가 된 라이더는 깜짝 놀라 피하려 했으나 한 쪽 다리를 잘리고 말았다.

또 한 기의 랩터2가 기동 불능 상태가 되어 쓰러졌다.

이제 남은 랩터2는 모두 열세 기.

평소보다 훨씬 큰 피해였다. 그나마 다행인 점은 완파가 한 기도 없다는 것이다.

"플라잉 랩터2다!"

그때 메틀라인 측의 병사 누군가가 하늘을 보며 외쳤다.

정확한 기체명은 몰랐다.

단지 랩터2가 하늘을 날았기에 플라잉 랩터2라 부른 것이다. 병사들의 시선이 하늘로 향했다. 그리고 곧 전염이라도 된 듯 외쳤다.

"우와! 플라잉 랩터2다!"

"이야아!"

"플라잉 랩터2!!"

"오늘은 우리가 이긴다!!"

비공정을 몰고 사라진 랩터2 윙이 홀로 나타났다는 것은

비공정을 모두 격추시켰다는 뜻이다. 메틀라인 진영의 함성
은 더욱 커졌고 병사들의 사기는 하늘을 찌를 정도로 높아졌
다.

　"젠장."
　아덴의 랩터2 윙을 발견한 제스터의 얼굴이 일그러졌다.
　설마 메틀라인 왕국에서 이런 수를 준비하고 있을 줄이야.
모든 것이 엉망진창으로 헝클어지는 것 같았다.
　"파이어 랜스!"
　랩터2 윙이 막 디스토션의 상공을 지나갈 때 제스터는 하
늘을 보며 발악하듯 시동어를 외쳤다.
　디스토션에서 생성된 불의 창은 빠른 속도로 하늘을 갈랐
으나 허무하게 랩터2 윙의 뒤를 지나쳤다.
　"쳇."

　그사이 랩터2 윙은 어느새 공화국 군의 후방에 도착했다.
　이제 비공정의 폭격 때와는 반대의 상황이 된 것이다.
　아덴은 공화국군의 후방을 철저히 유린했다. 기간테스가
없는 곳에 홀로 나타난 기간테스니 거칠 것이 없었다.
　깜짝 놀란 자이안과 데세랄이 황급히 후방으로 돌아갔다.
　이제 전선에는 디스토션 홀로 남았다.
　자이안과 데세랄이 가까이 오자 아덴은 지체없이 하늘로

날아올랐다.

"훗. 난 15대1 같은 싸움은 취미없어."

그리고는 그들과 멀리 떨어진 곳에 내려서 다시 유린했다.

다시 쫓아오면 다시 날았다.

이와 같은 일이 반복되자 자이안과 데세랄은 진영 곳곳에 일정한 간격을 두고 섰다. 랩터2 윙이 내려설 곳이 없게 만들겠다는 것이다.

"훗. 바라던 바."

그런 진형이 형성되자 아덴은 더욱 거칠 것이 없었다. 일대일은 얼마든지 환영이었다.

우선 자이안이 홀로 서 있는 곳에 날아 내렸다.

"건방진 녀석. 아무리 하늘을 날 수 있다고 해도 겨우 출력 2.5의 랩터2로 자이안에게 덤비다니."

이미 서로의 주력 기종에 대한 출력 등의 주요 정보는 서로 파악한 상태다.

"후훗. 이건 리빌드 기종이라는 것은 모르겠지."

출력 2.8의 자이안을 마주하고 아덴은 여유로운 미소를 지으며 중얼거렸다.

땅에 내려서자마자 자이안의 도끼가 날아들었다.

쾅!

랩터2 윙의 검과 자이안의 도끼가 정면으로 충돌했다. 그 모습에 공화국군의 라이더들은 모두 미소를 지었다. 정면 대결에서 랩터2는 자이안의 상대가 아니라는 것을 잘 알고 있는 탓이다.

하지만 눈앞에 펼쳐진 광경은 그들의 믿음을 배신했다.

오히려 뒤로 밀리고 있는 자이안.

말도 안 되는 일이 펼쳐지고 있었다.

"훗. 당황한 녀석들의 얼굴이 절로 그려지는군."

아덴의 금빛 테 아래의 눈동자에 즐거운 기색이 가득했다.

"빨리빨리 끝내자구."

아덴은 정신을 집중했다. 순간적으로 싱크로율이 급속히 올랐다.

자이안의 도끼를 밀쳐 낸 랩터2 윙의 검이 그대로 자이안의 허리를 갈랐다. 눈 깜짝할 사이에 벌어진 일이다. 모두 어안이 벙벙한 얼굴로 그 모습을 바라보았다.

공화국군도 메틀라인 왕국군도 마찬가지였다.

그들의 상식을 뒤바꾸는 일이 눈앞에 일어난 것이다.

"저게 랩터2라고?"

제스터가 분노가 가득한 얼굴로 중얼거렸다. 절대 출력 2.5의 기동이 아니었다.

"신병기라더니 놀랍군. 마나 엔진도 바꾼 것 같은데?"

랩터2 1대대의 대대장이 놀랍다는 듯 중얼거렸다. 그 역시 잘 알고 있었다. 절대 보통의 랩터2로는 자이안을 저렇게 압도할 수 없다는 것을 말이다. 벌써 몇 번이나 전장에서 부딪친 경험이었다.

[빌어먹을. 후퇴한다.]

더 이상 여기서 버티는 것은 피해만 늘릴 뿐이다. 판단을 내린 제스터는 떨어지지 않는 입을 억지로 열어 후퇴 명령을 내렸다.

레술트에 방어선을 펼친 이후, 디스토션을 상대하면서 얻은 메틀라인 왕국의 첫 대승이었다.

CHAPTER 9
리퍼블릭

　쾌속선을 타고 달려 망망대해에서 비바체 함대를 만나 기함에 올랐다.

　마크 일행은 자신들을 맞아주는 함대의 제독을 보고 깜짝 놀랐다. 그제야 칼버튼의 물음에 답하던 이안의 은근한 미소가 이해가 되었다.

　바츠란 이졸테 후작.

　제너럴 바츠란이라고도 불린다.

　제너럴.

　왕국군 총사령관이었다. 그 위치는 국방부 장관과 동등했다. 아니, 전투에서 실제로 작전을 세우고 명령을 내린다는 면에 있어서 국왕을 제외하고는 왕국군의 실제적인 최고 명령권자였다.

또한 소드 익스퍼트 최상급의 배틀러로 메틀라인 왕국의 5대 기사 중 한 사람이기도 했다.

그런 그가 설마 직접 함대를 이끌고 공화국 깊숙한 곳으로 가리라고는 아무도 상상하지 못했다.

공화국과 전쟁이 터졌음에도 전면에 나서지 않았던 바츠란 사령관에 대한 의문이 곳곳에서 제기됐었다. 클레딘 군단장은 직접 전장에 나가서 지휘를 하고 있는데 그에게 명령을 내려야 할 바츠란 사령관은 보이지 않고 대부분의 작전을 이안 차관이 진행한 탓에 귀족들의 불만이 컸던 것이다.

그가 이곳에 있었을 것이라고는 누구도 예상치 못했다.

"허허허. 놀랐는가?"

마크를 비롯해 아연실색해 있는 사람들을 보고는 너털웃음을 지으며 꺼낸 바츠란 사령관의 첫 한마디였다.

일행은 기함의 바츠란 사령관의 방에 모였다.

"다들 궁금한 눈이구만. 내가 왜 왕도에 있지 않고 이곳에 있는지 말이야?"

모두들 수긍의 눈빛을 보냈다.

인자한 얼굴로 모두를 바라보고 있지만 과연 왕국군의 사령관답게 그가 뿜어내는 위압감은 엄청났다.

"내가 해군 출신인 것은 알고들 있을 테고."

그랬다.

바츠란 사령관은 드물게 해군에 배속된 배틀러였다.

"이안 차관이 해군에 사용될 신병기의 설계도를 가지고 나를 찾아왔었지. 정말 해전의 역사를 새로 쓸 신병기였어."

바츠란 사령관은 그때를 회상하는 듯했다.

'마나 캐논이라는 것인가 보군.'

칼버튼은 이미 아버지에게 그에 대한 이야기를 들었다.

"나는 그 신병기의 테스트 및 개발에 직접 참여했네. 사실 그때는 평화로울 때라 제너럴이라고 해도 내가 할 일은 별로 없었거든. 그런데 그만 전쟁이 터진 것이지. 그래서 복귀하려고도 생각을 했는데 이안 차관, 이 친구 무척 뛰어나더군. 그래서 그를 믿고 나는 해전을 준비했어. 공화국이 뒤통수를 쳤으니 우리도 그들의 뒤통수를 치기 위해서 말이야. 사실 리퍼블릭 타격 작전도 내가 이안 차관에게 제안을 한 것이지. 제너럴이 되어서도 바다 사나이는 어쩔 수 없이 바다를 다시 찾게 되는구만. 허허허."

모두들 조용히 그의 말을 들었다.

"그렇다면 이번에 저희의 작전도 사령관님께서……."

마크가 조심스레 물었다.

"아, 벨런시아 공주님의 납치에 대한 소식이 통신으로 들어왔을 때 이안 차관이 조언을 구하더군. 그래서 내가 제안한 것이기는 해. 거기에 이안 차관이 살을 더 붙인 것이고 말이지. 바첼러 백작가라. 정말 뛰어난 가문이야."

바츠란 사령관은 미소를 지으며 말했다.

"그나저나 이곳으로 오면서 배에는 좀 적응을 했는가?"

그 말에 몇몇 사람의 얼굴이 어두워졌다.

쾌속선을 타고 오는 동안 배멀미에 고생한 사람들이었다.

"하하. 배를 처음 타면 보통은 누구나 겪는 통과 의례지. 뭐, 이 기함 루베룬은 자네들이 타고 온 쾌속선보다는 훨씬 안정감이 있으니 배멀미에 적응하기 수월할 것이야. 그러면 다들 방으로 가서 편히 쉬게. 자네들이 이 배에서 할 일은 없어. 리퍼블릭에서 어떻게 공주님을 구해낼 것인지 그 생각에만 몰두하도록 하게."

그렇게 바츠란 사령관과의 만남은 끝이 났다.

"놀랍습니다. 설마 바츠란 후작이 직접 이 함대를 이끌 줄이야."

칼버튼을 호위하기 위해 함께 온 기사, 프리먼은 믿을 수 없다는 얼굴로 칼버튼에게 말했다.

"그래요. 함대의 제독이 극비라 할 때 뭔가 수상하기는 했습니다만, 설마 바츠란 사령관일 줄이야."

칼버튼이 고개를 끄덕이며 대답했다.

"어떻게든 본가에 알려야 하지 않겠습니까?"

"저도 그러고 싶습니다만, 방법이 없네요. 일단은 대장이 마크 녀석이니."

극비의 정보를 얻고도 전할 방법이 없자 더없이 답답한 듯 칼버튼은 인상을 썼다.

바닷바람이 시원하게 얼굴을 쓰다듬고 지나갔다.

기함 루베룬의 갑판에서 바다를 바라보는 사이몬의 심사는 복잡했다.

자신의 기억 때문이었다. 자신이 짐작하는 자신의 정체.

분명한 것 같으면서도 자신이 없었다.

'아르시안 공주의 소식에 나의 몸은 반응을 보였어. 이곳까지 오면서 들은 정보로는 그녀는 벨런시아 왕국의 막내 공주다. 그리고 바첼러 가에서 실종되었다는 이슈인이라는 라이더와 연인이기도 했고. 그래서 바첼러 가와 긴밀한 관계를 가지고 있었다고 했어. 그리고 이슈인 바첼러와 절친했던 인물은 이번에 우리의 대장을 맡은 마크 로지아, 그다. 결국 내가 이슈인 바첼러와 절친했던 인물일 가능성은 거의 없어. 결국은 내가 그라는 것인가. 과연 그럴까?

사이몬은 시선을 먼 바다를 향해 던졌다.

푸른 하늘과 파란 바다가 맞닿은 수평선이 끝없이 펼쳐졌다.

"정말로 내가 실종됐다는 이슈인 바첼러일까?"

한참을 수평선을 바라보던 사이몬이 가슴속의 말을 낮게

흘렸다.

"스스로도 짐작하고 있었던 건가?"

그때 갑작스레 뒤에서 들려온 말에 사이몬은 고개를 돌렸다. 자신에 대한 생각에 몰입한 나머지 누군가가 다가오는 것도 느끼지 못했다.

'마크 로지아.'

사이몬의 뒤에 팔짱을 끼고 당당히 서 있는 인물이었다.

"어떻게 이야기를 꺼내야 할까 고민했는데 다행이군. 스스로도 그렇게 의심을 하고 있다니 말이야."

"무슨 말입니까?"

사이몬이 경계의 표정을 지으며 물었다.

"조금 전의 말을 들어보니 스스로가 이슈인이 아닐까 의심을 하는 모양이던데 이슈인의 외모는 알고 있나?"

그 말에 사이몬의 표정이 변했다. 그러고 보니 이슈인에 대한 이야기만 들었을 뿐 그의 초상화조차 본 적이 없었다.

"없나 보군."

사이몬의 반응에서 마크는 그 사실을 짐작할 수 있었다.

"하지만 말이야 이레아나 이올린 누나는 이슈인의 얼굴을 알고 있어. 남매니까 뼈에 사무치도록 잘 알고 있지. 그리고 나도 물론이고 말이야."

"그래서요?"

"이슈인의 얼굴조차 모르는 네가 스스로가 이슈인이 아닐까 하고 의심하는 상황이야. 그러면 과연 이슈인을 아는 주변 사람들은 어떨까?"

마크의 물음에 사이몬의 얼굴에 복잡한 표정이 떠올랐다.

"처음에는 몰랐지. 오른쪽 얼굴의 뒤틀린 광대뼈와 흉터, 그리고 탁하게 갈라진 그 목소리 덕에 말이야."

사이몬은 아무 말 없이 마크를 바라보며 그의 이야기를 들었다.

"그런데 네 녀석의 왼쪽 얼굴은 말이야. 나를 도와준 빌어 먹을 나의 친구 이슈인과 똑같다는 걸 네놈이 알까?"

마크의 목소리가 조금씩 떨려 나왔다. 마크의 그 말에 사이 몬의 두 눈이 떨렸다.

찾았으되 제자리를 찾지 못한 마지막 퍼즐의 조각. 지금 그 조각을 어디에 끼워 넣어야 하는지 깨달았다.

"내가?"

사이몬이 스스로에게 반문했다.

"그래, 이 빌어먹을 자식아. 네놈이 바로 이슈인 바첼러 다!"

더 이상 자신의 감정을 억누르지 못하고 마크가 감정을 담 아 격렬하게 외쳤다.

그의 두 눈에서는 눈물이 흐르고 있었다.

"정말입니까?"

사이몬의 목소리도 떨려 나왔다. 그토록 찾고자 했던 자신이다. 한데 자신도 모르게 자신의 자리를 찾아갔었다니.

"이슈인 바첼러! 이슈인 바첼러! 이슈인 바첼러! 이슈인 바첼러! 이슈인 바첼러!"

마크가 발악하듯 이슈인의 이름을 불렀다.

이제 그만 껍질을 깨고 이슈인의 잃어버린 기억이 돌아오길 바라는 염원을 담은 부름이었다.

"하, 하지만… 나는 아무것도……."

사이몬도 아무런 기억이 안 나는 자신이 원망스러운 듯 떨리는 목소리로 말했다.

"이 빌어먹을 놈!"

마크는 오직 그 말밖에 할 수 있는 말이 없었다.

어느새 사이몬의 코앞에 당도한 마크가 그의 어깨를 잡고 세차게 흔들었다.

"이제 그만 정신 차리라고!"

감정이 격해진 탓일까?

마크의 몸에서 마나가 세차게 용틀임하며 일어나기 시작했다. 강렬한 움직임이다.

그것은 마크가 자신의 피어스 브레이크인 세라핌즈 퓨리를 쏟아낼 때의 마나의 움직임이었다.

갑작스런 사실에 정신을 제대로 차리지 못하는 사이몬의 눈에 그 강렬한 움직임이 들어왔다. 보려 하지 않았음에도 워낙에 강렬하고도 세찬 움직임인지라 몸이 반응을 보인 것이다.

익숙한 움직임이다.

"이슈인!!!"

마크의 감정 격한 외침과 함께 그의 몸에서 마나가 터져 나왔다. 그 역시 다시 찾은 친구를 만난 탓에, 그 친구가 기억을 잃은 채 자신을 알아보지 못하는 탓에 격해진 감정이 몸에 대한 통제를 상실하게 만든 것이다.

두 사람을 감싸며 강렬한 빛이 터져 나왔다.

검을 통해 쏟아내는 피어스 브레이크가 마크의 양손을 통해 두 사람에게 터져 버린 것이다.

일격필살을 목표로 이슈인이 만들어준 엄청난 위력의 세라핌즈 퓨리다.

그것이 두 사람에게 쏟아져 나간 것이다.

배 위에서 갑자기 일어난 강렬한 마나의 폭발에 바츠란 사령관이 자리에서 벌떡 일어났다.

"대체 무슨 일이지?"

순조로운 항해 중에 갑작스레 일어난 일이라 그는 다급히 자신의 선실 문을 박차고 나왔다.

갑작스러운 마나의 폭발에 사이몬은 정신이 멍해졌다. 마나가 두 사람을 감싸는 순간 머릿속에 강렬한 충격이 터져 나왔다. 그러면서 보이는 마나의 움직임.

그것은 세라핌즈 퓨리를 사용하기 위해 마나를 움직여야

하는 길이었다. 그 길이 하나의 영상을 만들어냈다. 눈앞에
마크가 있고 자신이 그의 몸 곳곳을 누르고 있었다.

'이건?'

머리가 지끈거렸다.

'그래, 그때야. 아르시안을 만나기 위해 마나 운용을 도와
주던……'

스스로 생각하고 스스로 놀랐다.

'응? 어떻게?'

그런 의문을 가지는 순간 무수한 기억의 폭발이 사이몬, 아
니, 이슈인의 머릿속에서 일어났다.

하나하나의 일이 주마등처럼 머릿속을 스쳐 지나갔다. 명
확하고도 그리운 광경들이었다.

훈련소에 입대할 때.

훈련소 교관들 때문에 고생할 때.

클레딘 군단장이 정체를 밝힐 때.

랩터2에 처음 올랐을 때.

제스터와의 싸움.

제스터를 떠올리는 순간 절로 어금니에 힘이 들어갔다.

그리고 무엇보다도 명확하고 따스하면서 아련한…….

아르시안을 처음 만났을 때.

"아르시안……."

이슈인의 입에서 나직한 중얼거림이 새어 나왔다.

“정신 차려!!”

그때 귀에 들려오는 마크의 목소리가 이슈인을 깨웠다.

이슈인의 눈꺼풀이 파르르 떨렸다. 얼마간 다양한 표정을 보이던 이슈인이 서서히 두 눈을 뜨고 주변을 돌아보았다.

강렬한 마나의 폭발을 느끼고 정신을 차렸다.

마크도 정신이 없었다. 자신의 감정이 격해진 것을 알기는 했지만 설마 자신도 모르게 피어스 브레이크를 터뜨릴 줄은 몰랐다. 자신과 사이몬 둘 사이에 터뜨릴 줄이야.

그 순간 깜짝 놀랐지만 정작 아무런 위력도 없는 마나의 폭발로만 끝이 나자 그것 역시 당황스러웠다. 아무도 다치지 않았기에 다행이기는 했지만 혹시라도 자신의 피어스 브레이크에 문제가 생긴 것은 아닌가 하는 걱정 때문이다.

하지만 그런 걱정은 잠깐이었다. 아무런 위력이 없고 자신 역시 아무 이상이 없었지만 사이몬은 괜찮은지에 생각이 미친 것이다.

그는 두 눈을 감고 있었다. 이를 악무는가 싶더니 미소를 지어서 이상하다는 생각에 다급히 그의 정신을 차리게 했다. 그때 그의 입에서 나온 소리에 혹시 기억을 찾은 것은 아닐까 하는 기대도 했다.

“무슨 일인가?”

그때 뒤에서 들려온 바츠란 사령관의 목소리에 마크는 일단 그런 기대를 잠시 한 켠에 접어두었다.

얼른 뒤로 돌아 경례를 했다.

"죄송합니다. 마나 수련을 하다가 그만 실수를 했습니다. 제어를 하지 못한 마나가 터져 나오는 바람에 이런 소동을 일으켰습니다. 죄송합니다."

세라핌즈 퓨리가 완전한 위력을 뿜을 마나가 터져 나왔다. 기함에 있는 사람들이 느끼지 못할 리가 없었다.

"괜찮은가?"

주변을 둘러보니 배에는 아무 이상이 없었다. 그렇다면 실수를 한 사람은 어떤가 걱정이 된 바츠란 사령관이 물었다.

"끄떡없습니다."

마크가 큰 소리로 대답했다.

"다행이군. 이 배는 물론, 자네 역시도 우리 왕국의 소중한 재산이야. 각별히 주의하도록 하게. 그리고 이곳은 망망대해의 위이니 수련도 조심하도록 하고."

"심려를 끼쳐 정말 죄송합니다."

마크가 허리를 숙이며 다시 한 번 사죄의 말을 했다.

"됐네. 그럼, 다들 이만 가지."

바츠란 사령관을 따라 나섰던 이들 모두 안도의 한숨을 쉬며 각자의 자리로 돌아갔다.

"이곳이 어디지, 맥?"

모두가 돌아간 후 등 뒤에서 들려온 목소리.

그 목소리에 마크는 온몸을 세차게 떨었다.

자신을 부르는 '맥' 이라는 말. 자신을 그렇게 부르는 이는 몇 없었다. 더욱이 자신의 등 뒤에 있는 사이몬이라면 절대 그 말을 몰랐다. 그런데 맥이라고 불렀다.

"기억이 돌아온 거냐, 이슈인?!"

마크가 몸을 돌려 이슈인을 안으며 외쳤다.

"기억이라니?"

마크의 품에 안긴 이슈인이 얼굴을 찡그린 채 되물었다.

"응?"

마크가 황당하다는 눈으로 이슈인을 내려다보았다.

일단 두 사람은 마크의 선실로 향했다.

그곳에서 둘은 많은 이야기를 나누었다.

그 결과 마크는 이마를 짚으며 고개를 저었다.

"후우. 기억을 찾으니 기억을 잃었다라……."

대체 어찌 된 일인지 알 수가 없었다.

이슈인의 기억을 찾더니 사이몬으로 지낸 일을 잊었다.

혼란스럽기는 이슈인 역시 마찬가지였다. 마크에게 들은 자신이 기억하지 못하는 동안 일어난 일을 쉬이 믿을 수가 없었다.

"아르시안이 납치라니……."

이슈인은 이슈인대로 지금의 상황을 믿을 수가 없었다.

설마 아르시안이 공화국에 납치를 당했을 줄이야.

"이제 어떻게 할거야?"

마크가 이슈인을 보며 물었다.

이슈인은 긴 시간 생각에 잠겼다.

"일단은 사이몬으로 지내야 할 것 같아."

이슈인이 자신의 오른쪽 뺨을 쓰다듬으며 말했다.

아마도 그때 절벽에 떨어진 것이리라. 그때 생긴 상처일 것이고 그때 변한 목소리일 것이다. 대체 자신이 어떻게 살아나온 것인지는 기억이 나지 않지만 분명 제스터와의 마지막 순간은 똑똑히 기억이 났다.

"좋을 대로 해라."

마크는 모르겠다는 듯 고개를 저으며 말했다.

사실은 이슈인을 믿기 때문이었다. 이슈인은 자신보다 훨씬 머리가 좋으며 사리분별이 뛰어났다.

분명 그에게 무슨 생각이 있어서 그럴 것이라 판단을 내린 것이다.

*　　　*　　　*

"전하! 대승입니다!"

한창 회의 중인 대전에 엠피엘 국왕의 시종장이 급히 뛰어들어 오며 외쳤다. 고작 시종장이 이렇게 회의장에 난입하는 것은 큰 죄였다.

하지만 아무도 그의 그런 행동을 따지지 않았다. 그가 외친 말 때문이었다.

대승.

전쟁이 시작되고 나서 단 한 번도 들은 적이 없는 말이다. 때문에 한창 격론을 벌이던 이들도 멍하니 시종장을 바라보았다.

마치 대승이라는 말의 뜻을 모르는 사람처럼 말이다.

"그게 정말인가?"

가장 먼저 정신을 차린 것은 역시 엠피엘 국왕이었다.

"네, 전하. 레술트 동부 방어선에서 대승을 거두었다는 소식이 클레딘 군단장으로부터 전해졌습니다."

시종장은 눈물마저 흘리고 있었다.

"오오!"

"이럴 수가!"

"대승이라니!"

그때야 대전은 소란스러워졌다. 이제야 다들 상황을 파악한 것이다.

보통 때, 이 정도 소란이라면 호통을 쳤을 국왕도 이번에는 함께 소란을 만들었다.

"그래, 어떻게 승리를 거둔 것인가? 자세한 보고도 함께 왔는가?"

"전투 영상이 저장된 기록 수정구가 포털을 통해 전송되었습니다."

시종장이 조심스레 기록 수정구를 내밀었다.

"어서 영상을 재생하라."

엠피엘 국왕이 빠르게 말했고 시종장은 서둘러 움직였다.

곧 회의장 가운데 입체로 전장의 모습이 드러났다.

종군 마법사가 자신의 눈으로 본 것을 영상으로 저장한 것이라 그의 시선에 미치는 부분만 보였다.

디스토션의 출현과 랩터2의 돌격.

그리고 이어서 나타난 비공정과 폭탄의 폭격까지.

보는 내내 사람들의 얼굴은 딱딱하게 굳었다. 특히 비공정의 폭격 장면에서 몇몇 사람들은 격분하여 소리를 지르기까지 했다.

대승이라 들었는데 이런 장면이라니 사람들은 대체 어떻게 이긴 것인지 궁금하기 짝이 없었다. 때문에 비공정 규약 같은 것은 떠올리지도 못했다.

이어서 마법사의 시선이 랩터2 윙을 향했다.

날개 비슷한 것이 등에 달린 랩터2.

마법사의 시선이 향한 순간 그 날개 같은 것이 좌우로 조금 더 큰 폭으로 펼쳐지는 듯했다.

"저것이 바톤 윙인가 보군."

엠피엘 국왕이 작게 중얼거렸다.

이 전투는 바톤 프로젝트의 결과물인 바톤 윙이 처음으로 실전 배치된 전투였다. 비록 단 한 기였지만 그 결과가 무척이나 궁금했다.

"오오!"

랩터2 윙이 하늘 높이 날아오르는 순간 모두의 입에서 탄성이 터져 나왔다.

그 누가 기간테스가 저렇게 자유로이 나는 모습을 본 적이 있던가.

이안이 바톤 프로젝트에 대해 설명을 할 때, 그런가 보다 하고 듣는 것과 이렇게 실제로 영상을 보는 것은 차원이 달랐다.

한 번의 탄성 후 대전은 조용해졌다. 모두들 영상에 집중했다. 랩터2 윙의 활약에 빠져든 것이다.

이윽고 영상은 모두 끝이 났다.

짝짝.

누군가 박수를 치기 시작했다.

짝짝짝. 짝짝짝짝.

곧 박수 소리가 대전을 뒤덮었다.

"하하하. 정말 통쾌한 승리입니다."

미켈란 후작이 커다란 웃음을 터뜨리며 말했다.

"그렇군요. 엄청난 예산을 잡아먹은 바톤 프로젝트인지라 그 덕에 허리가 휘어지는 줄 알았습니다. 내심 불평도 많이 했구요. 그런데 저런 엄청난 병기라니. 오히려 예산이 너무 적게 들어간 것 같습니다. 하하하."

재정부 장관을 맡은 라파엘 후작 역시 기쁜 얼굴로 웃었다.

모두들 이안을 칭찬하며 즐거운 웃음을 터뜨렸다.

오직 한 명.

하이드론 공작만이 웃으면서도 웃는 것이 아니었다.

지금까지 사사건건 바톤 프로젝트를 걸고넘어지면서 시비를 걸었던 그였다. 그런데 그 바톤 프로젝트가 저런 엄청난 성과를 거두니 자연 할 말이 없을 수밖에 없었다.

'빌어먹을.'

이 자리에 순수하게 기쁨을 함께하지 못하는 한 사람이었다.

"정말 엄청나군그래. 디스토션 못지않아."

엠피엘 국왕이 기꺼운 얼굴로 말했다.

"비록 디스토션을 직접 막지는 못해도 저렇게 공중에서 후방을 교란시킨다면 그것만으로도 충분할 것 같군. 게다가 디스토션은 겨우 한 기이지만 우리는 바톤 윙을 계속 생산할 수 있지 않은가. 하하하. 이안 차관, 정말 수고했네."

"감사합니다."

엠피엘 국왕의 칭찬에 이안은 허리를 숙였다. 그런 그의 입에도 가는 미소가 걸려 있었다.

"이안 차관, 그런데 바톤 윙을 장착하면 기간테스의 출력도 올라가는 겁니까?"

모두들 기꺼워하는 가운데 미켈란 후작이 궁금하다는 듯

물었다.

"아닙니다. 바톤 윙은 오로지 비행 능력만 부여할 뿐입니다."

이안이 고개를 저으며 대답했다.

"그렇습니까? 그러면 이상하군요. 우리가 본 영상에서 바톤 윙을 장착한 랩터2가 자이안을 압도하는 장면이 있던데 말입니다. 출력 2.5의 랩터2로는 불가능한 일인데……."

미켈란 후작의 의문에 곧 웅성거림이 주변으로 번졌다. 듣고 보니 그랬다. 흥분에 휩싸여 알아차리지 못했지만 객관적으로 있을 수 없는 일이었다.

"그러고 보니 이상하군요. 게다가 바톤 윙을 단 그 랩터 2……."

"랩터2 윙입니다. 바톤 윙을 장착한 기종은 앞으로 본 기종명 뒤에 '윙'을 붙여 부르도록 할 것입니다."

이안이 하이드론 공작의 말을 정정해 주었다.

"험험. 그 랩터2 윙의 라이더가 내 듣기로는 이안 차관 가문의 가신이라 들었소만……."

"그렇습니다. 이번에 인연이 있어 백작가의 준남작으로 서임이 된 아덴 로이츠 준남작이 라이더입니다."

이안은 순순히 수긍했다.

"그리고 그 랩터2 자체는 귀 백작가의 연구용이었다 들었소."

　마치 시빗거리를 찾았다는 듯 하이드론 백작은 눈을 날카롭게 빛내며 이안에게 물었다.

　"그렇습니다. 시험 및 테스트용으로 제작된 0000호기였습니다. 성능 개선의 여지를 위해 바첼러 백작가에서 연구를 하던 기종입니다."

　이안은 이번에도 고개를 끄덕이며 수긍을 했다.

　"뭔가 이상한 걸요. 자이안을 저렇게 몰아붙였다면 분명 출력이 자이안 이상이라는 말인데, 본인은 우리 왕국의 모든 랩터2의 출력은 2.5라고 알고 있소. 그렇다면 저 기종은 바첼러 백작가에서 손을 썼다는 것인데… 그런 능력이 있음에도 왜 다른 랩터2에는 아무런 조치가 취해지지 않는 거지요? 대체 무슨 생각을 가지고 있는 것인지 궁금하오만."

　잘 걸렸다는 표정으로 회심의 미소를 지으며 하이드론 공작이 이안을 추궁했다. 그의 말이 그럴듯했기에 다시 한 번 귀족들 사이에 웅성거림이 확산되었다.

　하지만 이안은 당황하지 않았다. 그간 쌓은 정계에서의 경험이 이런 모략에도 그를 침착하게 만들어주었다.

　"글쎄요. 모르겠습니다. 저는 가문에서 진행 중인 기간테스 개발에 대해서는 아무것도 모릅니다. 그것은 아버지인 카를로 백작의 소관이니까요. 그런 의문을 제기하시니 빠른 시일 안에 어찌 된 일인지 알아보겠습니다."

　"흥."

이안의 대답에 하이드론 공작은 작은 코웃음을 흘렸다. 노회한 귀족인 그의 눈에는 그저 당장 이 자리를 모면하려고 하는 얄팍한 수로 보였기 때문이다.

"그 말 잊지 않겠소. 꼭 빠른 시일 안에 만족할 만한 대답을 해주시길 바라오."

둘 사이에 미묘한 기류가 흘렀다. 그에 따라 웅성거림은 점점 커졌다.

"자자, 그만들 하시오. 이안 차관은 하이드론 공작의 의문에 대한 답을 다음 회의 때까지 가지고 오도록 하시오. 우리 왕국의 재상인만큼 충분히 가질 수 있는 의문이오. 듣고 보니 짐 역시 그러한 의문이 생겼으니."

엠피엘 국왕의 말에 하이드론 공작은 다시 한 번 회심의 미소를 지었다. 그의 의도대로 일이 흘러간 것이다.

"알겠습니다, 전하."

"그러면 오늘은 우리의 이 대승의 기쁨을 즐기도록 하지. 그리고 내일부터 또 만전을 기해 적들을 상대할 방법을 찾아야 하오."

국왕의 말에 따라 회의는 끝이 났다.

겨우 단 한 번의 승리였다. 그 정도 승리로 기뻐하기에는 너무 일렀지만 바톤 윙이 보여준 가능성이 이들에게 마음의 여유를 주었다.

＊　　　＊　　　＊

메틀라인 왕궁의 대전에서와 같은 영상이 나타나고 있었다. 하지만 영상을 보고 있는 이들의 분위기는 정반대였다.

침통.

단 한마디로 표현하자면 그런 분위기였다.

영상이 끝이 나고도 한참 동안 아무런 말이 없었다.

"통령, 이에 대한 대책은 있습니까?"

한 젊은이가 딱딱하게 굳은 안색으로 일어나서 박스터를 향해 물었다.

박스터는 아무런 말도 하지 않았다.

"의회의 동의도 없이 폭탄을 사용하셨습니다. 더군다나 대륙 규약으로 금지된 비공정을 이용해서요. 그런데도 참패를 했습니다. 메틀라인의 신병기에 의해서요. 대체 이 일을 어찌하실 겁니까?"

강력한 추궁이다.

이곳은 벨런시아 공화국 의회였다.

백 명으로 구성된 공화정 국정의원들이 레슐트 동부 전선에서의 소식을 듣고는 긴급 회의를 요청한 것이다.

박스터로서도 정말 어이없는 일격을 먹은 참이다. 설마 메틀라인 왕국에서 이런 한 수를 준비했을 줄이야.

위험성 때문에 특급 정보원과의 접촉을 자제했더니 그사

이 이런 일이 벌어진 것이다.

'바톤 프로젝트라는 것의 정체가 이것이었나?'

2주 전에 특급 비선을 통해 들어온 정보에 의하면 메틀라인 왕국이 몇 년에 걸쳐 엄청난 예산을 쏟아부은 프로젝트가 완성 직전이라 했었다. 바톤 프로젝트라는 것으로 극비로 취급되는지라 도무지 그 내용을 알 수 없다고 했었다.

'이번에도 바첼러 백작가인가.'

이마를 손으로 짚은 그의 눈가에는 주름이 가득했다.

"패배도 패배지만 이제 우리 공화국은 대륙의 공적이 되었습니다. 제국이나 다른 왕국도 이 전쟁에 개입할 것입니다. 일단 비공정을 전쟁에 투입했으니까요."

다른 의원이 일어나 걱정스런 얼굴로 박스터를 추궁했다.

전선이 고착화되었다고는 하나 유리하게 진행되던 전쟁이 단번에 뒤집어졌다는 충격과 불안이 의회를 지배했다.

"게다가 벨런시아 공주의 납치에 처형이라니요."

어디서 정보를 접한 것일까? 아직 바다에서 한창 리퍼블릭을 향해 오고 있을 벨런시아 공주에 대한 이야기까지 나왔다.

'이건 이안이라는 애송이가 흘린 정보인가?'

일전에 엥겔스에게서 받은 보고가 생각났다. 메틀라인의 이안 차관이 공화국 내의 의회를 뒤에서 움직이려 한다는 내용이었다.

박스터 통령을 견제하는 의원들이 때를 만났다는 듯 그를 물고 늘어졌다.

비록 박스터가 공화국 혁명을 성공시킨 영웅이라 하나 벌써 10년이라는 시간이 지났다. 그는 너무 오랫동안 권력을 가지고 있었다. 공화정은 왕정과는 달랐다.

의회에서 추대한 대표를 중심으로 나라가 움직인다. 그런데 박스터는 마치 왕정의 왕이라도 된 것마냥 공화국과 의회를 마음대로 주물렀다. 그에 대한 불만이 차츰 쌓이고 있었다.

권력은 요물이다.

국정의원이 되어 권력을 맛 보니 더 높은 자리가 탐이 났다. 의회의 대표이자 나라의 행정을 담당하는 최고 책임자인 통령.

국정의원들은 통령의 자리를 노리고 서서히 이합집산을 하고 있었다.

그런 의원들의 속내를 짐작함인지 박스터가 비릿한 미소를 지었다.

"그만들 하시죠. 대답할 여유도 주지 않고 그렇게 몰아세우면 질문과 추궁만 하다가 의회 회의가 끝이 나겠습니다."

박스터의 한마디에 의회는 조용해졌다.

역시 혁명의 영웅 박스터였다. 그의 카리스마는 여전히 건재했다.

"우선 비공정의 사용에 대해서는 이미 그 조치를 취했습니다."

박스터는 아쉬운 표정을 지으며 보좌로 참석한 엥겔스를 보았다. 엥겔스가 송구스런 표정으로 한 발 앞으로 나섰다.

박스터에게 비공정의 사용에 대해서는 최소한의 안전 장치라도 해야 한다고 설득한 것이 그였다. 결국 박스터는 대륙 서부의 국가들과는 미리 협약을 하기로 했다.

그 협약에 시간을 뺏겨 비공정의 전장 투입이 처음 예정보다 며칠 늦어졌다. 그리고 마침 때맞춰 적진에 비행이 가능한 기간테스가 나타난 것이다.

그 며칠만 아니었더라도 벌써 레술트를 뚫었을 것이다.

그런 만큼 엥겔스는 박스터에게 면목이 없었다.

"대륙 서부 4국 중 두 개 나라에 이미 암묵적으로 어떠한 일이 있어도 전쟁에 개입하지 않겠다는 확약을 받았습니다. 더불어 향후 10년간 불가침 조약도 함께 맺었습니다."

엥겔스의 말에 의원들이 웅성거렸다.

"두 개 나라라면 구체적으로 어디입니까?"

"현재 우리와 전쟁 중인 메틀라인과 내전으로 주변 상황에 눈 돌릴 여유가 없는 원글로스를 제외한 루즈벡 제국과 슈프림 왕국입니다."

"그 정도 협상이라면 상당한 것을 주었을 텐데요? 그것도 의회의 동의가 있어야 하는 것 아닙니까?"

"1년에 1톤의 유황을 공급하기로 했습니다."

"무슨!"

엥겔스의 말에 곳곳에서 말도 안 된다는 반응이 터져 나왔
다.

유황은 대륙에서 유일하게 공화국에서만 생산되는 특산품
이다. 벨런시아 왕국 시절에는 유황의 수출이 곧잘 이루어졌
지만 공화국이 된 이후 철저히 특산품을 통제해 대륙에 유황
의 품귀 현상까지 일어나 값이 무척이나 뛰었다.

그런 공급 조절로 공화국은 제법 짭짤한 수입을 거두고 있
는데 그 유황을 매년 1톤씩을 공급한다니 말도 안 되는 일이
다.

"루즈벡 제국과 슈프림 왕국이 참전하여 공화국이 무너지
는 것보다는 낫죠. 그리고 국가 위급 사태시 통령은 의회의
동의 없이 타국과의 교섭을 체결할 수 있다는 조항이 법에 명
시되어 있습니다."

엥겔스가 태연한 얼굴로 말했다.

"이게 국가 위급 상황이오!"

누군가 분노에 찬 외침을 토해냈다.

"그럼 루즈벡 제국과 슈프림 왕국의 참전이 위기가 아닙니
까?"

당당한 엥겔스의 태도에 모두들 할 말을 잊었다. 애초에 비
공정을 사용하지 않았으면 될 일 아닌가.

하지만 강경한 박스터와 엥겔스의 태도에 결국 기싸움에

서 의회가 밀렸다.

　"그리고 벨런시아 공주의 납치는… 다들 공화정이 다시 왕정으로 돌아가는 것은 싫으실 것으로 압니다."

　박스터의 말에 모두 똥 씹은 얼굴로 고개를 끄덕였다. 박스터를 끌어내리고 싶은 마음은 있지만 어떻게든 공화정은 유지해야 했다. 그래야만 자신들이 손에 쥔 권력을 유지할 수 있었다.

　"지금 왕정복고 운동을 벌이는 레지스탕스들이 있습니다."

　"그런……."

　"말도 안 되는……."

　의회가 다시 소란스러워졌다.

　"조용히 해주십시오."

　박스터가 의원들을 진정시켰다.

　"공주의 납치는 그 레지스탕스 소탕을 위한 일입니다. 저들이 아무리 왕정복고를 외쳐도 정통성있는 왕위 계승권자가 없는 이상 허무한 외침에 불과할 뿐입니다."

　"그 말씀은?"

　"국군 소속 특수부대에서 오랜 시간 동안 구 왕국 왕족들에 대한 제거 작전을 펼쳐 왔습니다. 그리고 마지막 남은 이가 바로 벨런시아 공주입니다."

　"아."

이 일 역시 의회의 동의 없이 박스터 통령의 명령에 의해 이루어진 일이었지만 누구도 그 사실을 걸고넘어지지 않았다. 모두들 공화정이 영원하기를 바라는 사람들인 탓이다.

'후후후. 권력의 노예들 같으니. 이래서 재미있지.'

그런 의원들의 반응에 박스터는 슬며시 미소를 지었다.

"공주의 공개 처형에 대한 정보를 흘려 레지스탕스들을 끌어모아 일거에 쓸어낼 계획입니다."

"알겠습니다."

그렇게 벨런시아 공주에 대한 일은 별 잡음 없이 넘어갔다.

이날의 의회는 이것으로 끝이 났다.

의회에서 자신의 집무실이 있는 공화국 중앙청으로 돌아가는 마차에서 박스터는 딱딱하게 굳은 얼굴로 고민에 잠겨 있었다.

의회에서 본 영상 때문이었다.

'그것은 분명 이카루스였어. 오래전 사라진 그것을 어떻게… 조잡하긴 하지만 그걸 다시 만들어내다니, 앞으로 어떻게 해야 한다.'

박스터의 고민은 점점 깊어졌다.

*　　　*　　　*

"우와아!"

수많은 사람들이 모여서 프로페서의 전투 장면을 보고 있었다. 프로페서의 전투 장면을 보고 기뻐하는 그들의 얼굴은 승리에 기뻐하는 이들의 그것과는 달랐다.

그들 가운데 이올린과 이레아가 끼어 있었다. 그랬다. 이들은 바첼러 가의 기간테스 연구원들이었다. 이안이 특별히 이들에게 전투 장면의 영상을 복제해서 보내준 것이다.

자신들이 피땀 흘려 만들어낸 작품의 위력을 직접 보게 하려는 작은 배려였다.

과연 그들은 자신들의 작품이 이루어낸 쾌거에 순수하게 기뻐하며 바톤 윙을 만들어냈다는 사실에 자부심을 느꼈다.

"정말 대단하네."

이레아 역시 믿기지 않는다는 눈으로 영상을 끝까지 본 후 입을 열었다. 자신들이 만들었지만 설마 이런 위력을 보일 것이라고는 상상도 하지 못했다.

"그래. 이거 어쩌면 바톤 윙으로 인해서 전쟁의 양상이 완전히 바뀔지도 몰라."

그랬다.

이번 전투에서 바톤 윙을 장착한 랩터2가 보여준 위력은 압도적이었다. 비공정을 격추시키고 돌아와 후방을 유린하는 그 모습은 전투의 전개를 완전히 뒤바꿔 놓았다.

패색이 짙던 전투를 단번에 대승으로 만들지 않았던가.

"우리가 상상했던 것보다 위력이 훨씬 뛰어나."

이레아가 살짝 어두운 얼굴로 말했다.

자신은 그저 새로운 장비의 개발이 좋아서 열심히 매달렸다. 그러나 역시 자신이 만든 병기에 사람들이 죽는 모습을 보는 것은 무척이나 슬픈 일이다.

"그런데 랩터2 윙의 출력이 2.5 아니었나요? 어떻게 자이안을 압도할 수 있지요?"

한 연구원이 분위기도 바꿀 겸 자신이 의아하게 여긴 것을 물었다. 그의 물음에 이올린이 빙그레 웃음지었다.

"프로토의 엔진을 이식했거든요."

그녀의 말에 몇몇 연구원들이 입을 쩍 벌렸다.

레퀴엠 프로토 타입. 그것을 통칭 프로토라고 불렀다. 연구원들 중에서도 가장 믿을 수 있는 연구원들로 구성되어 진행된 레퀴엠 프로젝트다. 그 벽에 부딪쳤을 때 일단 출력을 좀 낮춘 프로토 타입으로 여러 가지 테스트를 했었다.

출력을 좀 낮췄다고는 하지만 그 출력이 무려 3.0이다. 전장을 휘저은 디스토션과 같은 출력인 것이다.

"그러면 R프로젝트는 어떻게 합니까?"

극비 사항이었기에 무슨 영문인지 몰라 이곳저곳을 돌아보는 연구원들을 의식해 레퀴엠 프로젝트의 연구원 한 명이 조심스레 물었다.

아직 아스카론에 대한 사항은 극비로 연구원들도 알지 못했다. 오직 바첼러 가 직계 친족들만 알고 있는 사실이었다.

"해결했어요."

이레아가 생긋 웃으며 대답했다.

이올린과 이레아. 단 두 사람이서 사흘 동안 마나 엔진 교체와 테스트를 진행하느라 무척이나 힘들었다. 이올린이 갑자기 떠올린 생각이었다.

아스카론에 의해 레퀴엠이 완성된다면 프로토에 있는 3.0의 마나 엔진을 랩터2에 이식해도 되지 않겠냐는 것이었다.

전장을 휩쓸고 있는 디스토션을 의식한 생각이었다.

아스카론에 대해 알릴 수 없었기에 단둘이서 진행했다. 여러 가지 장비를 이용한 작업이었지만 역시 고된 일이었다.

이레아의 대답에 경악한 표정을 지은 연구원들 몇몇은 어떻게 된 일인지 묻고 싶어하는 기색이 역력했으나 자리가 자리인지라 꾹 눌러 참고 있었다.

"얼마 후에 결과를 알 수 있을 거예요."

그 말을 남기고 두 사람은 지하 연구실을 나섰다.

저택으로 올라오는 계단을 오르던 중 이레아가 딱 멈춰 섰다.

"왜 그래?"

"잊고 있었던 게 생각났어."

"뭐가?"

이레아가 멍한 얼굴로 중얼거리자 이올린이 알 수 없다는 듯 고개를 갸웃거리며 물었다.

"언니, 우리 바톤 프로젝트를 레퀴엠에도 적용하려던 것 아니었어?"

이레아의 말에 이올린의 몸이 딱딱하게 굳었다.

그랬다.

아스카론의 리크리에이트란 능력에 너무 흥분한 나머지 그 사실을 까맣게 잊고 있었다. 레퀴엠 프로젝트의 완성이 눈앞에 있다는 사실에 너무 흥분했던 것이다.

"어쩌지? 사이몬 경도 없는데?"

지금 아스카론을 제어할 수 있는 사람이 없었다. 게다가 레퀴엠에 바톤 윙을 장착하기에는 이미 늦었을지도 몰랐다.

"그래도 일단은 가봐야지."

이레아가 몸을 돌려 서둘러 레퀴엠의 보관소로 향했다. 그녀의 발걸음은 급했으나 갖가지 마법 함정이 두 사람의 발을 잡았다.

여전히 레퀴엠은 은은한 빛을 뿌리고 있었다.

아스카론에 의한 리크리에이트가 진행되고 있는 모습이다.

"아스카론!"

이레아가 큰 소리로 외쳤다. 제발 그녀의 머리에 아스카론의 목소리가 울리길 기원하며 계속해서 외쳤다.

"아스카론, 대답 좀 해봐요! 아스카론!"

이레아의 목소리가 벽에 반사되어 공허히 울렸다. 아스카론에게서는 아무런 응답이 없었다.

"아스카론!"

이올린도 함께 아스카론을 불렀다.

아스카론이 말한대로 레퀴엠이 탄생한다면 바톤 윙이 없어도 될지 모른다. 하지만 프로페서가 보여준 랩터2 윙의 위력을 생각한다면 반드시 레퀴엠에 장착하고 싶었다.

─무슨 일인가?

어지간하면 무시하려고 했다.

하지만 벌써 한 시간 가까이 자신을 부르고 있는지라 아스카론은 어쩔 수 없이 사이몬에게 허락을 구하고 두 사람에게 말을 걸었다.

자신들의 머리에 울리는 아스카론의 목소리에 뛸 듯이 기뻐하며 이레아가 입을 열었다.

"깜빡하고 빠뜨린 것이 있어서요."

─곤란하군. 그게 뭐지?

이미 리크리에이트는 상당 부분 진행이 되었다. 지금에서야 다른 것을 추가한다면 예상 시간은 더욱 길어진다.

"바톤 윙이라는 거예요."

이레아는 자신이 가지고 온 바톤 윙을 리콜러를 통해 소환시켰다. 프로페서의 테스트를 통해 얻은 데이터를 토대로 만든 제1호 바톤 윙이었다. 현재 프로페서가 사용하고 있는 것보다 조금 더 성능의 개선이 이루어져 있었다. 추가 생산이 이루어지면 프로페서의 바톤 윙도 이것과 같은 것으로 바뀔 것이다.

─호오. 이카루스로군. 이것까지 만들어낸 것인가?

아스카론이 신기하다는 듯 말했다.

"이카루스요?"

이올린이 고개를 갸웃거리며 물었다.

─그렇다. 극히 초기 형태이긴 하지만 이것은 타이탄의 비행용 추가 장비인 이카루스와 유사한 형태다.

"우리는 바톤 윙이라고 불러요."

이레아가 눈을 반짝이며 말했다.

과연 마도 시대에 이러한 장비가 있었던 것이다. 출력 3.83도 아무것도 아니라는 듯이 말하는 아스카론이다. 그렇다면 당연히 바톤 윙과 비슷한 장비가 있었을 것이라 예상했었다.

─이것이 바로 빠뜨렸다는 부분이겠군.

"그래요."

─이카루스라… 이것은 착탈식인 것 같군.

"네."

사이몬과 서재에서 보낸 시간이 길어지면서 아스카론은 생각보다 친절해져 있었다. 예전의 의미를 알 수 없는 추상적인 말도 많이 줄었다.

─착탈식이 범용성이 좋긴 하지만 그만큼 성능의 조화도

가 떨어지지. 성능이 좋은 타이탄에서는 비행 능력이 떨어지고, 성능이 떨어지는 타이탄에서는 오히려 제어가 어렵다는 치명적인 단점이 있다.

아스카론의 친절한 설명에 이레아는 머리를 망치로 맞은 듯한 충격을 느꼈다. 설마 그런 부분이 있을 것이라고는 생각도 못한 것이다.

듣고 보니 과연 그랬다.

바톤 윙 자체가 기간테스와는 독립된 마나 엔진을 사용한다. 두 기체의 마나 엔진 출력의 조화가 이루어지지 않는다면 오히려 비행 능력이 떨어질 수도 있었다.

—일단 살펴보지.

그 말이 머리에 울리는 순간 레퀴엠이 한 발 움직였다. 이올린과 이레아는 깜짝 놀랐다. 리크리에이트 과정 중에 기간테스가 움직일 수 있을 것이라 생각 못한 탓이다.

레퀴엠의 발에 닿자 바톤 윙도 은은한 빛을 흘리기 시작했다.

얼마간 아무 말이 없었다.

이올린과 이레아도 긴장한 눈으로 그 모습을 지켜보았다.

—이 정도 성능이면 출력 2.3에서 2.62 정도의 타이탄과 성능 조화가 가장 좋겠군.

"아!"

아스카론의 말에 두 사람은 탄성을 질렀다.

랩터2의 출력 2.5가 딱 거기에 해당하기 때문이다. 하지만 프로페서가 탄 랩터2 윙은 특별히 3.0의 마나 엔진이 탑재되어 있었다. 결국은 바톤 윙이 기간테스에 비해 손색이 있다는 것이다.

하지만 영상에서는 그런 기색을 느낄 수 없었다. 그 부분을 프로페서는 뛰어난 운용 능력과 높은 싱크로율로 커버한 것이다.

"같이 리크리에이트가 가능한가요?"

이레아가 금괴가 있었던 곳을 바라보며 물었다. 이미 금괴는 사라져 있었다.

—현재 원소의 재구성 중에 있다. 아직 진행 초기라 가능하다. 대신 리크리에이트 완료가 4일 정도 늦어질 것이다.

"알겠어요."

—그리고 착탈식이 아닌 일체화가 된다. 괜찮은가?

"그런 부분은 문제없어요."

—알겠다. 그리고 비행 형식도 달라진다. 일단 모든 이카루스의 기본 작동 개념은 같지만 이것은 초기형이다. 그리고 레퀴엠에 장착될 이카루스는 내가 아는 한 최종형으로 개조할 생각이다.

그리고 아스카론은 입을 닫았다.

더 이상 아스카론에게서 아무런 말이 머릿속으로 전해지지 않자 두 자매는 몸을 돌렸다. 이곳에 온 목적을 이루었기에 걸음은 가벼웠다.

두 사람은 각기 비슷한 종류의 다른 생각을 하고 있었다.

'기간테스와 바톤 윙을 애초에 일체화시켜서 만든단 말이지? 좋아. 만들어보는 거야.'

이올린이 주먹을 불끈 쥐었다. 벌써 그녀의 머릿속에 수많은 기체 디자인이 그려지고 있었다.

'범용 바톤 윙은 오히려 그 범용성이 단점으로 작용할 수 있단 말이지? 그렇다면 출력별로 몇 개의 바톤 윙을 만들면 어떨까? 좋아. 당장 연구에 착수해야지!'

아스카론의 친절함은 두 자매에게 새로운 연구 과제를 던져 주었다.

'그런데 최종형의 바톤 윙이라면 대체 어떤 것일까?

마지막으로 두 사람의 머리에 동시에 떠오른 의문이었다.

*　　　*　　　*

"하이드론 공작께서 제기하신 의문에 대한 답이 바첼러 백작가에서 도착했습니다."

오전의 회의다.

이안이 자리에서 일어나 입을 열었다. 전날의 대승에 대해 하이드론 공작이 걸로 넘어진 부분을 해명하려는 것이다.

"말해보시죠."

하이드론 공작이 비릿한 웃음을 지으며 말했다.

"레술트로 배치된 랩터2 윙은 양산형이 아닌 리빌드 타입이라 합니다."

이안의 말에 모두들 웅성거렸다.

리빌드 타입이란 기존의 양산형에 일정 부분의 개조를 거쳐 성능을 향상시킨 것을 말한다.

"어떤 부분에 대한 개조가 이루어진 것이죠? 마나 엔진인가요?"

라파엘 후작이 물었다.

"그렇습니다. 극비리에 개발 중이던 신형 마나 엔진을 테스트 겸해서 장착했다 합니다."

"오오!"

이안의 대답에 몇몇 곳에서 탄성이 터졌다.

그렇다면 자이안을 압도할 출력의 마나 엔진 개발에 성공했다는 뜻 아닌가.

"호오~ 그것참 반가운 소리요. 자이안을 능가하는 출력이라니 말이오."

엠피엘 국왕이 미소를 지으며 말했다.

"아직 몇 가지 문제점이 있다 합니다. 개발 단계의 테스트는 끝났습니다만, 실전 기동 테스트 없이 바로 탑재해 안정성이 떨어진다 합니다."

"저런……."

"훗. 결국은 미완성품이란 것 아니오?"

하이드론 공작이 끼어들었다.

"그렇습니다."

이안이 순순히 수긍하자 하이드론 공작의 표정이 살짝 변했다.

"이안 차관! 그러다가 만약 마나 엔진이 이상 기동이라도 해서 아군 진영에서 폭발이라도 하는 날에는 어떻게 하겠소!"

하이드론 공작이 테이블을 내려치며 소리쳤다.

"그 부분에 대해서는 완벽한 테스트가 끝났다고 합니다. 실전 기동 테스트를 못한 부분이 고른 출력의 전달이라 했습니다. 즉, 전투 중에 출력의 변화가 다른 마나 엔진에 비해 클 수 있다는 겁니다. 그 데이터를 얻기 위해 탑재했다고 합니다. 그리고 디스토션에 대한 견제 역할도 있다고 하더군요."

"디스토션에 대한 견제라니요? 그러면 출력이 3.0이라도 된단 말입니까?"

미켈란 후작이 믿기지 않는다는 얼굴로 물었다.

그의 물음에 이안이 미소를 지으며 고개를 끄덕였다.

"오오!"

회의장은 일순 거대한 함성으로 가득 찼다.

무려 3.0이라 했다.

드디어 메틀라인 왕국도 출력 3.0의 마나 엔진 개발에 성공한 것이다.

"그것이 정말인가, 이안 차관?"

"네, 전하. 분명 최고 출력이 3.0이라 했습니다. 단지 조금 전에 말씀드린대로 출력의 고른 전달에 대한 검증이 끝나지 않아서 출력이 들쭉날쭉할 수 있다고 합니다."

"허. 빨리 모든 부분이 완성되었으면 좋겠군. 그렇다면 양산은 언제 가능하겠는가?"

모두의 눈이 빛났다.

3.0의 마나 엔진이 양산이 된다면 전쟁을 일거에 뒤집을 수 있었다. 바톤 윙도 있지 않은가.

엠피엘 국왕의 물음에 이안이 쓴웃음을 지었다.

"최소 3년은 있어야 한다 합니다."

이안의 말에 모두의 얼굴에 실망이 어렸다.

"자자, 실망하기에는 이르오. 대륙에서 오직 불의 마탑과 루즈벡 제국만이 가지고 있던 출력 3.0의 마나 엔진을 우리 손으로 만들어냈다는 것만으로도 대단한 일 아니오. 오늘은 그것만을 순수하게 기뻐합시다."

엠피엘 국왕의 말에 대다수의 귀족이 고개를 끄덕였다.

전쟁이 지속될수록 점점 국왕에게 호의적인 태도를 보이는 귀족들이 늘어가고 있었다.

귀족파의 수장인 하이드론 공작은 귀족들의 그런 모습에 큰 위기감을 느꼈다.

'계속 이렇게 끌려갈 순 없어.'

무언가를 결심한 듯 공작의 눈이 살짝 빛났다.

*   *   *

항해는 슈조로웠다. 함대가 자국을 향해 오고 있다는 것을 알고 있을 텐데도 공화국의 해군은 별다른 반응이 없었다. 이 정도의 함대로는 별다른 공격을 하지 못한다는 것을 알기 때문이다.

현재 대륙의 해전은 지극히 간단하다.

적의 함선에 기간테스가 뛰어올라 함선을 초토화시키는 것이다. 기간테스가 오를 수 없을 정도의 크기의 배는 배틀러들이 올랐다.

선상의 백병전과 함선들 간의 충돌.

이것이 해전이었다.

공화국 해군은 간혹 대포를 사용하기도 했다. 유황이 특산물인만큼 화약이 다른 국가들에 비해 한 단계 발전해 있었다.

현재 공화국은 육상을 통한 메틀라인 왕국의 공격에 총력을 다하고 있었기에 해전으로 돌릴 기간테스와 배틀러의 잔여 병력이 없었다. 단지 적 함대의 상륙을 막을 수 있을 정도의 병력을 준비해 함대의 움직임을 예의주시하고 있었다.

이안과 바츠란 사령관이 예상한 대로의 반응이었다.

덕분에 비바체 함대는 생각보다 빨리 벨런시아 강 하류에 접어들었다. 강의 하류를 항해할 때는 수월했으나 중류 지역을 지나자 점점 함대의 속도가 떨어졌다.

강물을 거슬러 올라가느라 그만큼 추진력의 손실이 발생했기 때문이다.

양쪽의 강변에는 일단의 기병들이 함대를 예의주시하고 있었다. 어느 쪽으로 상륙을 하든 당장에 초토화시키겠다는 기세다. 중류 지역부터는 기병대의 속도가 함대의 속도보다 빨랐기에 함대는 항시 기병대의 감시하에 움직였다.

강변의 기병대와 강 중간의 함대. 이들의 기묘한 대치는 시간이 흐름에도 그대로 지속되었다.

10월 10일 저녁 9시.

어둠이 깔린 강 너머에 드디어 리퍼블릭의 거대한 성벽이 눈에 들어왔다. 비바체 함대를 주시하는 기병대에 긴장감이 흘렀다.

적들은 아무런 행동도 취하지 않은 채 어느새 자신들의 심장부에 도달한 것이다.

리퍼블릭의 의회는 난리가 났다.

적의 함대가 공화국 깊숙한 곳에 올 때까지 가만히 놔둔 것에 대한 책임 추궁으로 의회는 시끄러웠다. 박스터가 의회에 출석하지 않았기에 통령궁의 보좌관들이 의원들에게 혼쭐이

나고 있었다.

리퍼블릭 코앞에 도착한 함대는 그대로 정박한 채 아무런 움직임을 보이지 않았다.

기병대가 증원되었다. 함대에서 어떤 움직임이 보인다면 당장에 공격할 태세였다.

"음, 이 정도면 우리 항해사도 제법이지?"

바츠란이 웃으며 말했다.

"강을 거슬러 올라오는 항해라 무척 힘들었을 텐데 대단합니다. 이 정도까지 예정된 때에 맞춰 도착할 수 있을 것이라고는 생각도 못했습니다."

마크가 고개를 끄덕이며 말했다.

"그런가? 그럼 무운을 비네. 우리는 11일 자정이 되면 예정대로 다섯 시간 동안 포격을 한 후 그대로 철수할 걸세."

냉정하게 들리는 말이다.

겨우 다섯 시간의 포격.

이것을 위해 비바체 함대는 먼 길을 항해해 온 것이다.

이 정도의 위력 시위라면 공화국은 섣불리 전선에 모든 병력을 밀어 넣지 못할 것이다. 그래서 언제든 적의 심장을 타격할 수 있다는 것을 보여주는 것이다.

어차피 사정 거리상 리퍼블릭을 초토화시키지는 못한다. 단지 적들의 위기감을 최대치로 끌어올리는 것이 이번 작전의 핵심이었다.

아르시안 공주의 구출은 거기에 딸린 작전이다.

"그럼 저희는 출발하겠습니다."

마크를 비롯한 열두 사람이 바츠란 사령관에게 경례를 했다.

"무운을 비네. 꼭 전원 무사 복귀하게나."

바츠란 사령관도 마주 경례를 했다.

물속에서도 젖지 않도록 마법을 이용해서 특수하게 만들어진 옷을 밖에 겹쳐 입고 열셋은 조용히 물속으로 가라앉았다.

어둠이 그들을 가려주었다.

기병대는 함선의 움직임에만 촉각을 곤두세웠기에 배에서 열세 사람이 물속으로 스며드는 것을 발견하지 못했다.

적들이 함대에 온 신경을 집중하는 동안 이들은 리퍼블릭 성 안으로 잠입해야 했다. 잠입할 경로는 이미 팬텀이 도둑 길드를 통해 확보해 둔 상태다.

[11일 01시에 레지스탕스들이 벨런시아 공주를 구출하기 위해 그녀가 감금된 곳을 습격한다고 했다. 그때를 맞춰 우리도 돌입한다.]

각자 왼손에 낀 마나 통신 반지를 통해 마크의 전언이 머리에 울렸다.

'응?'

이슈인은 특수 장갑 아래의 오른손을 보았다. 검지에 끼워

두었던 반지가 잠시 동안 은은한 빛을 뿌리다가 곧 빛이 사라
졌다.

'뭐지?'

반지의 빛남은 아크의 전언이었다. 사이몬의 기억을 되찾
을 수 있는 마법을 완성했다는 전언. 하지만 이슈인은 현재
짧은 기간 동안의 사이몬에 대한 일을 기억하지 못하고 있었
다.

아크가 예상한 시간보다 훨씬 빨리 마법을 완성했지만 이
슈인은 그 의미를 전혀 모르고 있었다.

10월 11일 0시.

비바체 함대에서 갑자기 강렬한 빛이 뿜어졌다.

그 빛 덩어리는 곧장 리퍼블릭의 성벽을 향해 날아갔다.

쾅!

콰콰쾅!

요란한 소리와 함께 리퍼블릭의 성벽이 뒤흔들렸다.

그렇게 마나 캐논이 처음으로 전장에 모습을 드러냈다.

CHAPTER 10
구출

“휴우~ 불꽃놀이를 시작한 모양이네?”

멀리 성벽에서부터 느껴지는 은은한 진동에 팬텀이 중얼거렸다.

마나 가로등이 은은히 빛을 밝히는 거리에는 사람이 거의 없었다. 깊은 밤인 자정이지만 이 거리는 곧 사람들로 가득 찰 것이다.

이제 첫 포격이 시작되었으니 연이어 포격이 계속되면 곧 리퍼블릭의 주민들은 패닉 상태에 빠지리라.

벌써 몇몇 집의 창문이 살짝 열렸다.

갑자기 느껴지는 진동에 무슨 일인지 확인을 하려는 사람들이었다. 개중에 제법 민감한 감각을 가진 사람들이리라.

"이쪽으로."

헤우스가 앞장섰다.

정보국의 요원을 통해 리퍼블릭의 지도를 건네받은 것이 그였다. 그와 팬텀이 리퍼블릭의 지리를 익히고 안내하는 역할을 맡았다. 열두 명은 각기 여섯 명씩 나누어 두 조를 만들었다. 칼버튼이 속한 조는 그가 데려온 프리먼이 함께했기에 일곱 명이 되었다.

"그럼 이곳에서 갈라지지."

마크의 말에 따라 헤우스와 팬텀이 각기 다른 길로 갔다. 열세 명의 사람이 우르르 몰려다니면 눈에 띄게 마련이었다. 여섯 명도 적은 인원은 아니었지만 열셋보다는 나았다.

이슈인은 팬텀의 뒤를 따랐다. 마크는 헤우스와 함께했다.

"거, 자꾸 앞으로 가려고 좀 하지 마슈. 길잡이는 나유."

팬텀은 자신의 곁에서 자꾸 한 발씩 앞으로 나가려는 칼버튼을 돌아보며 말했다. 아무리 공작가의 도련님이라지만 너무 철이 없었다.

지금 이곳은 적국의 수도였다.

"쳇."

칼버튼은 기분 나쁘다는 듯 한 걸음 뒤로 물러섰다. 이슈인은 맨 뒤에서 주변을 경계하며 그 모습을 지켜보았다. 웬지 불안했다.

수도의 번화한 길을 얼마나 걸었을까?

점점 포격은 거세지고 요란한 소리가 수도 전역에 퍼지기 시작했다. 점점 창문이나 문이 열리는 집이 많아졌고, 사람들이 하나둘씩 거리로 나오기 시작했다.

"이때요."

팬텀의 걸음이 빨라지는가 싶더니 특히 밖으로 나온 사람들이 많은 쪽으로 스며들었다. 일행은 팬텀을 놓치지 않게 그의 뒤를 따르며 빠르게 다리를 놀렸다.

"빌어먹을 놈."

그런 팬텀이 마음에 안 드는지 칼버튼의 입에서 욕설이 새어 나왔다.

'저 친구, 위험한걸.'

지금은 목숨이 걸린 작전 중이다. 이런 때 겨우 저런 것으로 흥분하다니. 검사나 라이더로서의 자질이 의심스러웠다.

점점 거리로 쏟아지는 사람들이 많아지고 있었다. 그들의 얼굴에는 불안이 가득했다.

11일 0시 45분.

레지스탕스가 공주가 감금된 곳을 습격하기로 예정된 시간까지 15분 남았다.

이때쯤 되자 거리는 사람들로 넘쳐나기 시작했다. 불안에 떠는 사람들을 진정시켜 집으로 돌려보내기 위해 수도 경비대원들이 거리에서 움직이고 있었다.

팬텀은 그런 경비대원들을 교묘히 피해서 착실히 길을 찾아가고 있었다. 너무 익숙한 움직임에 모르는 사람이 본다면 틀림없이 그를 리퍼블릭의 시민으로 생각할 것이다.

어느 순간 팬텀이 안내하는 길에 사람들이 줄어들기 시작했다.

'뒷골목인가?'

보통 사람은 잘 오지 않는 곳.

이슈인은 범죄자들이 주로 모여 있는 뒷골목으로 접어들었다는 것을 알 수 있었다.

"이제 곧이요."

팬텀의 목소리에 긴장이 어렸다. 자신이 이곳으로 안내했지만 거리의 분위기가 평소와 달랐다. 지나치다 싶을 만큼 차분했다. 거리의 주인들이 숨을 죽이고 있다는 뜻이다.

이럴 경우는 하나밖에 없었다.

근처에 정규군이 있다.

역시 공화국 쪽에서도 레지스탕스의 습격에 대비하고 있었다.

아니, 애초에 벨런시아 공주의 감금 자체가 그들을 끌어내기 위한 미끼가 아니었던가.

0시 55분이 되었다.

"잡아라!"

그때 한 건물에서 기사가 튀어나왔다.

이슈인 일행 일곱은 재빨리 어둠 속으로 몸을 숨겼다.

"바로 저 건물이유."

팬텀이 턱짓으로 가리켰다.

"그럼 지금부터 대화는 금지하도록 하겠어요. 오직 통신 반지를 이용해서 의사를 전달하세요."

조장을 맡은 네리안의 말이었다. 모두들 고개를 끄덕였다. 칼버튼의 얼굴에도 긴장이 어렸다.

눈앞에서 적을 보았으니 당연한 일이다.

모두들 무기를 움켜쥔 손에 힘이 들어갔다.

기사 한 명이 튀어나간 후 몇 사람이 허름한 건물로 들어가는가 싶더니 다시 기사들을 달고 건물 밖으로 나왔다.

'유인인가?'

이슈인은 그들의 행동에서 그렇게 느꼈다.

레지스탕스들도 바보는 아니다. 당연히 공화국군이 자신들을 기다릴 것이라 생각하고 철저히 준비를 해왔다. 더욱이 메틀라인 왕국의 공격이 자신들을 돕고 있었다. 대체 벨런시아 강에서 어떻게 리퍼블릭을 공격할 수 있는지 알 수 없었지만 지금도 성벽은 흔들리고 있었다.

1시 정각.

일단의 사람들이 건물로 스며들었다.

레지스탕스의 주력 부대다.

팬텀의 손짓에 따라 다들 조심스레 건물 입구로 향했다. 이곳은 건물의 뒷문이다. 정문 쪽에는 마크 일행이 있다.

"크악!"

"쳐라!"

"이놈들!!"

안쪽에서 벌어지는 전투에 따라 갖가지 소리가 울렸다.

팬텀은 주의 깊게 주변을 살폈다. 싸움이 점점 더 치열해지는 데도 그는 움직이지 않았다. 아무도 나서지 않았다.

꿀꺽.

칼버튼이 마른침을 삼켰다. 그는 기간테스 라이더다. 이렇게 직접 몸으로 부딪치는 싸움은 거의 첫 실전이었다.

훈련소 시절 몬스터들을 상대한 것이 전부였다. 그런 경험이라도 있었기에 지금 이 정도의 상태라도 유지할 수 있었다.

이슈인의 눈빛이 낮게 가라앉았다.

그 역시 진검을 들고 상대를 향해 살의를 보이는 이런 실전은 처음이나 다름없었다.

안쪽에서 들려오던 고성과 무기의 부딪침 소리가 잦아들었다. 그러고도 잠시 더 팬텀은 귀를 기울였다.

[됐소.]

팬텀이 손짓을 하며 조심스레 앞장서 걸어 들어갔다.

이슈인 역시 그 뒤를 따라 들어갔다. 곳곳에 피가 튀어 있었다. 여기저기 죽은 이들의 시신이 있었다. 1층은 아무것도 없었다. 치열한 전투의 흔적만이 남아 있었다.

팬텀이 주변을 둘러보며 고심하는 표정을 지었다.

[낭패요.]

모두의 머리에 울린 팬텀의 목소리에 다들 그를 바라보았다.

[완전히 함정으로 만들어진 건물이오. 입구 두 곳은 각기 다른 곳으로 연결되었수. 빌어먹을.]

모두들 그 말을 알아들었다.

결국 대장인 마크와 떨어져 그들 단독으로 작전을 수행해야 했다. 모두의 시선이 네리안을 향했다.

이제 그녀가 대장이었다. 게다가 그녀는 통신 반지를 두 개 끼고 있었다. 다른 한 개는 마크와의 통신이 가능했다. 거리의 제약이 있지만 어쨌든 지금은 한 건물에 있을 테니 통신이 가능할 것이다.

이슈인은 그 와중에 주변을 살폈다.

분명 제법 높이가 있는 건물이었음에도 위로 올라가는 계단이 없었다. 오로지 지하로 내려가는 계단만이 존재했다.

'다른 쪽은 위층으로 올라가는 계단이 있는 건가?'

이슈인은 두 눈에 의지를 집중했다. 서서히 주변의 마나가 눈에 들어오기 시작했다.

마나의 흐름은 평범했다.

[저쪽에는 위층으로 갈 수 있는 계단만 있다고 해요. 일단 조별로 움직이기로 했어요. 우리는 지하로 내려가도록 하죠.]

네리안의 말에 다시 팬텀이 앞장섰다.

공주가 감금되어 있는 곳은 최상층 아니면 최하층이었다.

'한쪽은 그저 완전한 함정이란 말인가.'

걸음을 옮기는 이슈인의 눈빛이 낮게 가라앉았다.

내려가는 계단 곳곳에도 치열한 전투의 흔적이 남아 있었다.

계단은 제법 길었다. 지상의 높이 못지않게 지하로의 깊이도 깊었다.

'응?'

팬텀의 뒤를 따르던 도중 그의 눈에 기이한 마나의 움직임이 잡혔다. 다른 누구도 눈치채지 못했다. 계단 한쪽 벽의 마나가 조금 정체되어 있었다.

다른 곳과 분명히 달랐다.

[잠깐.]

이슈인이 모두를 불러 세웠다.

[왜 그러지?]

갑자기 이슈인이 나서자 칼버튼이 못마땅하다는 눈으로 그를 바라보았다.

[팬텀, 이곳이 이상하오.]

이슈인이 자신이 발견한 곳을 가리켰다. 팬텀이 그곳으로 왔다. 왜인지 모르게 밉지 않은 녀석이기에 한 번쯤 그의 말에 따라보기로 한 것이다. 사실은 묘하게 믿음이 가는 사람이라는 게 진실한 이유였다.

팬텀이 고개를 갸웃거리며 벽을 살폈다.

[마법인 것 같군.]

수많은 고급 저택을 침투한 도둑답게 마법 트랩을 알아차렸다. 하지만 그것이 한계였다.

일행의 움직임이 그곳에 멈췄다.

무엇인지 모르지만 마법이 걸린 벽을 조사하는 것과 이것을 무시하고 계속 아래로 내려가는 것.

두 개 중 하나를 선택해야 했다.

이제 마크 조와의 거리도 멀어져 통신도 불가능한 상황이다. 전적으로 판단은 네리안에게 달려 있었다.

이럴 때 마법사가 없는 게 무척 아쉬웠다.

[일단 조금 더 조사해 보죠.]

네리안의 말에 팬텀이 꼼꼼히 살피기 시작했다. 하지만 별다른 성과가 없었다.

이슈인은 벽을 찬찬히 살폈다. 네 귀퉁이 중 유독 오른쪽 위, 아래에 정체된 마나의 양이 많았다.

이슈인이 한 발 앞으로 나섰다.

모두의 시선이 그를 향했다.

천천히 검을 뽑았다.

[무슨!]

칼버튼이 당장에라도 달려들려고 했지만 팬텀이 그를 막았다. 침착한 이슈인의 눈빛에 기대를 건 것이다.

이슈인의 검이 은은하게 빛났다.

"헉!"

"저럴 수가!"

몇몇 사람이 놀랐다. 설마 이슈인이 검에 마나를 불어넣을 정도의 실력자일 것이라고는 생각도 못했던 것이다. 아직 이십대 초반으로 보이는 그의 실력이 그 정도라고는 아무도 생각하지 못했다. 그가 용병 출신의 바첼러가 가신이라는 정보를 다들 접했기 때문이다.

이슈인은 먼저 윗부분에 마나가 뭉친 곳을 찔렀다. 마나를 머금은 검은 그곳 깊이 박혔다. 벽의 저항이 아닌 마나의 저항이 느껴졌지만 이슈인은 우격다짐으로 밀어 넣었다.

검병 부분까지 검이 깊숙이 박혔다.

쩌저적.

그러자 벽 곳곳에 금이 갔다. 이슈인의 행동으로 벽에 변화가 나타나자 사람들은 숨을 죽이고 그의 행동을 지켜보았다.

벽에 변화가 나타나자 이슈인은 자신의 행동에 확신을 가졌다.

검을 뽑아서 다시 아랫부분을 찔렀다. 역시나 검병까지 깊숙이 찔러 넣었다.

후두두둑.

금이 간 벽이 무너져 내렸다.

그 뒤로 검게 아가리를 벌린 통로가 나타났다.

"마법을 이용해서 감춰둔 비밀 통로 같수다. 원래 깔끔하게 여는 주문이 있었을 테지만, 이 친구가 우격다짐으로 부숴 버렸네. 크크크."

팬텀이 재미있다는 듯 웃었다.

"이거 만든 놈들도 설마 부숴서 들어오는 것들이 있으리라고는 생각을 못한 모양이유. 보통은 알람 마법을 함께 설치하는데 아무것도 없는 걸 보니."

팬텀이 주변을 확인하며 말했다.

"이제 어떻게 할 거유?"

팬텀의 물음에 네리안은 잠시 고민에 잠겼다. 이곳에서 다시 둘로 일행을 나눌 수는 없었다. 아무리 혼란한 틈을 노린 것이라 하지만 세 명과 네 명으로 나뉘면 인원이 너무 적어진다. 게다가 길잡이는 팬텀 하나뿐이지 않은가.

"난 이쪽으로 갑니다."

네리안이 결정을 내리기도 전에 이슈인이 성큼성큼 걸어 들어가고 있었다.

"네 이놈!"

　이슈인의 단독 행동에 칼버튼이 참지 못하고 달려들었다. 뒤에서 달려들어 주먹을 뻗었음에도 이슈인은 너무나 쉽게 피했다. 그리곤 아무 일 없었다는 듯 걸음을 빨리했다.

　이곳의 통로가 드러난 순간부터 심장이 세차게 뛰기 시작했다. 심장이 이곳으로 가라고 말하고 있었다. 이슈인은 자신의 몸을 믿었다.

　“건방진 새끼.”

　칼버튼이 입술을 깨물며 욕설을 씹어 뱉었다.

　“어쩔 수 없을 것 같수다.”

　팬텀이 점점 멀어져 가는 이슈인의 뒷모습을 힐끗 보며 말했다.

　“후우.”

　네리안이 한숨을 쉬며 어쩔 수 없다는 듯 통로로 걸음을 옮겼다. 그녀의 행동에 모두들 그 통로로 들어갔다.

　‘대체 마크 대장은 왜 나에게 조장을 맡겨서…….’

　이곳까지 오는 동안 자신이 제대로 조장다운 결정을 한 적이 없었다. 어쩌다가 이렇게 개성이 강한 이들이 모였는지, 조장이라는 직책이 그녀를 힘들게 만들었다.

　이슈인은 뒤에서 사람들이 따라오든 말든 아랑곳 않고 속도를 높였다.

　중간 중간 마나가 뭉쳐 있는 부분이 보이면 모두 검으로 찔렀다. 마나가 뭉쳐 휘도는 것이 그냥 두고 지나가면 뒤통수를 칠 것만 같은 예감이 들어서였다.

길은 한 길로 곧게 나 있었다. 오르막이 있는가 하면 내리막이 있고 크게 휘돌아가는 길도 있어서 대체 어디로 향하는지 알 수가 없었다. 완벽하게 들어오는 이들의 위치 감각을 빼앗은 구조였다.

그렇게 얼마나 걸었을까? 점점 통로가 커졌다.

이슈인은 품에서 작은 회중시계를 꺼내 시간을 보았다.

2시 18분.

이곳에 들어선 지 한 시간 정도 지났다.

＊　　＊　　＊

하우징은 고개를 갸웃거렸다.

"왜 그러지?"

하우징의 모습에 나벨이 정신 사납다는 듯 물었다.

자신들 둘은 이곳에서 벨런시아 공주를 지키는 임무를 맡았다. 다른 특수부대원들은 레지스탕스들과 메틀라인 왕국 놈들을 상대로 신나게 몸을 풀 때 이런 지루한 일을 맡아서 가뜩이나 기분이 언짢던 참이다.

"내가 설치한 트랩에서 일정하게 오던 신호가 사라지고 있어."

하우징이 불길하다는 듯 말했다.

"네가 설치한 트랩이라면 이곳으로 들어오는 통로?"

"그래. 두 곳 중 지하 쪽에서 오는 통로에 설치한 트랩들이 보내는 신호가 사라지고 있어. 그것도 자연스레 디스펠되는 것이 아니라 중요 부분의 맥이 끊겨 기능이 정지하는 방식으로."

"흥. 이곳으로 들어오는 문은 엥겔스 스승님이 만드신 것이라 절대 누구도 들어오지 못한다고 호언장담했던 것이 누구더라?"

나벨의 냉소 어린 물음에 하우징의 얼굴에 노기가 어렸다.

"당연한 일이다. 엥겔스 스승님은 공화국 최고의 마법사시다."

하우징은 엥겔스의 제자 중 한 사람이었다.

"그러면 네가 어설프게 트랩을 설치한 거겠지. 디스펠이 아니라며?"

비웃음 어린 나벨의 말에 하우징의 얼굴이 더욱 붉게 변했다.

사실 그래서 당장 트랩을 확인하러 가지 않고 고개를 갸웃거리고 있었던 것이다. 자신이 설치한 마법 트랩의 마법진 구성에 문제가 있었던 것은 아닌가 하고 머릿속으로 복기를 하던 참이다. 하지만 아무리 다시 되집어봐도 완벽하게 설치를 했었다.

"흐음……."

하우징은 4서클 마스터의 마법사였다. 현재 대륙 최고 수준의 마법사가 8서클 익스퍼트라는 점을 생각하면, 그리고 그의 젊은 나이를 감안하면 대단한 성취다.

트랜스 아머와 기간테스의 등장으로 마법사들이 순수한 마법의 수련보다는 신병기의 개발에 열을 올리면서 몇백 년 전에 비해 전반적으로 실력이 떨어져 있었다.

"정말이지 누구라도 이곳을 찾아와 줬으면 좋겠군. 저쪽에 있는 공주님을 구하려고 말이야. 완벽하게 숨겨진 곳이라면서 나는 왜 이곳에 처박아둔 거야?"

나벨이 아르시안 공주가 갇힌 방을 힐끔 쳐다본 후 자신의 검집을 쓰다듬으며 불만 어린 목소리로 중얼거렸다. 넓은 공동에 그의 목소리가 반사되어 울렸다.

나벨은 장래가 촉망되는 배틀러이자 라이더였다. 검사로서의 실력은 벌써 소드 익스퍼트 상급이었고 기간테스 싱크로율 역시 스페셜 급이었다. 그 정도의 실력자였기에 이곳에서 최종적으로 공주를 지키는 일을 맡은 것이었다.

잔인한 성정 탓에 가장 선두에서 싸우는 것을 좋아하는 나벨로서는 고역인 일이지만 말이다.

"이제 2시 21분이군. 작전도 곧 끝이겠지?"

하우징이 시계를 확인하며 말했다.

"그래. 쳇. 이곳으로 모인 놈들 역추적해서 본거지 소탕만 하면 끝이겠지. 메틀라인 녀석들을 처리하는 것까지 하면 대강 3시에는 끝나겠군. 아아, 젠장. 결국 나는 이렇게 재미없게 끝나는구나."

한바탕 시원하게 검을 휘두를 수 있다는 생각에 작전에 지원했다. 그런데 하필이면 배치된 곳이 이곳이라니. 정말 젠장이었다.

두 사람이 아무도 없는 곳에서 아르시안 공주를 지키며 쓸데없는 대화를 나누는 그때.

이슈인은 그들의 목소리를 들을 수 있었다.

마나를 활성화한 덕에 시각과 청각을 비롯한 온몸의 마나가 활성화된 덕이다. 기억을 잃기 전 자신이 이미 알고 있던 마나 운용법이었다.

심장의 두근거림이 더욱 거세졌다. 엄청난 박동을 가슴이 감당하지 못해 심장을 몸밖으로 토해낼 것만 같았다.

'이제 곧이다.'

검을 뽑아 들었다.

그리고 전면의 문을 박차고 뛰어들었다.

"누구냐!"

깜짝 놀란 하우징이 놀라서 외쳤다.

반면 나벨은 어느새 검을 뽑고는 반짝이는 눈으로 자신의 앞에 나타난 인물을 보았다.

"흐음. 메틀라인 녀석인가? 의외인걸, 이곳까지 찾아오다니. 엥겔스 영감의 실력도 이제 다 됐나 봐?"

나벨의 두 눈이 살기로 번들거렸다.

"무례해!"

자신의 스승을 무시하는 말에 하우징이 격분했다.

"지금 적들이 오고 있다고, 그런 사소한 것은 넘어가지? 설마 이 녀석 혼자 왔을 것 같아? 잘난 마법사 나리."

나벨의 비아냥에 하우징은 더욱 화가 났지만 어쩔 수 없었다. 또 다른 발소리가 들리기 시작한 것이다.

이슈인은 나벨과 대치하면서 주변을 살폈다. 이들이 공주를 지키는 마지막 적들이라 했다. 그러면 분명 근처에 아르시안 공주가 있을 것이다.

나벨이 그런 이슈인의 낌새를 알아차리고는 조심스레 움직였다. 나벨은 정확히 공주가 있는 방의 문을 자신의 등 뒤에 두었다.

"후훗. 네가 찾는 사람은 내 등 뒤의 방에 있지. 보고 싶으면 나를 쓰러뜨려야 할 거야."

그 말이 끝나는 순간, 이슈인이 나벨을 향해 몸을 날렸다. 잠시의 망설임도 없었다.

갑작스레 날아오는 이슈인의 검에 나벨은 대경해서 막았다. 팔을 울리는 강력한 힘에 나벨의 얼굴이 딱딱하게 굳었다.

'보통 놈이 아니로군.'

나벨은 온몸의 마나를 끌어올렸다.

이슈인 역시 전력을 다했다. 이슈인의 검이 은은히 빛나기 시작했다.

"칫."

초반부터 강력하게 몰아붙이는 상대의 모습에 나벨 역시 전력을 다했다. 조금씩 긴장을 높여가는 전투를 좋아하는 그로서는 원하지 않는 전개였다.

'이게 어떻게 된 거지?'

검을 뿌린 이슈인은 깜짝 놀랐다. 자신이 휘두른 검이지만 자신이 생각했던 것보다 훨씬 위력이 강했다.

아마도 기억을 잃어버린 몇 달 사이 자신의 실력이 일취월장한 듯했다.

'이건 이것대로 문제인걸.'

자신의 실력을 정확히 모른다는 것. 그것은 생사를 다투는 싸움에서는 치명적이었다.

"어쩔 수 없군. 초반 승부를 즐긴다면 나도 강력히 나가주지."

나벨은 온몸의 마나를 최대한으로 끌어올렸다. 순간적으로 그의 검이 빛났다.

중급 이상의 소드 익스퍼트들에게만 허락된 필살기.

'젠장. 피어스 브레이크다!'

나벨의 몸 안에서 끓어오르는 마나의 움직임을 똑똑히 볼 수 있었다.

"받아봐라. 미티어 소드!"

나벨이 일격을 날리는 순간 그의 검에서 유성이 날아왔다. 이슈인은 잠시 고민했지만 방법이 없었다. 자신도 그 위력이 어느 정도인지 모르는 수법을 펼쳐야만 했다.

"플레임 블레이드."

인피니트 소드의 첫 번째 수법이 펼쳐졌다. 마나를 머금은 검은 검로를 따라 움직이며 화염을 뿜어냈다.

그 모습에 나벨은 깜짝 놀랐다. 설마 상대도 피어스 브레이크를 사용할 정도의 실력자라고는 생각지 못한 것이다.

콰콰쾅!

요란한 폭음이 울렸다. 커다란 공동이 뒤흔들렸다.

이슈인을 쫓아가던 일행이나 그들을 막으러 가던 하우징이나 모두 깜짝 놀랐다. 그 정도로 엄청난 충격이었다.

그 충격은 아르시안에게도 전해졌다.

은밀히 숨겨진 것에 비해서 그녀가 머무르는 방은 제법 훌륭했다. 공주가 있기에는 초라한 방이었지만 인질을 잡아두는 용도로는 과분한 곳이었다.

게다가 그녀가 이곳을 벗어나지 않는다면 자유로이 움직일 수 있었다. 그래도 한때 왕국의 공주였던 이에 대한 예우 차원에서 취해진 조치다. 이제 한 달 후면 형장의 이슬로 사라져야 할 그녀에 대한 동정일지도 몰랐다.

커다란 충격은 침대에서 잠에 빠져 있던 아르시안을 깨웠다.

“응? 무슨 일이지?”

벨런시아로 돌아온 후 단 한 번도 깊이 잠든 적이 없었다. 자신은 어떻게 될 것인가란 걱정보다 그 사람에 대한 걱정이 더욱 컸다.

무사하게 있는지, 혹시 메틀라인으로 돌아와 자신의 소식을 듣고 걱정하고 있는 것은 아닌지, 아니면 실종되었을 때 이미 세상을 등진 것인지.

홀로 갇힌 다음에는 오로지 이슈인 생각뿐이었다.

갖가지 생각들이 그녀를 슬프게 만들었다.

밖에서 들려오는 소리는 격렬했다. 아무래도 누군가가 이곳에 침입한 것 같았다.

“누구지?”

그가 아니라면 자신을 구하러 올 사람은 없었다.

그렇지 않은가.

자신은 망국의 공주다. 아무런 가치가 없는 사람인 것이다. 메틀라인으로서도 자신이 없어진다고 큰일이 일어나는 것은 아니다. 단지 국가의 위신이 살짝 상한 정도이리라.

“그러고 보니…….”

이곳에 들어올 때 얼핏 들은 말이 있었다. 상대는 자신이 잠들었다 생각하고 한 말이겠지만 깊게 잠들지 않은 탓에 어렴풋이 들었다.

"레지스탕스 놈들을 유인할 미끼니까 잘 모시라구. 알았
지?"

혹시 그 레지스탕스라는 자들이 온 것일까? 그들은 누구인
데 자신을 찾는 것일까?
갖가지 의문이 갑작스레 머릿속에 휘몰아쳤다.
침대에서 몸을 일으킨 아르시안은 바닥으로 내려섰다. 아
무래도 이대로 잠드는 것은 틀린 것 같았기에 물이라도 한 잔
마시려는 생각이었다.
"아."
그 순간 그녀는 깜짝 놀랐다.
심장이 세차게 뛰기 시작한 것이다.
쿵쾅쿵쾅거리면서 요동을 쳤다. 아르시안은 자신의 몸에
서 일어나는 일을 이해할 수 없었다.
당황스럽고 무서웠다.
방 안은 어두웠다. 아르시안이 주변을 살폈다. 무서움 때
문에 취한 무의식적인 행동이었다.
"아!"
그녀는 다시 한 번 탄성을 흘렸다.
문이었다.
이 방을 나갈 수 있는 문을 보는 순간 심장이 미친 듯이 뛰
기 시작했다. 당장에 심장이 자신의 몸에서 빠져 나와 저 문

으로 날아가려는 것만 같았다.

아르시안은 홀린 듯이 걸음을 옮겨 문으로 다가갔다. 심장이 시키는 것인지 영혼이 부르는 것인지 알 수 없었다. 몸이 저절로 움직였다.

침의를 입은 채 그녀는 맨발로 한 발, 한 발 문으로 다가갔다.

요란한 소리가 문밖에서 들려왔다.

그런 것에 아랑곳 않고 그녀는 문을 열었다.

삐꺽거리면서 문이 열렸다. 바깥에서 오가는 시끄러운 소리보다도 문이 열리는 소음이 더욱 크게 들렸다. 이윽고 문이 완전히 열렸다.

문이 열리고 드러난 광경은 치열했다.

두 명의 검사가 서로를 향해 살기를 피워내며 싸우고 있었다. 그리고 한 명의 마법사가 여섯 명의 사람에게 연신 마법을 날리고 있었다. 마법사는 무척이나 힘든 듯 얼굴이 땀으로 흠뻑 젖어 있었다.

'왜지?'

왜 자신이 이런 행동을 하는지에 관한 의문이 떠오를 때, 그녀의 시선이 붉게 물든 짧은 머리의 사내에게 향했다.

'저 사람은……'

본 적이 있었다.

아마 바첼러 백작가에 갔을 때였을 것이다. 잘 알지는 못했지만 바첼러 백작가에 있었던 사람이 분명했다.

그 사실을 떠올리는 순간.

무언가가 그녀의 몸을 세차게 꿰뚫고 지나갔다. 그녀는 부르르 떨었다.

왜였을까?

왜 그 이름이 그녀의 온몸을 휘돌고 지나갔을까?

"이슈인……."

낮게 흘러나온 중얼거림이다.

일단 입밖으로 그 이름이 나오니 확신이 생긴 것일까?

"이슈인!!"

그녀는 혼신을 다해 외쳤다.

그녀의 외침에 일순 정적이 찾아왔다. 상대와의 싸움에 전력을 다한 터라 그녀가 문을 열고 나타났다는 사실도 몰랐다.

그녀의 외침에 모두 손발을 멈추고 그녀를 바라보았다.

예상치 못한 등장이 만들어낸 잠깐의 휴전이었다.

그 순간, 이슈인의 눈이 그녀의 눈과 마주쳤다.

"이슈인."

아르시안이 다시 한 번 이슈인을 불렀다. 아르시안을 바라보는 이슈인.

그는 아르시안을 향해 훈풍 같은 미소를 지어주었다.

"이슈인 오라버니……."

이슈인의 미소에 아르시안은 눈물을 흘리며 조용히 그를

다시 한 번 불렀다. 사이몬이라는 사람이었지만 이슈인이 분명했다. 그녀는 알 수 있었다. 그가 보여준 미소가 모든 것을 말해주고 있었다. 비록 오른쪽 얼굴이 뒤틀렸지만 그는 분명 이슈인이었다.

왜 진작 알아보지 못했을까.

그런 자책에 그녀의 두 눈에서는 눈물이 쉼없이 흘렀다.

갑작스러운 상황에 칼버튼이 찢어질 듯 두 눈을 부릅뜨고 이슈인을 노려보았다.

'사이몬이 아니라 이슈인이었단 말이지. 실종이라더니 잘도 돌아왔군.'

콰콰콰쾅!!

그때 위에서 요란한 폭음이 터져 나오며 천장이 무너지기 시작했다.

'맥 녀석.'

이슈인은 당황해서 아르시안을 향해 몸을 날렸다.

이것은 분명 마크가 세라핌즈 퓨리를 날린 것이리라. 아르시안에게 정신을 빼앗겨 마나의 움직임을 미처 감지하지 못했다.

모두들 분분히 몸을 날렸다. 천장에서 떨어지는 파편들을 무시할 수 없었기 때문이다.

천장이 무너지면서 마크 일행이 줄을 타고 내려왔다.

"공주님은?"

트랜스 아머를 착용한 마크가 도착하자마자 주변을 둘러보았다.

이슈인의 곁에 있는 아르시안을 확인한 마크가 고개를 끄덕였다.

"이제 퇴각이다!"

재빨리 물러나려고 했다.

작전의 목표는 달성했으니 이제 남은 것은 성공적인 퇴각뿐이었다.

"누구 마음대로!"

나벨이 먼지를 잔뜩 뒤집어쓴 모습으로 인상을 찡그린 채 외쳤다.

"그리스!"

곧바로 하우징의 마법이 터졌다.

바닥을 미끄럽게 하는 아주 기초적인 마법이었지만 지금의 상황에서는 생각 이상의 효과를 발휘했다. 다급히 퇴각하려던 찰나에 생각지도 못한 마법이었기에 모두들 바닥에서 미끄러졌다. 이슈인과 아르시안도 예외는 아니었다.

아르시안을 구출했다는 사실에 방심한 결과였다.

"디그!"

이어서 하우징의 마법이 연이어 펼쳐졌다. 이번에도 땅을 파는 지극히 간단한 마법이었다.

다만 땅을 판 부분이 문제였다.

이슈인과 아르시안이 쓰러지면서 생긴 두 사람 사이의 공간. 그곳이 깊게 파이면서 반작용으로 올라온 흙더미에 아르시안이 나벨 쪽으로 밀렸다.

"소환!"

재빨리 움직여 아르시안을 낚아챈 나벨이 외쳤다.

그 순간 그의 뒤의 공간이 갈라지면서 자이안이 모습을 드러냈다.

"제, 젠장."

당황한 이슈인이 일어나서 나벨을 잡으려 했지만 아직 그리스의 영향이 남아 있어서 제대로 중심을 잡지 못했고 그 순간 나벨은 자이안의 콕피트 안으로 사라졌다.

그 모습을 확인한 하우징이 재빨리 품에서 스크롤 카드를 꺼내 찢었다. 단거리 공간 이동 마법 스크롤 카드인 듯 그 순간 그가 사라졌다.

"젠장. 방심했어."

갑작스러운 상황에 마크의 얼굴이 일그러졌다.

상황이 다급하게 돌아가고 있었다.

—레퀴엠 리크리에이트 완료.

그 순간 이슈인의 머리에 울린 소리가 있었다.

'뭐지?

누구도 자신에게 말을 걸지 않았다. 그저 머리에 울린 소리다. 대체 어찌 된 것인지 알 수 없었지만 그 사실에 신경 쓸 겨를이 없었다. 지금 아르시안은 적에게 붙잡혀 있었다.

"어서 우리 측 기간테스를 소환해!"

마크가 외쳤다.

"소환!"

"바일론 소환!"

칼버튼과 네리안이 서둘러 랩터2와 바일론을 소환해 콕피트에 올랐다.

"크크크. 소용없어. 오늘 이곳을 네놈들 무덤으로 만들어 주마."

자이안에 오르면서 기절시킨 아르시안 공주를 의자 뒤편에 던져 두고 나벨은 의지를 집중했다.

그 순간 자이안이 움직였다.

그 모습에 모두들 깜짝 놀랐다.

"말도 안 돼!"

"딜레이 타임은?"

그랬다. 자이안은 소환 후 채 1분도 되지 않아서 기동을 시작했다. 아직 랩터2와 바일론은 딜레이 타임에 있었다.

말도 안 되는 일이다. 자이안의 딜레이 타임은 최소 2분으로 알려져 있다. 근데 불과 몇십 초도 되지 않은 시간에 움직이다니.

'저건… 그때 제스터가 보여준?'

이슈인은 제스터와의 전투가 떠올랐다. 그때도 제스터는

딜레이 타임을 무시한 기동을 보여주었다.

'저 녀석이 설마 그 정도 수준의 라이더였나?'

당시 제스터는 아무나 할 수 있는 것이 아니라고 말했었다.

아직 한참 젊어 보였는데 설마 그 정도 수준일 줄이야.

'젠장. 나에게도 랩터2가 있었더라면……'

기억을 잃었다가 찾았다는 사실이 너무나 원망스러웠다.

자신의 연인이 저곳에 있는데 아무것도 하지 못한다는 무력감이 이슈인을 비참하게 만들었다.

'젠장. 랩터2가 아니라 바일론이라도… 빌어먹을.'

─사이몬, 왜 그러고 있나?

그때 다시 머릿속에 울리는 목소리.

이슈인은 무시했다.

─사이몬, 사이몬, 무슨 일이 있는가?

다시 머리를 울리는 목소리에 이슈인은 신경질적으로 대답했다.

"나는 이슈인이야. 더 이상 사이몬이 아니다."

누군지 모를 이를 향해 악을 쓰듯 외친 것이다.

─이슈인? 그런가? 자신을 찾은 것인가?

다시 울리는 목소리가 이슈인의 신경을 긁었다.

"자신……."

─너는 지금 간절하게 타이탄, 아니, 너희가 기간테스라 부르는 것을 원하고 있다. 영혼을 통해 그것이 느껴졌기에 내가

먼저 너를 부른 것이다. 필요하다면 나를 불러라.

다시 한 번 뭐라고 하려는 찰나 머릿속에서 다시 말소리가 울렸다.

'기간테스!!'

머릿속을 뒤흔드는 말이었다.

대체 어떻게 된 것인지는 모르지만 지금 이슈인은 절박했다.

"어떻게 부르지?"

―아스카론, 그것이 나의 이름이다.

"아스카론."

이슈인이 의심 반, 간절함 반으로 작게 중얼거리자 갑자기 그의 허리에 빛이 일렁이며 검이 나타났다. 원래 그곳에 있었다는 듯 허리에 검이 매달렸다.

이슈인은 믿을 수 없다는 눈으로 그것을 바라보았다.

콰콰쾅!

자일론의 일격에 칼버튼의 랩터2가 벽을 부수며 뒤로 날아갔다.

"빌어먹을!"

강력한 충격에 늑골이 부러진 것 같았다. 칼버튼의 입에서 절로 욕지거리가 쏟아져 나왔다. 아직 딜레이 타임이 끝나지 않은 이상 아무것도 할 수 없었다.

상황이 이처럼 급박하게 흘러갔기에 아무도 이슈인에게

관심을 두지 않았다.

─너의 기간테스의 이름은 레퀴엠이다. 소환하겠다는 의지를 가지고 레퀴엠을 불러라.

그 순간 이슈인의 머릿속에 다시 목소리가 울렸다.

이제는 그 목소리의 주인이 자신의 허리에 있는 검이라는 것을 알 수 있었다.

‘레퀴엠이라… 공교롭군.’

이 검은 무엇이고 어떻게 된 것인지 알 수 없었다. 아니, 지금만큼은 알고 싶지도 않았다.

지금 당장 자신에게 필요한 것은 한 기의 기간테스였다.

"레퀴엠 소환."

이슈인이 부르는 순간 아스카론을 중심으로 강렬한 마나의 폭풍이 휘몰아쳤다.

아스카론이 서서히 뽑히더니 검첨을 위로 향하고 공중에 자리했다.

아스카론을 중심으로 황금빛 광휘가 터져 나왔다.

갑작스러운 상황에 모두의 눈이 그곳으로 향했다.

"저건 뭐지?"

다들 어안이 벙벙한 얼굴로 그것을 바라보았다.

"뭐야?"

나벨은 불길함을 느끼고 아스카론을 향해 다가가려 했으나 그럴 수 없었다.

강력한 힘이 자이안을 뒤로 밀치고 있었다.

아스카론이 빛을 발하며 그 아래의 땅이 원을 그리며 황금색으로 빛나기 시작했다.

그렇게 열리는 이공간의 문.

그곳으로 서서히 기간테스 한 기가 모습을 나타내기 시작했다.

투구를 쓰고 이마 부분에 세 갈래로 나뉜 뿔이 있는 머리부터 서서히 모습을 드러냈다. 목이 나오며 어깨 장갑에 거칠게 솟아 있는 뿔이 그 위용을 보였다.

은은한 황금빛이 감도는 가슴 부분이 드러나면서 황금빛 광채는 더욱 휘황찬란해졌다.

천천히 모습을 드러내는 기간테스

다크 실버의 장갑에 황금빛으로 빛나는 가슴부. 그리고 몸체 곳곳에서 은은히 빛나는 황금빛.

그 누구도 본 적이 없는 기간테스였다.

"저게 도대체⋯⋯."

그 모습에 마크는 채 말을 잇지 못했다.

레퀴엠이 제 모습을 드러내자마자 이슈인은 재빨리 레퀴엠을 향해 몸을 날렸다. 이슈인이 몸을 날리자 콕피트의 입구인 가슴 장갑이 열렸다. 이슈인은 그곳으로 빨려들 듯 들어갔다.

공중에 있던 아스카론은 어느새 콕피트로 들어왔다.

―나를 저곳에 꽂아라.

이슈인은 아스카론의 지시대로 그를 소울 슬롯에 꽂았다.

그러자 양 손바닥이 위치하는 곳에 제어 수정구가 나타났다.

이슈인은 제어 수정구에 양손을 올리고 레퀴엠과의 싱크로를 시작했다.

그 순간 레퀴엠의 두 눈이 황금빛으로 빛났다.

대륙에 전설로 남아 있는 이슈인과 레퀴엠의 활약. 지금이 그 첫 발자국을 세상에 드러내는 순간이었다.

사과의 말씀

　1권 38페이지에 '왕국 유일한 공작가인 대라이오네 가문'이라는 구절이 나옵니다.

　아스카론은 글을 쓰는 과정에서 여러 번의 수정이 있었고 설정 변경도 있었습니다.

　왕국 유일한 공작가인 라이오네 가문은 초기 설정이며 이후 설정이 바뀌었고 내용을 수정하였습니다만, 1권 38페이지는 미처 제가 보지 못하고 놓친 부분입니다.

　설정상 메틀라인 왕국에 공작은 두 명입니다.

　도나텔 로엔그린 공작이 비록 가문을 형성하지 않아 실제 공작가가 라이오네 가문 하나인 것은 사실입니다만, 저 부분의 구절은 마치 메틀라인 왕국에 공작이 단 한 명인 것으로 오해할 소지가 있습니다.

　1, 2권 출판 전 충분히 검토해서 수정했어야 할 부분인데 제 실수로 그대로 출판이 되었습니다.

　독자 여러분께 혼란을 드린 점 진심으로 사과드립니다.

　죄송합니다.

뿌리를 찾아가는 목동 파소의 여행.
그 여정의 끝에서
검 든 자들의 고향 대무천향 (大武天鄉)을 만난다.

검객 단보, 그는 노래했다.

…모든 검 든 자들의 고향 무천향.
한 초식의 검에 잠든 용이 깨어나고, 또 한 초식의 검에 잠든 바다가 일어나네.
검의 흐름을 따라가다 보면 어느새, 세월도 잊어버리고, 사랑도 잊어버리고,
무공도 잊어버려…….
결국에는 자신조차 잊어버리는…….

은하의 가장 밝은 빛이 되어버린다는
그 무성(武星)들의 대지(大地).

아, 대무천향(大武天鄉)이여!

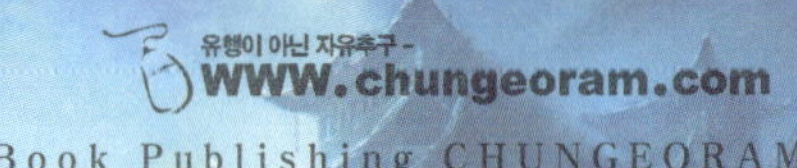

낭왕 狼王

별도 新무협 판타지 소설

살내음 나는 이야기에 여러분은 가슴 졸인 적이 있는가?
남들이 볼까 두려워하며 책을 가리면서 읽었던 구절을 몇 번이나 반복하며
읽은 적이 없는가?

구무협의 향수를 그리워하던 별도가 결국은
〈무협의 르네상스〉를 부르짖으며 직접 자판 앞에 앉았다.

"제가 무협을 쓰기 시작한 이유는 더 이상 읽을 책이 없었기 때문입니다."

모든 일은 4년 전부터 시작되었다.
살인사건을 배경으로 펼쳐지는 음모와 배신, 사랑과 역공작,
그리고 정사!

우리 시대의 이야기꾼, 별도의 새로운 글, 〈낭왕狼王〉!
〈천하무식 유아독존〉, 〈그림자무사〉, 〈검은여우毒心狐狸〉에
이은 그의 또 하나의 역작!

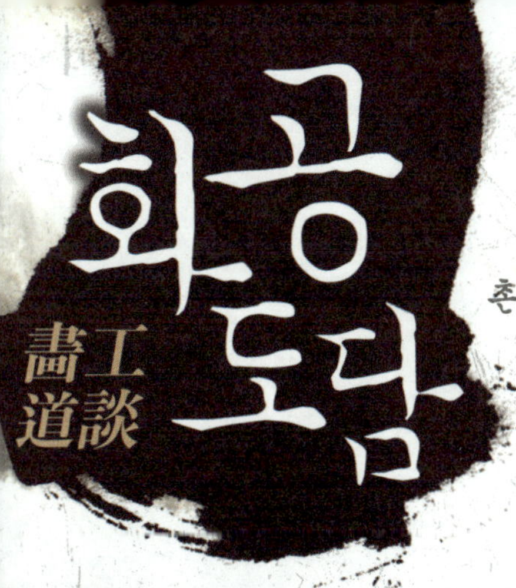

화공도담

畫工道談

예(禮)와 법(法)을 익힘에 있어
느리디 느린 둔재(鈍才).
법식(法式)에 얽매이기보다 마음을 다하며,
술(術)을 익히는 데는 느리지만
누구보다 빨리 도(道)에 이를 기재(奇才).

큰 지혜는 도리어 어리석게 보이는 법[大智若愚]!

화폭(畫幅)에 천지간(天地間)의 흐름을 담고
일획(一劃)에 그리움을 다하여라!

형식과 필법을 익히는 데는 둔하나
참다운 아름다움을 그릴 수 있게 된
화공(畫工) 진자명(陳自明)의 강호유람기!

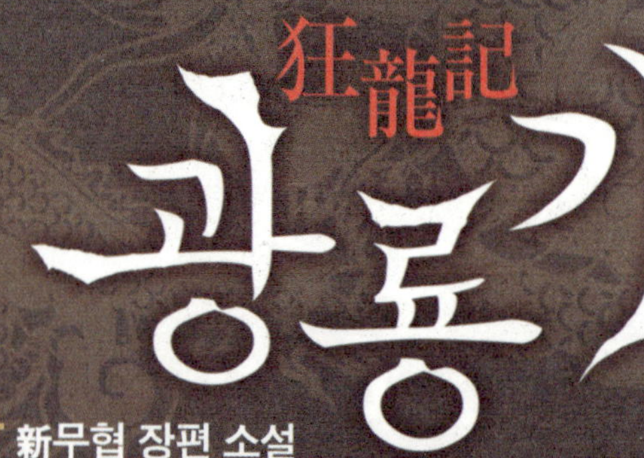

광룡기

장담 新무협 장편 소설

미친 바람이 동해에서 불기 시작했다!
둥지를 떠난 광룡(狂龍)이 강호에 나타났다!

내가 가고 싶은 대로 간다.
내가 하고 싶은 대로 한다.
누구도 내 앞을 막지 마라!

한겨울, 마침내 광룡의 전설이 시작되고,
천하가 광룡과 빙심에 뒤집어졌다!

유행이 아닌 자유추구 -
WWW.chungeoram.com

Book Publishing CHUNGEORAM